Manuela Lewentz

Männer sind wie Sahnetorte

Verführerisch bis zum letzten Biss

Manuela Lewentz

Männer sind wie Sahnetorte

Verführerisch bis zum letzten Biss

Manuela Lewentz

Männer sind wie Sahnetorte

Verlag:	Mittelrhein-Verlag GmbH, August-Horch-Straße 28, 56070 Koblenz
Umschlaggestaltung:	Davina Kuhn
Umschlagmotiv:	Shutterstock
Herstellung und Satz:	sapro GmbH – Gesellschaft für Satzproduktion, Triebstraße 16, 56370 Gutenacker
Druck und Bindung:	BoD – Books on Demand, Norderstedt

© Mittelrhein-Verlag 2018

ISBN 978-3-925180-17-0

Lotte

„Die Farbe Rot soll eine Signalfarbe für gewünschte Aufmerksamkeit sein." Wenn an diesen Worten von Ina ein Fünkchen Wahrheit ist, umso schöner! Verrückt, dass ich gerade jetzt an diesen Spruch von ihr denken muss. Lachend ruht mein Blick auf dem roten Bikini, der obenauf in meinem bereits gepackten Koffer liegt. Eine Woche Urlaub auf einem Schiff und damit eine Woche Dolce Vita liegen vor mir. Mein Körper und meine Seele brauchen diese kleine Auszeit vom Alltag. Wie ich mich auf diesen Urlaub freue! Meine Leidenschaft, sämtliche Rätsel in Zeitschriften und Zeitungen auszufüllen, scheint mein Glück angekurbelt zu haben. Kreuzworträtsel entkommen mir nie. Selbst beim Friseur oder beim Arzt fingere ich gezielt diese Seiten hervor und fange unvermittelt an, sie auszufüllen. Kochtöpfe, Fußmatten, kleine Geldbeträge bis 50 Euro, Stiefel, einen Rucksack und die Lampe im Flur sind auf diesem Weg in mein Leben gekommen. Gut, die Stiefel waren nicht meine Größe, vier Fußmatten mussten es auch nicht sein und dass meine Kochtöpfe alle unterschiedlichen Dekors sind, geschenkt. Jetzt aber habe ich das ganz große Los gezogen und eine Schiffsreise gewonnen. „Na, ob du da hinpasst?", so Inas spöttischer Kommentar auf meine erste Freude. Gleich nachdem ich den Brief geöffnet und von der Reise erfahren hatte, habe ich Ina informiert. Zunächst überlegten wir noch, gemeinsam zu reisen. Ina hätte in meinem Zimmer schlafen können und nur den Flug sowie das Essen bezahlen müssen. So stand es in dem Schreiben der Veranstalter.

Diese Reise ist wirklich ein grandioser Gewinn. Ob sie mein Leben verändern wird? Ina meinte, ich bilde mir schon wieder etwas ein, träume zu viel herum und vermische die Realität mit meiner Fantasie. Das sei nicht gesund. Ihr überzogenes

Gehabe nervte mich. Fazit für mich ist, ich werde verreisen. Der Aufenthalt auf diesem Luxusschiff, so bin ich mir sicher, wird etwas Grandioses bringen und mein Leben, auch wenn Ina es nicht wahrhaben will, verändern.

Ganz mit diesen Gedanken beschäftigt, zufrieden in der Hoffnung, was kommen wird, lasse ich mich auf mein Bett fallen, lege mich kurz neben meinen Koffer. Meine Fantasie geht schon einmal auf Reisen. Ich stelle mir gerade vor, wie ich den Platz auf einem Sonnenstuhl auf dem oberen Deck einnehme. Keine Minute später steht ein aufmerksamer Kellner vor mir und reicht mir einen Cocktail. Dem, natürlich sehr gutaussehenden, Kellner sehe ich hinterher, während ich lasziv anfange, an meinem Cocktail zu schlürfen. Meine Zunge leckt über meine Lippen, um die Süße des Getränks auszukosten. Mein Blick ruht auf dem wohlgeformten Po des Kellners, als mein Handy mich aus meinem Tagtraum rausreißt. Fast ist mir, als würde ich das süße Gemisch tatsächlich an meinen Lippen schmecken. Schnaubend vor Wut erhebe ich mich. Eben habe ich noch die schöne, süße und heile Welt, den blauen Himmel, die ganze Sehnsucht gefühlt und mein Fernweh gestillt. Nur ein Klingeln später, holt es mich ungewollt wieder in die Realität zurück.

Beim Entgegennehmen des Gesprächs fällt mein Blick aus dem Fenster. Alles ist heute grau in grau. Es regnet.

„Süße!", Karin hat ihrer Stimme diesen Ton unterlegt, der mich aufhören lässt. „Es ist doch in Ordnung, wenn ich dich am Telefon verabschiede? Mir fehlt die Zeit, noch einmal bei dir vorbeizukommen. Bist du jetzt enttäuscht?" „Alles ist gut, Karin. Steht Hermann Josef am Abend wieder vor deiner Tür?", amüsiert frage ich nach. Ein Kichern, wie von einem Teenager, dringt an meine Ohren. „Du liegst richtig, Lotte. Hermann Josef kommt am Abend noch zu mir. Unsere Beziehung nimmt immer mehr Fahrt auf. Fast ist es so, dass ich mir ein Leben ohne diesen Mann nicht mehr vorstellen möchte."

„Wer weiß", ich hole tief Luft, nachdem ich diese Worte theatralisch betont habe, „vielleicht lerne ich meinen Traumprinzen schon in der kommenden Woche kennen?" Meine Stimme klingt euphorisch. „Natürlich, nur das mit dem Prinzen würde ich mir aus dem Kopf schlagen", Karin lacht laut. Ohne mir noch einmal Gelegenheit für eine Äußerung zu geben, beendet sie das Telefonat. Na, prima! So rasch musste die Verabschiedung nun auch nicht ausfallen, grübele ich und verlasse meinen Platz auf dem Bett. Es wird Zeit, noch meine Waschutensilien zu sortieren. Gekonnt ignoriere ich den Badezimmerspiegel. Auf mein Ebenbild lege ich gerade keinen Wert, das Regal neben dem Spiegel ist mein eigentliches Ziel. Die Kosmetik soll noch in den Koffer. Pech nur, dass sie auf der Glasablage unter dem Spiegel liegt. Mir bzw. meinem Spiegelbild kann ich nun doch nicht mehr aus dem Weg gehen. Das, was mein Spiegel mir gerade zeigt, ist nicht wirklich vorteilhaft. Die letzten Wochen habe ich viel gearbeitet und dabei oft vergessen, genügend zu schlafen. Ganz automatisch greife ich nach etwas Rouge, Lipgloss und Wimperntusche. Obwohl ich alles in Eile auftrage, fühle mich sogleich besser. Heute kann ich nicht mehr nachvollziehen, warum ich so lange auf Make-up verzichtet habe, stattdessen sogar immerzu und vehement für die absolute Natürlichkeit im Einsatz war. Mir fällt Petra ein. Meine Freundin ist so ganz anders als ich. Sicherlich habe ich Petra oft mit meinen Kommentaren genervt, ihr mit meinen Äußerungen das Leben schwergemacht. Zugeben muss ich außerdem, sie hat mir gegenüber nie gezeigt oder mich spüren lassen, wie verletzt sie war, auch wenn ich mich oft in der Tonlage vertan habe. Petra ist immer freundlich geblieben, eine Eigenschaft, an der ich bei mir noch arbeiten muss. Wie schön wäre es gewesen, gemeinsam mit Petra diese Reise anzutreten. Ihr ausgleichendes Wesen hätte mir gutgetan. Von Petra habe ich gelernt, gesundem Essen nicht mehr kategorisch aus dem Weg zu gehen und dass es ein Leben ohne Fastfood geben kann. Einzig meine Chips habe ich mir nicht ausreden lassen. „Knabbere Radieschen, Lotte, die machen nicht dick", räumte sie schon des Öfteren ein, ohne auf mein darauffolgendes Lachen einzugehen. Petra hat viele Weisheiten parat, die sie mir gerne mitteilt. Trotzdem oder gerade deswegen hätte ich sie gerne an meiner Seite. Ich stöhne, packe unterdessen meine restlichen Utensilien in den Koffer und grübele weiter. Zunächst wollte Ina mit mir verreisen. Bis uns jedoch klar wurde, dass immer eine von uns beiden im Café sein muss, verging die Zeit. Karin hatte von Anfang an keine Lust und Petra wollte ich am Ende nicht fragen, sie hätte sich nur als Notnagel gefühlt. Das wollte ich nicht. Oder war es ein Fehler, nicht mit Petra über eine gemeinsame Reise gesprochen zu haben?

Vor der Reise habe ich mir einen Besuch beim Friseur gegönnt, das Ergebnis kann sich sehen lassen. Haare gut, alles gut? Ich will es mir einmal wünschen! Ob ich im Bikini an Bord noch eine gute Figur mache? Mein Blick wandert über meinen Körper, ich bin nicht gerade schlank. Ina meinte, ich sei zu drall für einen Bikini. Petra und Karin haben mich jedoch zu dem Kauf motiviert. Den Satz ‚Nicht nur Püppchen kommen in den Himmel und landen im Glück' habe ich im Hinterkopf. Petra, ausgerechnet die schlanke und attraktive Petra, schafft es immer wieder, mich zu mehr Selbstvertrauen zu motivieren.

„Es gibt sehr viele Männer, die verzehren sich nach Frauen mit einer weiblichen Hüfte", ist dabei nur eine ihrer Belehrungen in meinen schwachen und sentimentalen Minuten. Ob ich mal eine Diät ausprobieren soll? In den Zeitschriften wird

Monat um Monat darüber geschrieben, oftmals sind auch Rezepte beigefügt. Ich muss mir aber eingestehen, ich koche nur ungern.

Meine Freundin Karin spricht in letzter Zeit immer öfter davon, sie sei gerade wieder am „Schmelzen“, wenn ich mit ihr Pizza essen möchte. Tatsächlich hat Karin in den letzten Monaten 11 Kilo abgenommen. Sicherlich ist dieser Wandel auch ein Verdienst von Hermann Josef von Breggele. Seitdem die beiden wieder ein Paar sind, hat Karin sich verändert. Immer öfter fehlt ihr die Zeit, sich mit mir zu treffen. Vielleicht koche ich doch mal ein Light-Gericht aus der Frauenzeitschrift und locke Karin auf diese Weise zu mir. Mir fehlen die herrlichen Abende mit ihr, das Klönen, die leckere Pizza, das Glas Wein dazu oder Karins legendäre Pasta-Gerichte. Ob es wirklich Karins Wunsch ist abzunehmen oder mehr der Wunsch von Hermann Josef? Mich, so meine innere Überzeugung, kann kein Mann so leicht verbiegen.

Sentimental schließe ich meinen Koffer, halte einen Moment inne. Verrückt! Das neue Thema für meine Kolumne, die ich schreiben soll, fällt mir gerade ein: Liebe ohne Leiden. Das Thema finde ich surreal. Ich bin mir nicht einmal sicher, ob es das überhaupt gibt.

Meine Verlegerin hat einen besonderen Humor, so meine erste Reaktion. Vor gut einem Jahr hätte ich diesen Auftrag abgelehnt. Heute jedoch kann ich mir so ein Verhalten nicht mehr erlauben. Seitdem ich mit Ina das Projekt unseres eigenen Cafés gestartet habe, ist mein Konto geschrumpft. All das schöne Geld, das mir Anton Wall überwiesen hat, es hat sich in Luft aufgelöst. Die letzten Auszüge, die ich vor zwei Tagen aus dem Automaten gezogen habe, brachten mein Herz in Wallung. Zunächst war ich happy über 23.000 Euro, die meine Augen als Zahl entzifferten. In der Überzeugung noch sehr solvent zu sein, startete ich einen spontanen Ausflug. Endlich einmal wieder shoppen zu gehen, dieser Gedanke erfüllte meinen Kopf mit Glückshormonen. Nachdem ich in Wiesbaden angekommen war, war mein erstes Ziel eine Bank. Dort steckte ich freudig meine Scheckkarte in den Automaten. Das erhoffte Geld kam leider nicht in meine Hände. ‚Eine Auszahlung ist zurzeit nicht möglich‘, las ich wenig später verwundert. Oh, nein! Das war ja alles andere als von mir erwartet. Der zweite Versuch, immerhin konnte ich mich bei der Geheimzahl vertippt haben, brachte das gleiche Resultat. Meinen Weg zum Bankschalter, meinen Protest und meine lautstarke Bemerkung: „Das ist ja eine Frechheit, wie hier mit guten Kunden umgegangen wird!“, bereute ich Sekunden später zutiefst. Eine rasch herbeigeeilte Mitarbeiterin der Bank forderte mich freundlich dazu auf, sie in einen Nebenraum zu begleiten. Mitfühlend sah sie mich an. Was ich dann erfuhr, riss mir den Boden unter den Füßen fort.

Voller Enttäuschung und in der Gewissheit, dass meine Shopping Tour schon beendet war, bevor sie angefangen hatte, angelte ich mein Handy hervor und rief Ina an. Unbedingt musste ich mich mitteilen, meine Seele brauchte in diesen Minuten Beistand, so meine Gedanken.

„Wie kann man nur so dumm sein, Haben mit Soll zu verwechseln?“, so Ina, bei der ich mich ausheulen wollte. Einen ersten Impuls, das Telefonat sogleich zu beenden, Ina die Freundschaft hier und auf der Stelle, also noch in der Fußgängerzone zu kündigen, verwarf ich zu meiner eigenen Erleichterung. Trotzdem musste ich tief Luft holen und fand ihre Reaktion nicht feinfühlig. Wenigstens dies brachte ich gebührend zum Ausdruck. „Komm doch ins Café, dann können wir vielleicht besser reden“, lenkte Ina ein. Ihr Ton jedoch verriet Verständnislosigkeit.

Ina hatte gerade ihre Schicht angetreten. „Du kannst mir unter die Arme greifen und nebenbei findet sich bestimmt die

Zeit, über deine Finanzen zu reden." Ihre Worte nahm ich auf und sagte mein Kommen zu. Auf dem Weg zum Parkhaus fiel mir siedeheiß ein, ich muss irgendwie mein Parkticket auslösen. Geld hatte ich ja bei der Bank keins bekommen. Bei diesem Gedanken fühlte ich mich klein und als Geschäftsfrau gescheitert. Klappt bei mir überhaupt nichts? Diese Frage brannte in meinem Gehirn. Glücklicherweise bekam ich das Geld für mein Parkticket zusammen, in dem ich das Kleingeld aus meiner Jeans und meinem Portemonnaie zusammensuchte. Jede einzelne Münze, die ich in meiner Tasche fand, brachte mich meinem Ziel näher. Mein Portemonnaie war anschließend leer. Bis auf vier Euro dreißig war kein Cent mehr darin zu finden. Auf der Rückfahrt flossen Tränen. Ich hatte einmal mehr vor Augen, wie sorglos ich mit Geld umgehe und wie schlecht ich kalkulieren kann. Mein Selbstmitleid war groß. Beim Blick in den Rückspiegel wenig später, nachdem ich in Limburg in der Nähe des Cafés einen Parkplatz gefunden hatte, war nicht erbaulich. Ich sah schlecht aus. Bevor ich jedoch zu Ina in unser Café ging, puderte ich das Gesicht nach und holte noch einmal tief Luft.

Zunächst musste ich im Café mit anpacken. Der Ansturm war groß, unerwartet für diesen Nachmittag. Unsere selbstgebackenen Kuchen, die anfängliche Idee vor der Eröffnung des Cafés, war gut. Trotzdem sind wir gescheitert. An diesem Nachmittag fassten Ina und ich den Entschluss, das Projekt Café zum Jahresende zu beenden. Auch Inas Ersparnisse waren aufgebraucht. „Alles fing doch so gut an. Die Gäste kommen immer noch und sie lieben unseren Kuchen. Der Kaffee schmeckt, die Lage ist gut …" Meine Worte unterbrach abrupt Inas Einwand. „Trotzdem sind wir pleite." Ich hörte Ina ihre Verzweiflung an. Sie brachte die Wahrheit auf den Tisch. „Eigentlich dürften wir mit der Schließung des Cafés nicht mehr bis zum Jahresende warten.

Jeder weitere Monat ist eine neue Katastrophe für unsere Konten. Ich weiß schon nicht mehr, wovon ich die Babynahrung für Wolfi kaufen soll. Meine Mutter hat mir letzten Monat Geld geliehen, so kann und darf es aber nicht weitergehen.“

Meine Freundin wischte, während sie mit mir sprach, die Küchenschränke ab. Unsere Aushilfe verteilte derweil den Kuchen. Ina, so glaubte ich zu ahnen, verfällt wieder in alte Muster. Früher hatte sie einem Putzzwang unterlegen. In dieser Zeit hatte sie mir immer Vorhaltungen zu meinem Haushalt gemacht. Ich sei nicht ordentlich, müsse mehr aufräumen und mich auch um meinen Garten kümmern. Jeder Besuch meiner Freundin endete mit Vorwürfen für mich. Ein Alptraum war das, echt! Mit der späten Mutterschaft hatte sich zunächst vieles in Inas Leben gewandelt, allem Anschein nach nicht dauerhaft. „Jetzt lass die Sorgen einmal aus dem Haus! Ich will erst die Reise antreten und danach finden wir eine Lösung.“ Meine Worte schienen Ina nicht zu gefallen.

„Wie du jetzt nur an Urlaub denken kannst!“, war ihre pampige Antwort. Ina blickte mich vorwurfsvoll an. Ich grinste und blieb betont gelassen. Die Unterhaltung war dann auch rasch beendet. Eine Stunde später hatte ich mich aus dem Café zurückgezogen und meine Ruhe gesucht. Über meine Misere mit der Bank hatten wir leider auch nicht mehr gesprochen.

Zwei Tage sind seither vergangen. Jeden Tag freue ich mich mehr auf meine Reise. Ich spüre regelrecht, wie mein Körper nach Erholung schreit. Nach einem Jahr ungewohnter und regelmäßiger Arbeit ohne Gewinn habe ich mir diesen Urlaub redlich verdient. Zum Glück habe ich All Inclusive gewonnen. Mein Portemonnaie zeigt leider immer noch Ebbe an. Inzwischen sind auch die letzten Euro ausgegeben. Etwas Sorgen mache ich mir doch, so ganz ohne Bargeld diese Reise anzutreten. Nun gut, bei meinem Gewinn gehören auch Wein und Cocktails zum Service dazu. Immerhin in diesen Tagen wird es mir an nichts fehlen.

Mein Handy piept. Ich weiß, dass dieser Ton eine neue Mail ankündigt. Zittrig angele ich mein Handy aus der Hosentasche und öffne die neue Nachricht.

Liebste Lotte,

ich darf Sie doch schon so nennen? In den letzten Wochen sind Sie mir so vertraut, so nah geworden. Unsere täglichen Mails die wir austauschen, und das, was Sie mir anvertrauen, zeigen mir, Sie sind ein ganz wunderbarer Mensch. Mein Wunsch, Sie zu treffen und persönlich kennenzulernen, wächst von Tag zu Tag. Können Sie mir nicht ein Foto von sich senden? Bitte, liebste Lotte, erfüllen Sie einem alten Mann diesen Herzenswunsch. Im nächsten Jahr werde ich 85 Jahre. Wer kann sagen, wie lange ich noch schreiben kann? Sind Sie einsam? Aus Ihren Mails habe ich dies herausgelesen.
Lotte, Sie müssen vor mir keine Angst haben. Ich habe in meinem Leben sehr viele Menschen eingestellt, sehr viele Menschen auf ihrem beruflichen Weg begleitet und gefördert. Daher kann ich mich in Menschen hineindenken. Ich bin davon überzeugt, aus Ihren Zeilen zu lesen, Sie sind einsam. Lotte, ich glaube, Sie inzwischen zu kennen. Die Lotte, die ich durch Ihre Zeilen entdecke, gefällt mir sehr! Meine Neugierde Sie wahrhaftig zu erleben wächst täglich. Wann darf ich Sie persönlich treffen?

In freundschaftlicher Verbundenheit

Ihr Vincenz

Lächelnd stecke ich mein Handy zurück in meine Hosentasche. Niemand, besonders Ina nicht, soll von meinem Kontakt zu Vincenz erfahren. Er ist mein Geheimnis. Es ist ein wunderbares Gefühl, diesen lieben Menschen zu kennen, so meine Überlegung. Wie er aussehen mag? Ob er groß ist? Im nächsten Jahr also wird er schon 85 Jahre. Wirklich einen Gedanken daran verloren, wie alt Vincenz sein mag, habe ich bisher nicht. Auch über sein Aussehen habe ich mir wenig Gedanken gemacht. Vielleicht hat er keine Haare mehr oder nur ganz lichtes Haar? Mir ist es egal. Für mich ist Vincenz mein Freund, mein Brieffreund. So viele Abende, an denen ich alleine auf meinem Sofa saß und traurig in den Fernseher blickte, hat er mir verschönert. Seit wir uns schreiben, ist meine Welt ein Stück lebendiger geworden. Wie gut es sich anfühlt, plötzlich einen Menschen zu haben, der an einen denkt. Dieses Gefühl kenne ich erst wieder, seitdem Vincenz mir schreibt. Er scheint genauso einsam zu sein wie ich es bin. Dass er fast doppelt so alt ist wie ich, mich stört es nicht. Für mich ist er ein Glücksfall. Inzwischen tauschen wir uns auch über unsere alltäglichen Probleme aus. Viel mehr noch, selbst die kleinen Momente des Glücks teilen wir. Bisher gab es in meinem Leben niemals solch einen Menschen an meiner Seite. Jemand, der sich stets meine Sorgen anhört und sich ehrlich mit mir freut, wenn ich etwas Schönes erlebt habe.

Ob so die ideale Beziehung aussieht? Nun ja, einen kleinen Fehler hat diese Verbindung, sie besteht nun einmal nur über das Netz. Jetzt will Vincenz mich sehen. Ob ich das auch möchte? Tief in meinem Inneren mag ich alles so belassen, wie es gerade ist. Ein Treffen kann den Zauber aus den Schreiben nehmen, den geheimnisvollen Zauber, der über unserer Freundschaft liegt. An die Liebe bei unserer Begegnung glaube ich nicht. Jetzt, da ich erfahren habe, dass Vincenz im kommenden Jahr 85 Jahre wird, erst recht nicht. Mir liegt daran, ihn als Menschen, als tiefen Vertrauten meiner Seele, zu behalten. Sicherlich gibt es nicht viele Menschen, die solch ein Glück, wie ich es habe, kennen und einen Vertrauten haben für ihre Freude und ihre Sorgen. In einem Zeitungsartikel habe ich vor Monaten einmal über solche Kontakte zwischen Menschen gelesen. Mein spontanes Urteil damals war niederschmetternd. Ich hatte diese Art der Verbindung verurteilt. Diese Menschen als arme Würstchen gesehen. Heute jedoch weiß ich, wie wertvoll diese Freundschaft für mich geworden ist und ich kann die übrigen Menschen, die auch über ihren Laptop Freundschaften pflegen, verstehen. Viel Gelegenheit zum Nachdenken bleibt mir nicht, Zeit um eine Antwort zu schreiben, leider auch nicht. Bis zur Abreise muss ich jetzt meine ganze Kraft noch dem Café widmen.

Unsere Schichten im Café haben Ina und ich trotz der geplanten Schließung zum Ende des Jahres gewohnt zuverlässig durchgezogen. Unsere Kunden sollen bis zum letzten Tag verwöhnt werden, sich in unserem kleinen Café wohl fühlen.

Während meines Urlaubs springt Karin am Samstag für mich ein und für die Wochentage haben wir eine Aushilfe gefunden. In den letzten zwei Tagen habe ich mein Augenmerk mehr als einmal auf dem Portrait meiner Tante ruhen lassen, das von Anfang an in unserem Café seinen verdienten Platz an der Wand gefunden hat. Ich bitte sie täglich darum, mir einen neuen Weg zu zeigen, mich auf ein kleines Wunder aufmerksam zu machen. Die Gäste in unserem Café betrachte ich genau, immer in der Hoffnung, Lydia Lowere habe mir einen Retter gesandt. Aber nichts, rein gar nichts, tut sich! Ich fange schon an, mir selbst leid zu tun. Ob der Geist von Lydia Lowere schon eingeschlafen ist?

In den letzten Jahren konnte ich dank ihrer Erbschaft und dem unverhofften Geldsegen doch gut leben. Soll alles schon vorbei sein? Dank dem Erbe hatte sich so Vieles in meinem

Leben positiv verändert. Ohne Lydia Loweres Testament hätte Karin mit Sicherheit nicht Hermann Josef von Breggele kennengelernt. Niemals wäre ich in die Welt der Reichen und Schönen gekommen. Die herrschaftliche Villa in Frankfurt wäre für alle Zeiten für mich verschlossen geblieben. Nicht einmal den Weg zu ihr hätte ich gefunden. Sicherlich wäre es von Vorteil für mich gewesen, mich länger in der Villa und dieser Umgebung aufzuhalten. Meine weitere Entwicklung hätte eventuell eine noch positivere Wende genommen. Viel zu schnell fiel die Entscheidung für einen Verkauf. Der neue Eigentümer, Anton Wall, ein Künstler mit großem Potenzial und horrenden Preisen für seine Werke, passt perfekt in das Ambiente, das die alte Villa umgibt. Diese Tatsache stimmt mich milde und wiegt mich in der Gewissheit alles richtig gemacht zu haben.

Anfangs, gleich nachdem ich von meinem Erbe erfahren hatte, habe ich mich in den Räumlichkeiten der Villa noch wie ein Landei bewegt, mich ängstlich überall umgesehen. Wie ein scheues Reh war ich. Dieses Empfinden und meine ständigen Sorgen um das liebe Geld hatten mich dann bewogen, die Villa rasch zu verkaufen. Meine Schulden waren ab diesem Tag vergessen und mein Konto zeigte trotzdem noch ein sattes Plus. Ich war glücklich zu diesem Zeitpunkt und dankbar, wie alles gekommen ist. Heute jedoch, bei meinen wenigen Besuchen bei Anton Wall, spüre ich eine neue Selbstsicherheit. Diese habe ich Lydia Lowere und ihrem Einfluss auf mein Leben zu verdanken. Meine liebe Tante Lydia Lowere, die Klatschspalten waren einst voll von ihr. Sie stand immer im Mittelpunkt, war immer perfekt geschminkt und zurechtgemacht. An ihrer Seite sonnten sich smarte, gutaussehende und vor allem junge Männer. Alle wollten sie von Lydias Glanz profitieren. Ob meine Tante zufrieden wäre bei dem Gedanken, dass jetzt Anton Wall in ihrer Villa lebt? Je mehr ich an diesen Künstler denke, umso mehr glaube ich, in ihm meinen Retter gefunden zu haben. Lydia Lowere wäre sicherlich mit Anton Wall bestens ausgekommen. Ich bin sicher, er kann mir auch jetzt helfen.

Mein kläglicher Versuch, in meiner finanziellen Not Anton Wall telefonisch zu erreichen, scheitert. Einmal mehr wähle ich in meiner Not Ina an. Ina, der ich mich beim Schichtwechsel vor zwei Tagen dann doch anvertraut habe, meinte nur: „Ich kann dir kein Geld leihen und falls du glaubst, der Künstler Anton Wall soll oder will dir helfen, so kann ich nur sagen, er hat genug für dich getan, Lotte. Der Mann hat keine Verantwortung für dich übernommen mit dem Kauf der alten Villa", Ina holte kurz Luft. Mir war bewusst, sie setzt noch mit einem theatralischen Nachschlag nach. Prompt durfte ich hören: „Lotte, Anton Wall lag es daran, die Villa deiner Tante Lydia Lowere zu besitzen. An ihrer Nichte fand er meines Erachtens kaum Interesse." Ihre Stimme klang genervt. Sie hüstelte und sprach weiter: „Er war immer nur höflich und freundlich zu dir, weiter nichts!"

Meinen Einwand, wieso er dann im letzten Jahr den Geldsegen über mich brachte und dazu sogar unverhofft vor meinem Haus aufgetaucht war, beantwortet Ina nicht. Was soll ich nur tun? Außer Anton Wall bleibt niemand mehr übrig, den ich um Hilfe fragen kann. Meinem neuen Brieffreund Vincenz habe ich von meinen Geldsorgen noch nichts geschrieben. Meine Angst, die ich hege, ist ihn zu verschrecken. Er soll nicht das Gefühl haben, ich wünsche mir Unterstützung von ihm. Wer weiß, vielleicht ist er selbst ein armer Schlucker und kennt meine Probleme, zum Ende eines Monats auf Sparflamme leben zu müssen, besser als ich glaube?

Zumindest würde es zu unserem „Kennenlernen" passen. In natura getroffen habe ich Vincenz noch nicht. Beim Saubermachen unseres Cafés, das liegt jetzt gut vier Monate zurück, hatte ich eine Brieftasche gefunden. Nur ein Fünf-Euro-Schein war darin, eine Scheckkarte, ausgestellt auf einen Mann, eine Visitenkarte mit der Anschrift und Telefonnummer einer Frau, die ich angerufen hatte, um die Brieftasche zurückgeben zu können. Im Verlauf des Gesprächs hat sich herausgestellt, ihr Chef hatte sein Portemonnaie verloren. Die Beschreibung von ihr hinsichtlich der Geldbörse passte. Das Portemonnaie hatte ich anschließend an die Anschrift auf der Visitenkarte gesendet, wie zuvor mit der Sekretärin besprochen. Für mich schien damit zunächst alles geregelt zu sein. Aus Gewohnheit hatte ich meine Visitenkarte dem Päckchen beigefügt und auch eine Packung mit unseren Plätzchen als Erinnerung an den Besuch in unserem Café beigelegt. Wie die Sekretärin mir versicherte, habe ihr Chef von den köstlichen Kuchen bei uns geschwärmt. Drei Tage später kam dann die erste Mail von Vincenz. Herzlich hat er sich für die Rücksendung seines Portemonnaies bedankt, für die Plätzchen ebenfalls. Freudig hatte ich geantwortet. In den folgenden Tagen kam dann wieder eine Reaktion von Vincenz, worauf ich wieder reagiert hatte und plötzlich gehörten die Mails an Vincenz zu meinem Alltag. Ohne eine Nachricht am Tag von Vincenz fühle ich mich schon seit einer geraumen Weile nicht mehr gut. Er hat sich in mein Leben geschlichen und dort einen Platz eingenommen, der leer war. Mit jeder Zeile von ihm spüre ich, nicht mehr alleine zu sein auf dieser doch oft so kalten Welt.

Trotzdem will und kann ich jetzt nicht Vincenz um finanzielle Unterstützung bitten. Ich muss einen anderen Weg finden. Immer wieder habe ich in den letzten beiden Tagen überlegt, welcher Mensch mein Leben verändern oder mir zumindest kurzfristig helfen kann, leider ohne Erfolg. Karin und Petra kommen auch nicht in Frage, beide, so weiß ich, haben ihr Erspartes, schon vor dem Ende eines Monats, in Kleidung umgesetzt.

Heute, am Tag vor meiner Reise muss ich die Frühschicht im Café übernehmen. Inzwischen komme ich gut aus meinen Federn. Immerhin ein Vorteil des letzten Jahres ist die Tatsache, dass ich wieder agiler am Leben teilnehme. Mein Leben, das ich zuvor geführt hatte, war von meiner Bequemlichkeit geprägt. Heute kann ich über mich selbst lachen bzw. muss ich das eine oder andere Mal auch den Kopf schütteln. Die Eröffnung des Cafés war für mich ein Segen, auch wenn es aus finanzieller Sicht anders zu beurteilen ist.

Bevor ich das Café aufschließe, verwickelt mich Pepe, unser Nachbar, in ein Gespräch. Leider kann ich auch nicht Nein sagen zu dem Angebot, mit ihm einen Espresso zu trinken, obwohl ich schon die ersten Vorbereitungen im Café treffen müsste. Genüsslich lasse ich mich in einen Stuhl fallen. Die Terrasse der Pizzeria ist um diese Uhrzeit noch leer. „Was mache ich nur eine Woche ohne meine charmante Nachbarin?“, säuselt Pepe mir ins Ohr. Seine Augen strahlen, die kleinen Lachfalten wirken sehr sympathisch auf mich. Seine Worte und seine lässige wie charmante Art haben mich in den letzten Wochen immer wieder aufgebaut. Die Arbeit im Café ist dauerhaft stressig. Ich sinniere darüber, wie es finanziell soweit kommen konnte. Inas Idee mit den selbstgebackenen Kuchen hatte von Anfang an eingeschlagen, unser Café wird immer gerne besucht. Es gibt bei unserem Projekt „Selbständigkeit“ nur einen wirklichen Haken: die Nebenkosten. Nach Abzug der Miete, den Kosten für die Kuchen, die wir von Hausfrauen backen lassen, dem Personal, das wir uns gönnen, um auch mal Pause zu haben, bleibt nichts übrig, jedenfalls nicht genug, um große Sprünge zu machen. Es reicht nicht einmal mehr für kleine.

„Wie schaffst du das nur?“, frage ich aus meinen Gedanken heraus. Pepe sieht mich an und schüttelt den Kopf. „Lotte?

Meine süße Traumtänzerin, was meinst du?" Meine Gedankensprünge sind ihm schon bekannt. Ich hole kurz Luft, bringe Pepe auf den neusten Stand meiner Überlegungen. Seine Augen funkeln, dann greift er nach meiner leeren Tasse. „Noch eine Runde Espressi?" Pepe schaut mich mitfühlend an. Ich lehne vernünftigerweise ab.

„Das Café muss geöffnet werden", erhebe ich mich langsam. „Ihr müsst einfach neu kalkulieren. Lotte, ihr seid zu günstig. Ehrlich gesagt, ich habe mich schon lange gefragt, wie ihr über den Monat kommt. So sagt man doch in Deutschland?" Er windet sich. „Sieh nur mal, Lotte. Eine Tasse Kaffee in dieser Lage, abgesehen von der Qualität, die ihr anbietet, für den Preis von 1,50 Euro? Das kann nicht funktionieren. Auch die leckeren Kuchen, alle selbstgebacken. Ich kann nicht begreifen, wie ihr diese kleinen Kunstwerke so günstig verkaufen könnt. Ein Preis von 1,70 Euro pro Stück ist viel zu billig. Wenn das Haus euch gehören würde und ihr keine monatliche Miete zahlen müsstet, gut, dann ginge es vielleicht. So aber, liebe Lotte, kann es nicht funktionieren. Wenn du möchtest, kalkulieren wir nach deinem Urlaub alles zusammen durch?" Jetzt bin ich es, die ihn mitfühlend ansieht. Pepe, so ist mir bekannt, kommt selbst nicht alleine zurecht und muss immer wieder auf die Hilfe seines Bruders zurückgreifen.

Beim Weggehen drehe ich mich noch einmal um. „Wir reden nach dem Urlaub. Danke, Pepe! Vielleicht gibt es ja doch noch Hoffnung für das Café?"

Meine Schicht, meine kleinen aber dafür regelmäßigen Stoßgebete zu Lydia Loweres Konterfeit, alles scheint wie in den Tagen zuvor abzulaufen. Ohne Höhen und Tiefen, ohne das erwartete Zeichen meiner Tante. Beim Beenden meiner Schicht am Mittag ruht mein Blick noch einmal auf dem Gemälde, das mein einziges Erinnerungsstück an meine Tante ist. Sie schaut mir so ernst wie immer entgegen. Traurig lege ich die wenigen Schritte vom Café bis zu meinem Auto zurück. Zum Glück habe ich noch genügend Benzin im Tank, sonst stünde schon das nächste Problem an.

Zu Hause angekommen setze ich mich an meinen Laptop und schreibe Vincenz. Er ist meine Sonne im Leben, der Strohhalm, der mich über den Tag begleitet.

Lieber Vincenz,

wie ich Ihnen schon geschrieben habe, verreise ich für einige Tage. Mein Koffer ist gepackt und ich schwelge in Erwartung auf einige Tage der Erholung, die ich bitter nötig habe. Mein Leben hat sich im vergangenen Jahr um 180 Grad gewandelt. Unser Café, so habe ich es ja schon öfter beschrieben, wird sehr gut besucht. Jede Schicht ist anstrengend und meine Füße schmerzen nach getaner Arbeit. Vielleicht, so glaube ich inzwischen zu wissen, ist der Job einer Kellnerin doch nicht das Richtige für mich. Bei Ihrem Besuch in unserem Café konnten Sie sicherlich einen Eindruck gewinnen, wie beliebt unsere Kuchen sind. Noch nie musste ich so viele Fußbäder nehmen, um am nächsten Morgen überhaupt die Chance zu haben, wieder in meine Schuhe zu passen.
Lieber Vincenz, ich hoffe, Sie können über meine momentane Situation bzw. der Art, wie ich sie beschreibe, lachen. Das zumindest wünsche ich mir!
Dass ich einmal eine Traumreise gewinnen würde, das wäre mir nie in den Sinn gekommen. Ich freue mich schon riesig auf alles, was ich sehen und erleben darf. Meine Freundinnen werden mir fehlen. Wie schön wäre es, wenigstens eine von ihnen an meiner Seite zu wissen. Gemeinsam lässt es sich doch viel schöner klönen und die neuen Eindrücke genießen. Wenigstens darf ich Ihnen schreiben und von meinen Erlebnissen berichten. Es tut doch gut, wenigstens einen Menschen zu haben, mit dem ich die Eindrücke der nächsten Tage teilen darf. Meine Freundin Karin soll für mich

am Samstag im Café einspringen, falls nötig auch am Abend für die Abrechnung zu Verfügung stehen, wenn Ina nicht im Café weilt. Für Karin ist das, neben ihrer normalen Arbeit, sicherlich sehr anstrengend und Zeit zum Telefonieren oder Mailen werden ihr fehlen. So richtig kann ich mir noch nicht vorstellen, dass es funktioniert. Ich denke mal, Karin wird Ina davon überzeugen, noch eine Aushilfe für die nächsten Tage einzustellen. Bewerbungen liegen uns genügend vor. Ina ist sowieso seit den letzten Wochen immer unter Druck. Das kann ich gut verstehen. Die Schichten im Café, der kleine Sohn Wolfi, ihr Freund, da fehlt ebenfalls die Muße für ihre Wünsche oder Zeit mich anzurufen. Da wir uns mit den Schichten abwechseln, sehen wir uns im Café nicht sehr häufig und reden dann auch meist nur über die Arbeit bzw. das Café.

Petra wird sich melden, da bin ich mir sicher. Ich mag ihre Lebensfreude.

Lieber Vincenz, von Petra muss ich einmal in Ruhe schreiben. Petra ist eine außergewöhnliche und liebenswerte Frau, schön ist sie auch noch. Gewiss hätte ich sie überreden können, mich zu begleiten. Ich sehe ein, es war ein Fehler, dieses Vorhaben zu versäumen. Ich hoffe, ich habe jetzt nicht wieder den Eindruck hinterlassen, einsam oder traurig zu sein, wie Sie bereits in Ihrem letzten Brief vermuteten. Keinesfalls sollten meine Worte jammernd oder klagend klingen. Nein, ich freue mich auf die Reise!!! Und ich bin schon jetzt neugierig auf das, was ich in den nächsten Tagen erleben werde.

Liebste Grüße,

Ihre Lotte

Ich verweile nach dem Absenden meiner Nachricht noch vor meinem Laptop und lasse zu, dass meine Gedanken einmal mehr auf Reisen gehen. Der Ton, der keine fünf Minuten später erklingt, weißt auf den Eingang einer neuen Mail hin. Sogleich konzentriere ich mich wieder auf das Hier und Jetzt und schaue nach, wer mir schreibt. Die Nachricht ist von Vincenz! Ich habe nicht gedacht, dass so rasch schon eine Antwort von ihm kommt. Mit einer Tasse Kaffee, die ich mir noch schnell koche, mache ich es mir wenige Minuten später vor meinem Laptop gemütlich. Beim Öffnen der Nachricht fällt mein Blick über den Laptop hinaus aus dem Fenster und direkt auf meinen Garten, den ich so liebe.

„Es ist der unordentlichste Garten, der mir jemals unter die Augen gekommen ist", so die Beschreibung von Ina über dieses Fleckchen Erde, das mir so am Herzen liegt. Für mich ist der Garten naturbelassen und urwüchsig. Nein, vermissen werde ich Ina und ihre pessimistische Art Dinge aufzunehmen, in den nächsten Tagen nicht. Vielmehr wünsche ich mir etwas Leichtigkeit und viele verrückte Erlebnisse. Erneut kommt Petra in meinen Sinn. Wie schön doch die Zeit war, als sie in meinem alten Haus mit mir wohnte. Mit diesen Gedanken öffne ich die Antwort von Vincenz.

Liebste Lotte,

darf ich mehr von Ihren Reiseplänen erfahren? Bisher weiß ich nur, dass Sie eine Schiffsreise antreten, die Sie gewonnen haben. Sie scheinen doch ein Glückskind zu sein. Mich interessiert Ihr Ziel, haben Sie schon Pläne für Landausflüge? Ich habe in meinem Leben schon etliche Schiffsreisen unternommen und diese genossen. Meine verstorbene Frau hat diese Art zu verreisen auch sehr geliebt. Nehmen Sie ein gutes Buch mit? Möchten Sie Menschen kennenlernen an Bord? Neue Freundschaften schließen?

Wenn ich ganz offen sein darf, ich fühle, Sie sind einsam, zumindest zeitweise. Mir, so darf ich offen zugeben, geht es ebenso. Wäre es anders, würden wir zwei sicherlich nicht so viel schreiben. Mir sind Ihre Zeilen wichtig. Mit Freude habe ich die wenigen Auskünfte über Ihre Freundinnen aufgenommen. Nicht viele Menschen haben gleich drei Freunde, die ihnen etwas bedeuten. Seit ich mit Ihnen schreibe, ist mein Leben um eine Freundin reicher geworden.

Erlauben Sie mir die Bemerkung: Mir kommt es so vor, liebe Lotte, als haben Sie ein kleines Geheimnis oder etwas, das Ihnen auf der Seele liegt. Als gäbe es etwas, das Sie nicht mit mir teilen wollen, wieso nicht?

In Erwartung einer baldigen Antwort verharre ich vor meinem Computer.

Ihr Vincenz

Der Mann, so mein erster Gedanke nach dem Lesen der Zeilen, ist etwas verrückt. Nun gut, seine Ahnung, ich habe ein kleines Geheimnis, entspricht der Wahrheit. Auf die große Offenbarung habe ich jetzt keine Lust. Bisher war unser Austausch erfrischend für mich, sinniere ich und blicke in den Garten. Jetzt spüre ich Komplikationen aufkommen. Oder habe ich einmal wieder Angst vor zu viel Nähe? Lachen muss ich über meine Gedanken. Nähe? Welche Nähe? Der Mann schreibt mir Mails und ich antworte ihm, mehr nicht! Lachen kann ich bei der Idee, in Vincenz den idealen Partner für meine Zukunft gefunden zu haben. Ina kommt mir unvermittelt in den Sinn. Sie würde sich aufregen und mich beschwören, ihm nie mehr zu schreiben. Förmlich sehen kann ich vor meinem geistigen Auge, wie Ina reagieren und mich mit düsteren Prophezeiungen überschütten würde.

Beim Zubereiten meines Abendbrots, ich brate mir Kartoffeln in der Pfanne mit Zwiebeln und Speck, dazu Spiegeleier, wandern meine Gedanken noch einmal zu Karin. Wenn ich es recht überlege, verfällt Karin immer mehr in die Verhaltensschiene von Petra. Sie schien mir immer ein wenig neidisch auf Petras tolle Figur und beteuerte doch vehement, sie gehöre nicht zu den Frauen, die sich von der Schönheitsindustrie lenken lassen. Essen sei doch Balsam für die Seele, und, so Karin bei einem Treffen vor einem guten Jahr noch, wenn meine Hüfte die Pizza sammelt, dann solle es so sein. Diese Worte sind jetzt sicherlich vergessen dank Hermann Josef von Breggele. Dabei war Karin so von sich und der Richtigkeit ihrer Ansicht überzeugt. Hermann Josef ist mir nie ganz ans Herz gewachsen. Ich kann diesen Mann und sein Handeln noch immer nicht durchschauen. Karin jedoch scheint ihn zu lieben und an seiner Seite glücklich zu sein. Hermann Josef und sie sind Kunstliebhaber, das verbindet die beiden. Der Mann hatte mir als Notar bei meinem Erbe zur Seite gestanden. Etwas windig war er schon. Seine Kontakte zu Lebzeiten zu meiner Tante Lydia Lowere waren mir von Beginn an suspekt und befremdlich. Ich werde diese Verbindung wohl nie verstehen. Schade nur, dass ich Lydia Lowere nicht mehr vor ihrem Tod kennenlernen durfte. Sie hätte mir sicherlich aus ihrem Leben berichtet und auch, wieso sie sich so an junge Männer klammerte. An dem klangvollen Namen von Hermann Josef von Breggele kann es sicher nicht gelegen haben. Doch was weiß ich schon von den Gedanken meiner verstorbenen Tante? Was ich gehört und erfahren habe, stammt allein aus den Medien und von den Menschen, die Lydia kannten. Demnach hatte Hermann Josef meine Tante im Griff, obwohl sie das Geld hatte. Und jetzt hat er allem Anschein nach meine Freundin Karin genauso im Griff. Allerdings, das muss ich auch zugeben, gehören dazu immer zwei. Was bedeutet, dass Karin und offenbar auch meine Tante Lydia sich bereitwillig der dominanten Art von Hermann Josef untergeordnet haben.

Ganz in diesen Gedanken versunken, bin ich unkonzentriert, so dass mein Spiegelei anbrennt. Ich seufze, stelle die Bratpfanne zur Seite und tue mir gerade selbst leid.

Bevor ich meinen Teller mit Kartoffeln fülle, gehe ich mit mir selbst hart ins Gericht. Eifersucht und Neid sind keine geeigneten Ausganspunkte für eine schöne Urlaubsreise, kritisiere ich meine eigenen Gedanken. Beim Essen spüre ich, wie ich langsam ruhiger werde. Die Freude auf die Reise kommt wenig später am Abend ganz unvermittelt auch wieder über mich. Ich beschließe einmal mehr, alle Sorgen zu Hause zu lassen und mein Leben eine Woche lang in vollen Zügen zu genießen. Vincenz schwirrt mir durch den Kopf, er hat mir am Abend noch einmal lieb geschrieben, mir eine großartige Reise gewünscht. Da ich müde bin, sende ich ihm nur eine kurze Gute-Nacht-Mail. Das soll für heute reichen.

Immerhin, so rede ich mir noch vor dem Einschlafen ein, nur ein gesunder Geist und Körper können Leistung bringen. Wenn ich überlege, wie viel ich in den letzten Monaten gearbeitet habe, dann habe ich diese Reise verdient.

Im Bett liegend kommt mir Vincenz noch einmal in den Sinn. Ich habe ihm nur drei Zeilen geschrieben und fühle mich jetzt schlecht. In den nächsten Tagen, so mein Entschluss, werde ich ihm ausführlich von meiner Reise berichten. Er ist so nett und einfühlsam. Unter keinen Umständen möchte ich den Kontakt zu Vincenz verlieren. Dieser Mensch füllt eine Lücke in meinem Leben.

Über diese Gedanken wächst in mir die Lust, noch einmal aufzustehen, um ihm zu schreiben. Meine Müdigkeit überwiegt jedoch und ich rede mir ein, Vincenz ist nur ein moderner Brieffreund, sonst nichts.

Ein unruhiger Schlaf begleitet mich durch die Nacht. Meine Träume bringen mich an einen Sandstrand. Ich sehe mich bereits in meinem roten Bikini am Strand liegen, umschwärmt von Männern, die mir nachpfeifen, ihre Hälse nach mir verdrehen. Ohne Zusammenhang sehe ich mich später an einem Rednerpult stehen, allerdings in einem schicken Kleid. Neben mir steht der Künstler Anton Wall, im Hintergrund taucht meine verstorbene Tante Lydia Lowere auf. Dann erscheint ein älterer Herr, der sich beim Gehen auf einen Stock stützt, kurz innehält und mir bewundernd zunickt. Sein Blick hält mich gefangen. Ich bin nicht mehr in der Lage weiterzusprechen, innere Unruhe kommt auf.

Lediglich Lydia Lowere lässt sich nicht von der aufkeimenden Stimmung anstecken. Meine Tante Lydia strahlt über das ganze Gesicht und begrüßt den älteren Herrn überschwänglich. Ihr Anblick gibt mir Kraft und ich sehe mich wieder selbstsicher am Rednerpult stehen. Ein Ruf hallt bis in meine Ohren. „Lydia Lowere ist tot, tot, tot.“ Erschrocken drehe ich mich um. „Nein!“, schreie ich laut. Die Menschen sind still, niemand bewegt sich mehr. Dann jedoch registriere ich, dass Anton Wall seinen Platz verlässt. Er verfällt in ein grelles Lachen, klatscht in seine Hände. „Lotte Wolke ist wieder in ihrem Traumland“, höre ich ihn sagen. Alle Gäste stimmen in das Lachen ein. Noch einmal sehe ich auf Lydia Lowere, die noch immer ein Lächeln in ihrem Gesicht trägt. Ich will sie rufen, meine Stimme versagt jedoch. Ich kann nur meine Lippen bewegen aber kein Ton erklingt. Dann sehe ich, wie Lydia Lowere sich ebenfalls von ihrem Sitz erhebt und wie sie ganz langsam an mir vorbeigeht, mich dabei unentwegt anlächelt. Mein Wunsch diese Frau zu umarmen, sie zum Bleiben zu bewegen, scheitert. Noch immer nicht in der Lage einen Ton zu sagen oder mich zu bewegen, muss ich beobachten, wie Lydia Lowere an mir vorbeigleitet. Ich bin nicht in der Lage, sie aufzuhalten. Meine Tante Lydia erreicht schon die Tür und ich spüre, in mir breitet sich die Angst aus, diese Frau jetzt aus den Augen und *aus dem Leben zu verlieren. Erneut möchte ich nach ihr rufen. Meine Stimme versagt abermals. Jetzt halte ich mich verzweifelt an dem Rednerpult fest, hüstele. Meine Gesten sind groß und gelenkt von einer inneren Verzweiflung, es doch noch zu schaffen, Lydia Lowere näherzukommen. Meine Versuche, diese Frau aufzuhalten, scheitern endgültig. Das Rednerpult, an dem ich stehe, kommt durch meine Bewegungen ins Wanken. Ich werde immer hektischer, verzweifelt in dem Versuch zu sprechen, komme ich ins Straucheln. Das Rednerpult gibt nach, kippt vorn über und zieht mich mit auf den Boden.*

Der Wecker zeigt 4 Uhr in der Frühe, als ich schweißgebadet aufwache. Was für ein Traum!

9 Uhr

Noch bevor Ina klingelt, stehe ich mit meinem Koffer auf der Straße. Sie war so freundlich mir anzubieten, mich zum Flughafen nach Frankfurt zu fahren. Mit einer Vollbremsung hält sie vor meinem Haus. Das, so weiß ich leidlich aus Erfahrung, bedeutet nichts Gutes. Ein mulmiges Gefühl breitet sich in mir aus und bereitet mir sogleich Magenschmerzen. Mürrisch steigt Ina aus ihrem Auto und begrüßt mich wenig herzlich. Ich lade derweil rasch meinen Koffer in ihren Kofferraum. Eigentlich ist keine Eile geboten, wir liegen perfekt in der Zeit. Mir entgeht aber nicht, wie auffallend oft Ina auf ihre Armbanduhr lugt. Zeitgleich ruft Petra mich an. Kaum, dass ich den Koffer im Inneren des Wagens verstaut habe, nehme ich das Telefonat entgegen. Petra und Marc wünschen mir eine gute Reise. Beim Einsteigen in Inas Wagen habe ich aus Bequemlichkeit das Handy auf laut gestellt. So gelingt es mir, Petra zuzuhören und mich zeitgleich anzugurten. „Erhol dich, meine Liebe!", so Petra. Ihre Stimme klingt wie immer gutgelaunt. „Vielleicht triffst du einen wunderbaren Mann", fügt sie belustigt nach und verfällt in lautes Lachen. Mich steckt ihre Fröhlichkeit an, ich lache ebenfalls. Ina, die ich kurz von der Seite ansehe, verzieht ihre Miene. „Ich soll dir auch eine gute Reise wünschen", bekundet Marc, der jetzt durch meinen Handylautsprecher erklingt. Seine Stimme jedoch klingt teilnahmslos, mehr habe ich auch nicht von ihm erwartet. Ich denke mir, Petra hat ihm zuvor gesagt, er sollte diese Worte in ihr Handy plaudern. Ina brummelt auf dem Fahrersitz herum und ich habe das Gefühl, gleich wird sie noch lauter. Daher bedanke ich mich rasch bei Petra und Marc für den Anruf. Danach ist auch die Verbindung beendet.

„Marc benimmt sich wie ein dressiertes Hündchen", kollert Ina und startet zeitgleich den Wagen. „Keine Streitereien, bitte", fordere ich Ruhe und Frieden für die Autofahrt ein.

Für einen Moment lehne ich mich im Sitz zurück. Mir hat gefallen, dass auch Petra sich von mir verabschiedet und an mich gedacht hat. Um die Stimmung nicht ganz zum Gefrieren zu bringen, lenke ich das Thema auf unser Café. Ina berichtet, was für die nächsten Tage geplant ist und welche Aktionen mit Kuchen auf dem Plan stehen. Immer wieder bieten wir unseren Gästen attraktive und preislich sehr entgegenkommende Angebote an, die auch gut angenommen werden. Spontan muss ich an Pepe und seinen Rat denken. Kurz überlege ich, Ina darauf anzusprechen, entschließe mich aber, dass das bis nach meinem Urlaub warten kann. Inas Laune wird gerade erst ein wenig besser.

Am Flughafen angekommen umarmt Ina mich herzlich und wünscht mir eine gute Zeit. Im Verlauf der Fahrt scheint sie sich entspannt zu haben. Ihre Worte beim Abschied und die liebe Umarmung stimmen mich glücklich. Meine Freundin, so kann ich beim Abschied sehen, sieht müde aus. Mir fehlt gerade die Kraft nachzufragen, ob alles in ihrem Privatleben in Ordnung ist. Mit einem Kuss auf ihre Wange verschwinde ich im Flughafen und tauche ein in das Gewusel der Hundertschaft an Menschen, die sich nach der Ferne sehnen oder gerade heimkommen. Nach dem Einchecken sichte ich noch einmal meine Mails. Wie erwartet finde ich noch eine Nachricht von Vincenz.

Liebste Lotte,

am Abend habe ich noch sehr lange auf einige Zeilen aus Ihrer Feder gewartet, vergeblich. Sicherlich haben Sie noch einige Vorbereitungen vor Ihrer Reise erledigt und mich, so hoffe ich inbrünstig, dabei nicht ganz vergessen. Sie, liebe Lotte, sind für einen alten Mann wie ich es bin, wie eine aufblühende Rose.

Spontan starte auch ich eine kleine Reise. Mein Neffe Hermann hat mich dazu überredet. Es ist eine Arbeitsreise verbunden mit Sonne und hoffentlich guten Erlebnissen und Eindrücken. Auch in meinem fortgeschrittenen Alter kann ich nicht davonlassen, gute Geschäfte zu tätigen. Ich werde mir unterwegs mehrere Immobilien ansehen und auch Menschen treffen, die mir bei meinen Entscheidungen zur Seite stehen werden.
Meine Hoffnung und meinen damit verbundenen Wunsch, liebe Lotte, Sie bald persönlich zu treffen, kann ich nur wiederholen. Ich spüre, mit Ihnen kann ich mich austauschen, wie selten mit Menschen in meiner Umgebung. Hermann, mein Neffe, ist auch so eine Ausnahme. Ihn sollten Sie auch kennenlernen, liebste Lotte.

Seine Ankündigung, dass er mir seine neue Freundin vorstellen und sie auch auf die Reise mitnehmen wird, hat mir zunächst nicht gefallen. Dann aber habe ich mir gesagt, werde nur nicht alt, Vincenz! Es tut immer gut, neue Menschen kennenzulernen und mit jedem neuen Impuls spüre ich, noch zu leben.

Gerne sende ich Ihnen Fotos von meinem Urlaub. Darf ich auch auf ein Foto von Ihnen hoffen?

Von ganzem Herzen nur das Beste für Sie!

Ihr Vincenz

Während des Fluges hole ich den fehlenden Schlaf der Nacht nach. Schon beim Starten fallen mir meine Augen zu. Das Essen, falls es angeboten wurde, habe ich verpasst.

Meine Kreuzfahrt startet in Malaga. Freudig verlasse ich nach der Landung den Flughafen und steuere den Taxistand an. Unerwartet muss ich an Franz denken, mit dem ich im letzten Jahr zusammen war. Einige Monate des Glücks habe ich spüren und erleben dürfen mit diesem Mann. Wie gerne hätte ich ihn jetzt an meiner Seite. In seinen Armen habe ich mich beschützt gefühlt und gleichzeitig eine Sehnsucht nach Liebe und Nähe gespürt, wie niemals zuvor. Franz küsste mich wie kein anderer Mann es jemals vollbracht hat. Ich war in den letzten Jahren nicht gerade prüde unterwegs. An Erfahrungen hat es mir nicht gemangelt. So nachhaltig wie ich an Franz denken muss, das habe ich zuvor niemals erlebt. Immer wieder spüre ich die Sehnsucht in mir, noch einmal so geküsst und geliebt zu werden wie von Franz. Es gab Männer, die mir begegneten, mit denen ich lachen und reden konnte. Beim späteren Näherkommen, beim ersten Kuss, war alles Prickeln vorbei. Als unerträglich empfinde ich es, wenn mich ein Mann nicht richtig küsst. Küssen ist für mich der Anfang von gutem Sex. Ohne ein Prickeln beim ersten Kuss läuft nichts bei mir.

Mein Handy bringe ich zum Vorschein. Ich tippe die Nummer von Franz ein und fange an, ihm eine Nachricht zu schreiben. Ob sich durch nur eine SMS oder WhatsApp das alte Band der Verbundenheit wiederherstellen lässt? Diese Frage stelle ich mir und habe sogleich die Antwort parat. Nein, zwischen Franz und mir ist am Ende der Beziehung vieles zerbrochen, was nicht so nebenbei gekittet werden kann. Dafür bedarf es mehr als einer WhatsApp. Ihn um ein Treffen bitten, traue ich mich nicht, trotz aller Sehnsucht. Noch einmal überfliege ich die Worte, die ich schon verfasst und in mein Handy getippt habe. Mir ist bewusst, wenn ich diese absende, ich verfalle in alte Rituale. Etwas traurig lösche ich die Zeilen. Sehr oft habe ich in den letzten Monaten versucht, Franz von meinen immer noch bestehenden Gefühlen zu schreiben. Wann immer ich eine Nachricht in mein Handy getippt hatte, fehlte mir der Mut, diese abzusenden und ich hatte die Zeilen anschließend gelöscht. Noch sind die Erinnerungen an das Ende unserer Beziehung zu sehr in meinem Kopf, als dass ich einfach wieder dort weitermachen könnte, woran ich am Ende fast zerbrochen wäre. Am Taxistand bleibe ich kurz stehen, blicke mir die vorbeieilenden Menschen an und mir wird bewusst, ich bin ein Glückspilz!

Mit der Teilnahme an dem Kreuzworträtsel hat sich mein Blatt gewendet. Niemals hätte ich selbst die finanziellen Möglichkeiten gehabt, um eine Kreuzfahrt auf solch einem Luxus-Dampfer zu buchen. Dabei habe ich mir schon sehr lange gewünscht, einmal aus meinem alten Leben rauszukommen und etwas Außergewöhnliches zu erleben. Mir fällt ein

Märchen aus Kindertagen ein. Eine junge Frau, aus ganz ärmlichen Verhältnissen, wurde von einem Prinzen zum Tanz geladen. Die Freude über die Einladung und der Gedanke, diesen jungen Prinzen wiederzusehen, hielten nur kurz. Die Angst, keine passende Garderobe zu haben, stand plötzlich im Mittelpunkt. In dem Märchen hatte sich alles wie durch Zauberhand geklärt. Darauf jedoch konnte ich nicht hoffen. Und doch hat sich mit der Teilnahme an dem Preisrätsel schon eine neue Tür für mich geöffnet. Noch in Gedanken mit dem Märchen aus Kindertagen beschäftigt, überfällt mich die Sorge, meine mir zur Verfügung stehende Garderobe sei nicht passend und nicht geeignet, um mit der höheren Society aufeinanderzutreffen. Mit dem Gewinn für die Reise habe ich nicht gleichzeitig den Inhalt meines Koffers gewechselt. Dieses Thema habe ich schon vor Tagen mit meinen Freundinnen besprochen.

„Wer sich niemals traut, über seinen Tellerrand zu blicken, der stirbt in Dummheit und ohne Freude.“

Dieser Spruch meiner Tante Lydia Lowere fällt mir ein. Auf einem alten Brief von ihr hatte er gestanden. Lydia hat das Leben gelebt und geliebt. Ich hole tief Luft und mit dem Gedanken an meine Tante bemühe ich mich um Gelassenheit. Was für ein schönes und sicherlich aufregendes Abenteuer wäre es gewesen, gemeinsam mit Lydia Lowere diesen Urlaub zu verbringen. An ihrer Seite hätte ich sicherlich keine Ängste verspürt.

Mein Blick fällt auf ein freies Taxi. Ich winke dem Fahrer und freue mich zu sehen, dass er sogleich seinen Wagen zu mir lenkt. Rasch ist mein Gepäck im Inneren des Kofferraums verstaut. „Sie haben aber nur einen kleinen Koffer. Wo soll es denn hingehen, junge Frau?“

Ich stöhne, der Taxifahrer schaut kurz in den Rückspiegel. „Zum Hafen. Ich mache eine Kreuzfahrt." Verlegen senke ich meinem Blick, schaue anschließend wieder konzentriert aus dem Fenster. „Die anderen Passagiere haben meist das Dreifache an Gepäck dabei", bemüht sich der Taxifahrer ein Gespräch mit mir anzufangen. Mir ist nicht nach Reden, daher blicke ich aus dem Fenster und bleibe stumm. Mir gefällt, was ich auf der Fahrt vom Flughafen zum Hafen sehen darf. Malerisch und ungezwungen wirkt alles auf mich und in mir breitet sich die Sehnsucht aus, einfach die Zeit anzuhalten. Mein Handy piept, ich sehe sogleich den Eingang einer Nachricht von Ina. „Erhole dich gut!", wünscht sie mir. Versonnen muss ich an meine Freundin denken. Wir sind so verschieden und doch haben wir uns lieb. Jede meiner Freundinnen hat ihre besondere Seite, so meine weiteren Gedanken, bevor ich überrascht registriere, das Taxi hält bereits vor einem gewaltigen Kreuzfahrtschiff. „Im Augenblick ist nur dieser Luxusdampfer im Hafen. Sind Sie sicher, dass Sie hier richtig sind?" Der Fahrer dreht sich neugierig um.

Niemals zuvor durften meine Augen etwas Ähnliches sehen. Ich starre ehrfürchtig aus dem Fenster und betrachte das große Schiff vor meinen Augen. Dass ich die Taxirechnung begleichen kann, habe ich Ina zu verdanken. Bei aller Ruppigkeit, die sie oft ausstrahlt, ist sie ein Mensch der tiefen Gefühle und jemand, der mitdenkt. Vor der Verabschiedung am Flughafen hat sie mir zweihundert Euro zugesteckt und mir bei der letzten Umarmung ins Ohr geflüstert: „Gib mir das Geld zurück, sobald du dazu in der Lage bist." In diesem Moment konnte ich meine Dankbarkeit nur mit einer noch festeren Umarmung und dem Versprechen, das auf jeden Fall zu tun, zeigen.

Minuten später stehe ich auf der Straße. Das Taxi ist längst davongefahren, um den nächsten glücklichen Passagier vom Flughafen abzuholen. Ich sehe dem Wagen nach und spüre, dass sich die Angst erneut in mir ausbreitet. Was, so frage ich mich, erwartet mich an Bord?

Anton Wall

Mein Handy zeigt vier verpasste Anrufe von Lotte. Kurz streifen meine Gedanken all jene kurzen Begegnungen, die ich mit Lotte hatte. Diese Frau lebt so ganz anders als ich. Sie, die Frau, die in meinen Augen gut auf das Land passt, hat leider nicht viele der hervorstechenden und glamourösen Eigenschaften von ihrer Tante Lydia Lowere geerbt. Dass ich nach ihrem Tod die Villa kaufen durfte, nicht einen Tag habe ich diesen Schritt bereut. Oft kommt es mir vor, als schwebe der Geist von Lydia Lowere noch durch die Mauern meiner Villa. Als lebe Lydia Lowere noch immer hier und warte darauf noch eine Aufgabe zu erfüllen, bevor sie endlich ewige Ruhe finden kann. Diese Frau hatte Größe, ihr Auftreten war Glamour pur. Bei meinen künstlerischen Arbeiten war Lydia Lowere eine stetige Inspiration für mich. Das ist noch immer so. Meine Arbeiten gehen mir, seit ich in der Villa leben darf, viel leichter von der Hand. In einem ihrer ehemaligen Gästezimmer habe ich mir ein Atelier eingerichtet. Es ist sonnendurchflutet und hat einen direkten Zugang zu dem riesigen Garten. Mir stehen hier die idealen Lichtverhältnisse für mein Schaffen zur Verfügung.

Als Künstler erlaube ich mir ab und an meine ganz eigenen Gedanken zu den Menschen und zum Leben im Allgemeinen. Gleichklang ist gut, bedeutet zuweilen aber auch Langeweile. Zumindest für mich ist diese Vorstellung ein beängstigender Zustand. Nur, wenn ich das Leben lebe, es auskoste, bekomme ich Inspirationen für meine Kunst. Ich muss immer wieder das Gefühl haben, in das richtige Leben einzutauchen, etwas Verrücktes zu erleben.

Was Lotte wohl von mir wollte? Ein Blick auf meine Armbanduhr zeigt, ich habe wenig Zeit. Das Vorhaben mit Lotte zu sprechen, vertage ich um eine Woche. Jetzt verreise ich erst einmal und will von ihren Sorgen, ich vermute, dass es darum geht, nichts hören. Die neue Ausstellung auf einem neuen Kreuzfahrtschiff, die mein Freund für mich organisiert hat, habe ich mit Freuden angenommen. Mir ist zu Ohren gekommen, dass auf diesem Schiff nur solvente und gut betuchte Gäste anzutreffen sein werden. Eine Klientel, die mit Sicherheit meine Kunst zu würdigen wissen wird, so zumindest meine Hoffnung.

Bevor ich die alte Villa verlasse, um zum Frankfurter Flughafen zu fahren, fällt mein Blick noch einmal auf die Briefe, die ich gefunden habe. Allesamt sind von Lydia Lowere verfasst worden. Diese Frau war so weise, so vorausschauend und lebendig. Ihre Lebendigkeit zeigt sich in jedem einzelnen der Räume der Villa, die ich daher auch kaum verändert habe. Beim Abschließen der Villa spüre ich, ich freue mich schon jetzt auf den Moment, an dem ich von meiner Reise zurückkommen werde und die Tür zu meinem kleinen Reich der Freude öffnen darf. Einen von Lydias Briefen stecke ich ein. Für mich sind diese Zeilen aus ihrer Feder wie eine begleitende Inspiration auf meiner Reise. Wieder denke ich an Lotte. Ihr habe ich den Brief bei ihrem letzten Besuch gezeigt, sie war richtig gerührt.

Beim Check-in am Flughafen habe ich eine Fata Morgana, glaube schon, Lotte Wolke unter den Passagieren zu sehen. Nur ein Alptraum mitten am Tage, lache ich diesen Gedanken fort. Es muss an den verpassten Anrufen liegen, das ich überhaupt an Lotte Wolke denke. Die Frau, die ich soeben kurz sehen konnte, trug so ein schönes und geschmackvolles Kleid. Lotte würde sicherlich niemals so eine Wahl treffen. In der Business Lounge ist diese kleine Begegnung rasch vergessen. Gedanklich bereite ich meine Vernissage vor, formuliere meine

Worte, die ich zur Begrüßung aller Kunstinteressierten sagen werde. Mir liegt am Herzen, den Menschen Freude zu schenken. Ich möchte ihnen mit meiner Kunst und meinen Worten eine neue Sichtweise und alternative Welt zeigen. Leider, so ist mir bewusst, können sich nicht viele Menschen in einer angemessenen Art und Weise darauf einlassen. Diese Tatsache ist traurig, aber ich muss mich damit auseinandersetzen und lernen, mich nicht ständig darüber aufzuregen.

Im Flugzeug sitze ich in der ersten Reihe, strecke zufrieden meine Beine aus. Nach dem Start fingere ich den Brief von Lydia Lowere heraus und lese mir die Zeilen noch einmal durch.

Mein lieber Freund, mein lieber V.,

diese Zeilen schreibe ich dir, in der Hoffnung, dich niemals ganz als Freund zu verlieren. Deine Entscheidung, dich von mir zu trennen, tut weh. So ganz passen diese Worte nicht zu mir. Im Grunde bin ich eine sehr selbständige und selbstbewusste Persönlichkeit und keine Frau, die es nötig hat, einem Mann nachzulaufen. Öffentlichkeit zieht mich an, sie ängstigt mich nicht, ich bin auf jedem Parkett zu Hause.

Wieso ausgerechnet du es geschafft hast, mich zu verändern, mich hast in meiner Gefühlswelt eine neue Ebene finden lassen, ich begreife es noch nicht. Die Monate an deiner Seite, deine Freunde, die ich habe treffen und kennenlernen dürfen, alles hat mich geprägt. Einige deiner Freunde haben mir neue Türen geöffnet. Mit Freuden bin ich diese Türen durchschritten. Meine Villa ist mein Sonnenschein. Jeden Tag aufs Neue bin ich dir dankbar, in dieser Welt leben zu dürfen. Bewusst habe ich mich für eine helle Einrichtung entschieden. Mein

Geist kann sich hier entfalten und ich bin offen für neue Impulse und Eindrücke, die ich hier reichlich sammle.

Außergewöhnlich sind meine Gemälde, die ich dir so gerne gezeigt hätte. Jedes einzelne habe ich persönlich ausgesucht und gleich beim ersten Ansehen gewusst, wo es seinen Platz in meiner Villa finden wird. Meine Verbindung zu einem jüngeren Mann scheint dir zu missfallen, was mich traurig stimmt. Das weckt wiederum ein Gefühl in mir, das mir nicht gefällt. Mein Lieber, ich umgebe mich gerade mit der Jugend und erhoffe mir, sie überträgt sich auf mich. Noch spüre ich die Sehnsucht und meinen Hunger nach dem Unbekannten. Mein Wunsch ist, dass du mich verstehst!

Wer sich niemals traut, über seinen Tellerrand zu blicken, der stirbt in Dummheit und ohne Freude. Ich liebe das Leben und ich lebe um zu leben. Viele Menschen sind in sich gefangen und sehen nicht mehr die Schönheit und Vielfalt, die das Leben birgt.

Mein lieber V. – ich wünsche mir von Herzen, dass auch du deinen Weg findest, der dich glücklich macht.

In ewiger Verbundenheit, *deine Lydia*

Lydia Lowere hat ihr Leben nicht nur geliebt, sie hat es auch so gelebt, wie es für sie am schönsten war. Die soeben gelesenen Zeilen lasse ich auf mich wirken und erhoffe mir, dass auch ich meinen Weg gehen kann, der mir guttut. Ordentlich falte ich den Brief wieder zusammen und lege ihn in meine Tasche. Kurz sinniere ich noch, wie glücklich ich jetzt in der Villa bin. Die Frage, wer der unbekannte Freund von Lydia Lowere war, habe ich mir schon beim ersten Lesen gestellt. Dieses Geheimnis, so glaube ich, hat sie mit ins Grab genommen.

Als Erster verlasse ich nach der Landung das Flugzeug, ohne auf die anderen Passagiere zu achten. Mein Weg führt mich direkt zum Taxistand. Mein Koffer ist bereits an Bord des Luxusdampfers. Mein Freund und Gönner hat für mich alles vorbereitet. Ich gebe offen zu, ich liebe dieses Leben mit seinen kleinen Annehmlichkeiten.

An Bord des Kreuzfahrtschiffes finde ich meine Suite in der fünften Etage. Mein Mäzen wohnt in der zehnten Etage, natürlich ganz oben. Erst am Abend werde ich ihn treffen, so die kleine Nachricht auf meinem Tisch. Genügend Zeit also, um meine beiden Koffer, die schon neben dem Kleiderschrank stehen, auszupacken, was ich auch sogleich in Angriff nehme. Innerhalb weniger Minuten ist alles verstaut. Anschließend erfreue ich mich an den kleinen und leckeren Kuchen, die als Aufmerksamkeit auf dem Tisch stehen. Das ist ein exklusiver Service, der mir sehr zusagt. Die spontane Überlegung, eine Runde im Pool zu schwimmen, verwerfe ich. Mir ist bewusst, ich habe noch Vorbereitungen für meine Vernissage zu treffen. Wie mir mitgeteilt wurde, soll ich, gemeinsam mit zwei Helfern, die geeigneten Plätze für meine bereits gelieferten Gemälde aussuchen. Nach einem kurzen Aufenthalt in meinem Badezimmer mache ich mich zufrieden auf den Weg. Menschen, die mir auf den Gängen begegnen, betrachte ich mit Neugier. Ob unter ihnen wahre Kunstkenner oder interessierte Kunstliebhaber sind? In der untersten Etage, so meine Information, soll ich mich melden. „Sie sind sicherlich Anton Wall, der Künstler! Herzlich Willkommen an Bord!" Diese Begrüßung stimmt mich freudig. Die nette Dame greift zum Hörer und rasch kommen zwei Männer herbei. Ob sie auch etwas von Kunst verstehen, frage ich mich zweifelnd bei ihrem Anblick.

Nicht ganz leicht gestaltet sich das Vorhaben, die richtigen Wände für meine Kunstobjekte auszusuchen. Mal missfällt mir das Design des Bodenbelags, weil es in meinen Augen wehtut und eine Verschmelzung mit meinen Bildern nicht zu erkennen ist. Ein anderes Mal stimmen die Lichtverhältnisse nicht. Unter keinen Umständen darf es zu dunkel sein. Ebenso schädlich ist eine direkte Sonneneinstrahlung auf die Gemälde.

Dankbar bin ich, noch einige Stunden Zeit zu haben, um alles zu kontrollieren. Die beiden Männer, die mir zur Seite gestellt wurden, bemühen sich sehr, mich zu unterstützen. Wirkliche Kunstkenner sind sie nicht. Ein echtes Hindernis für meine Arbeit sind die Gäste. Immer wieder werde ich von Menschen angesprochen, die neugierig stehen bleiben und unser Unterfangen beobachten. Nervend finde ich die wohlgemeinten Aussagen, die an meine Ohren dringen. „Das Bild muss höher“ oder „Was genau sollen die Farbkleckse ausdrücken?“ wie auch „Beeindruckend, wirklich beeindruckend! Ich freue mich schon auf die Vernissage und Ihre Interpretationen zu den einzelnen Gemälden.“ Andere wiederum wollen sich über meine Vorgehensweise beim Arbeiten mit mir austauschen, teilen mir mit, selbst Künstler zu sein. Hobbykünstler, so meine rasche Beurteilung, die ich natürlich lächelnd für mich behalte. Immerhin, so meine nächste Eingabe, diese Leute interessieren sich für meine Kunst. Einige haben schon in dem Schreiben, das in allen Suiten zur Begrüßung verteilt wurde, gelesen, dass eine Ausstellung stattfindet.

Der Kapitän höchstpersönlich kommt auf einen kleinen Plausch vorbei und lauscht meinen Anweisungen für die Männer, die meine Kunst aufhängen sollen. Dabei hält er sich galant im Hintergrund. „Sie kommen zum Dinner an meinen Tisch“, verabschiedet er sich nach wenigen Minuten zufrieden von mir. Bis jetzt war ich nicht darüber informiert, am Kapitänstisch zu sitzen, denke mir aber, das wird mein Mäzen organisiert haben. Vincenz zu begegnen, war mein großes Glück. Dieser Mann fördert und verehrt mich als Künstler. Außerdem versteht er mich und meine Anwandlungen, immer wieder für Wochen von der Bildfläche zu verschwinden. Bei meinen schöpferischen Eingebungen brauche ich Zeit und Ruhe. Selbst die Nächte sind nicht mehr nur alleine dem Schlaf reserviert. In diesen Phasen der Entwicklung werde ich oft mitten in der Nacht wach und habe eine Idee, eine Eingebung, die ich umsetzen möchte beziehungsweise umsetzen muss, und zwar sofort. Was ist eine Uhrzeit? Nur eine Vorgabe, die von Menschen gemacht wurde. Meine Kunst ist meine Liebe und Leidenschaft.

Mein Blick bleibt an einer Frau haften, die aus einer der hinteren Türen dieses Flures tritt. Einen Augenblick glaube ich, diese Frau zu kennen, muss schon wieder an Lotte Wolke denken. Dann jedoch lache ich meine Gedanken erneut weg und konzentriere mich wieder auf das Aufhängen meiner Gemälde. Eine Frau wie Lotte kann sich den Aufenthalt auf diesem Schiff niemals leisten. Mir ist bekannt, dass von dem Verkauf der Villa nicht viel Geld übriggeblieben ist. Das Geld, so habe ich erfahren, hatte Lotte in ihr Café gesteckt. Eine Geschäftsfrau ist sie leider nicht. Wenn ich nur an unsere erste Begegnung denke, grauenvoll. Wollte die Frau doch eines meiner besten Gemälde kaufen. Ich bin ihr mit dem Preis entgegengekommen. Auf 100.000 Euro hatten wir uns geeinigt. Der rote Punkt, den ich anschließend unter das Gemälde hing, lenkte andere Kaufinteressenten zur Konkurrenz. Das Schlimmste jedoch war, Tage später war noch immer kein Geld auf meinem Konto eingegangen. Diese Frau hatte mir gründlich mein Geschäft vermasselt und lief mir seit diesem Tag auch noch in regelmäßigen Abständen über den Weg. „Das blaue Wunder“, so war der Name des Gemäldes, war ohnehin viel zu schade gewesen, um in dem alten Haus von Lotte Wolke zu hängen. Mir liegt daran, meine Kunstwerke auch in die richtigen Hände zu geben. Menschen, die meine Kunst nicht zu schätzen wissen, sollen sie auch nicht aufhängen. Alleine die Frage, die Lotte mir damals gestellt hat, ich werde sie nie vergessen: „Ich sehe auf dem Bild nur blaue Farbkleckse. Und daran arbeiten Sie über Wochen?“ Lotte Wolke gab sich damit aber nicht zufrieden, nein, sie toppte diese peinliche Einlage noch. Ob es am Champagner lag, den sie reichlich getrunken hatte?

Karin

Am liebsten hätte ich Lotte auf ihrer Reise begleitet. Schade nur, das nötige Kleingeld hatte ich nicht zur Verfügung, um den Aufpreis für eine Woche auf diesem Luxusdampfer zu buchen. Welch ein Glück Lotte nur hat. Gewinnt meine Freundin so nebenbei eine großartige Reise. Zunächst wollte Lotte diese Reise nicht mal antreten, hatte ständig eine andere Ausrede, wieso es ihr gerade nicht passen würde, eine Woche von der Bildfläche zu verschwinden.

„Das Café und Ina brauchen meine Unterstützung", habe ich mir mehr als nur einmal aus ihrem Mund anhören dürfen.

„Euer Projekt mit der Selbständigkeit ist eh gescheitert. Muss ich dich schon wieder daran erinnern?", war meine Antwort. Es war bitter, aber auch die Wahrheit. Zum Ende des Jahres wird das Café geschlossen. Warum soll Lotte sich jetzt so verrückt machen und außer auf das verlorene Geld auch noch auf die Reise verzichten. „Passende Kleidung habe ich auch nicht", durfte ich als nächste Ausrede aus ihrem Mund hören. Zum Glück haben Ina und Lotte immer noch die gleiche Kleidergröße und so konnten wir Lottes Koffer bestücken. Hinzu kamen die vielen tollen Kleider aus meinem ‚Altbestand', wie ich mich gerne ausdrücke. Mit Freude habe ich Lotte alles geschenkt, was ihr gefiel. Es ist noch nicht so lange her, da hatte ich die gleiche Kleidergröße wie Lotte und Ina.

Meine Freundin Lotte wird so und so eine Augenweide sein. Ihre Natürlichkeit punktet von alleine, das habe ich Lotte mit auf den Weg gegeben. „Außerdem bekommst du Ablenkung und vielleicht begegnet dir eine neue große Liebe! Es ist an der Zeit, die Erinnerung an Franz durch neue Erfahrungen zu ersetzen." Meine Worte blieben unkommentiert. Ob Lotte noch immer an Franz dachte? Franz war ihre große Liebe und Lotte war verliebt in diesen Mann, wie ich damals selbst beobachten durfte. Allerdings kam mit Franz auch sehr viel Ärger und Chaos in Lottes Haus. Mir fallen die Kontaktanzeigen ein, die wir Freundinnen in einer Sektlaune verfasst hatten. Stundenlang haben wir damals an dem Text gefeilt. Es hat wirklich Spaß gemacht und ich muss schmunzeln, wenn ich heute noch an diese Zeit zurückdenke. Viele Abende haben wir in Lottes verwilderten Garten zusammengesessen und gegrübelt, diskutiert und uns gewunden bis der Text stand. Auch einige Gläser Sekt haben wir gebraucht, um den richtigen Anlauf beim Verfassen zu finden. Ina hat sich in der Zeit einmal mehr als Pessimistin gezeigt und sich auch kurz von uns zurückgezogen. Verrückt, wie alles kam. Wenn ich jetzt so diese Zeit Revue passieren lasse, ich muss auch über einige der Erlebnisse mit den Männern lachen, die durch die Kontaktanzeigen in unser Leben kamen.

Suche Mann zum Renovieren, diese Überschrift unserer Kontaktanzeige brachte große Resonanz. Die Schreiben von kontaktwilligen Herren flatterten nur so in Lottes Briefkasten. Da ich gerade erst aus Berlin zurück auf das Land gezogen und wieder Single war, war mein Interesse an der Aktion *Ich suche einen Mann* natürlich sehr groß. Nicht nur Ina hatte sich mit dem Auftauchen der ersten Männer zurückgezogen, Petra ließ sich auch nicht mehr oft bei uns blicken. Lotte und ich waren in dieser Zeit eine verschworene Gemeinschaft. Zu Beginn haben wir alles genau besprochen. Jedes Detail, jede Verabredung gemeinsam erkundet und angegangen. Zu Beginn der Aktion hatte kein Blatt zwischen Lotte und mir gepasst.

Die vermeintlichen Kandidaten kamen und gingen, sie brachen uns die Herzen und zurück blieb das große Chaos. Lotte und ich lagen irgendwann im Klinsch. Alles nur wegen der Männer! Mit einem Mal hatten wir an dem gleichen Kandidaten Gefallen gefunden und mit diesem Mann zogen auch die

Gewitterwolken in Lottes Haus. Zum Glück haben wir uns wieder vertragen. Mit dem Tag, als die Männer sich von uns verabschiedet hatten, traten Ina und Petra wieder vermehrt in unser Leben.

Seitdem ich mit Hermann Josef von Breggele liiert bin, habe ich mich verändert. Das weiß ich. Aus Lottes Mund hört sich das nur leider nicht positiv an. Fazit ist, ich war zu dick geworden. Für mein Alter und meine Größe war ich aus der Form geraten. Essen war für mich zu einer Ersatzdroge geworden. Selbstverständlich haben mir die gemeinsamen Abende mit Lotte gefallen. Pizza und Sekt vor dem Fernseher, ebenso die leckere Pasta, die wir uns regelmäßig gemeinsam gekocht haben. Davon blieb einiges auf meinen Hüften hängen. In dieser Zeit trug ich einige Kilo Hüftgold mehr mit mir herum. Mit jedem neuen Ausflug zum Kleiderkauf durfte ich eine Nummer größer wählen. Heute wundere ich mich über mich selbst. Wieso hatte ich nicht schon zu diesem Zeitpunkt begriffen, was mit mir passierte?

Erst die barsche Bemerkung einer Kollegin öffnete mir meine Augen. Sie meinte, süffisant lächelnd, mit dem Alter sei der Sex unwichtiger und ein gutes Essen trete in den Vordergrund. Die anschließende Äußerung, mir sei dies anzusehen, saß. An diesem Tag war ich, nach der Arbeit zu Hause angekommen, gleich auf meine Waage gegangen. Nein, für die Altersdroge Essen war ich noch zu jung, zumal ich gerade wieder Kontakt mit Hermann Josef hatte. 11 Kilo habe ich seither verloren und darf zugeben, ich fühle mich richtig gut mit meiner Größe 40, in die ich endlich wieder hineinpasse. An der Seite von Hermann Josef will ich glänzen. Er ist so gutaussehend und elegant. Oft höre ich in mich hinein, frage mich, wieso ein Mann wie Hermann Josef ausgerechnet in mir seine Liebe gefunden hat. Weder Geld noch die Maße oder annähernd das Aussehen eines Models kann ich diesem Mann bieten. Hermann Josef aber wirkt in jedem Outfit wie ein Modell, ob er im schicken Anzug aus dem Haus geht oder in einer Jeans mit lässigem Polo-Shirt. An ihm gefällt mir alles. Seine makellose Figur, seine Art zu sprechen, wie er sich ausdrückt und begeisternd erzählen kann. Nicht zu vergessen die Tatsache, wir lieben beide die Kunst. Seine Vorliebe zum Joggen kann ich nicht teilen. Hermann Josef hat mehr als nur einmal versucht, mich zu motivieren, ihn zu begleiten.

„Wir starten zunächst mit 5 Kilometern", bemühte er sich, mich zu locken. Wann immer Hermann Josef in seine Turnschuhe steigt und losrennt, nutze ich die freie Zeit für einen leckeren Cappuccino und ein kleines Stückchen Schokolade. So ganz kann und will ich meine kleinen Naschereien nicht aufgeben.

Beim Zubereiten des Abendessens denke ich erneut an Lotte und ihre geplante Reise. Hermann Josef kommt pünktlich nach Hause. Ich sehe ihm sofort an, es gibt eine gute Neuigkeit. Sein verschmitztes Lächeln weist darauf hin. „Wir werden verreisen, meine Liebste!" Die anschließende Umarmung am Küchenherd ist stürmisch. Leidenschaftlich werde ich begrüßt und erst, als es in der Pfanne brutzelt, schenke ich dem Abendessen erneut die notwendige Aufmerksamkeit. Hermann Josef hält mit seiner Neuigkeit die Spannung aufrecht. „Erst, wenn wir gemütlich am Tisch sitzen, verrate ich dir, was ich vorhabe."

Um ihm die Freude zu lassen, decke ich den Tisch besonders hübsch, stelle auch eine Kerze in die Mitte. „Wir beide verreisen", sagt er, als wir endlich am Tisch sitzen. Ja, das hat er mir schon vor wenigen Minuten verraten, überlege ich ungeduldig. „Und wohin? Und wann genau planst du, mit mir zu verreisen? Darf ich das jetzt erfahren?" Ich brenne vor Neugier und versuche, mir meine Ungeduld nicht anmerken zu lassen.

„Mein Onkel Vincenz möchte mich sehen. Er macht eine Schiffsreise, auf diesem neuen Luxusdampfer. Du hast sicherlich in der Zeitung auch darüber gelesen. Mein Onkel möchte unterwegs Geschäfte machen. Um ehrlich zu sein, die Reise und die damit verbundene Gelegenheit, das eine oder andere Geschäft zu machen, waren meine Idee. Zunächst war geplant, dass ich für eine Woche als sein Begleiter mitreise. Jetzt aber hat mein Onkel den Wunsch geäußert, auch dich kennenzulernen und hat uns beide eingeladen, ihn für einige Tage zu besuchen. Sicherlich kann ich ihm mit meinem juristischen Wissen zur Seite stehen. Und für dich bleibt Zeit zum Relaxen an Bord."

Anschließend erfahre ich noch den Namen des Schiffes und die geplante Route. Völlig überrascht lasse ich mein Besteck fallen. Mein Messer landet unvermittelt und gut hörbar auf dem Boden. Hermann Josef gefällt mein Verhalten überhaupt nicht, er ist echauffiert.

„Karin! Was ist nur mit dir los?" Ohne groß auf seine Schelte einzugehen, frage ich: „Wir gehen auf das gleiche Schiff wie Lotte?" Hermann Josef verdreht seine Augen. „Immerzu musst du von Lotte sprechen. Was hat sie mit unserem Urlaub zu tun?" Seine Laune sinkt, was mir nicht entgeht. Rasch hole ich zwei Gläser, einen guten Rotwein und stoße mit ihm auf die Neuigkeiten an. Hermann Josef wird entspannter und ich nutze die Zeit, um ihm von meiner Freundin zu berichten. Als ich Hermann Josef von der Reise berichte, die Lotte gewonnen hat, ist die Anspannung wieder in seinem Gesicht.

„Lotte kommt auch auf unser Schiff?" Einen Moment sieht mich mein Freund verdutzt an, dann prustet Hermann Josef die Reste seines Essens im Mund über den Tisch. Er hat sich verschluckt und hustet heftig. Auf einen Kommentar verzichte ich. Nach Streitereien ist mir nicht zu Mute. Mir scheint, der Abend ist versaut, die gute Stimmung hinüber, als Hermann Josef anfängt zu lachen.

„Lotte ist wirklich auf diesem Luxus Schiff? Dann kann sie Anton Wall nicht aus dem Weg gehen, er hat dort eine Ausstellung.“

Diese Neuigkeit verwundert mich. „Lotte müsste schon an Bord sein“, überlege ich laut. Hermann Josef grinst über meine Worte. „Prima! Dann wird sie Anton Wall schon über den Weg gelaufen sein. Die Frage ist nur, wer von beiden ärgert sich am meisten?“

Mir fallen die wenigen Begegnungen zwischen Lotte und dem Künstler ein. Ich weiß genau, was Hermann Josef mir mit seiner Anspielung sagen möchte. Doch er müsste Lotte am besten verstehen, so meine Gedanken, die ich auch für mich behalte. Zwischen ihm und Anton Wall gab es auch eine Zeit der großen Differenz. Es gab eine Situation, in der beide aneinandergeraten sind, es ging um ein Gemälde, „Das blaue Wunder“, wie Anton den Titel gewählt hatte. Auch Lotte war in diesen Konflikt mit eingebunden. Inzwischen hat Hermann Josef wieder ein entspanntes Verhältnis zu Anton Wall.

„Wenn die beiden jetzt schon an Bord sind, wann kommen wir zu dem Vergnügen?“ Hermann Josef klärt mich rasch über den Verlauf der Kurzreise auf. „Die Tickets habe ich schon in meiner Tasche.“

„Oh, zum Glück habe ich Urlaub. Eigentlich wollte ich im Café aushelfen. Ina hat sehr gejammert, sie würde die nächsten Tage nicht alles alleine meistern können.“ Hermann Josef geht nur auf meine Worte bezüglich meines Urlaubs ein. Was Ina anbetrifft und ihre Sorgen um das Café, dafür findet er keine Worte.

Die nächste Stunde vermeide ich es, über Lotte zu sprechen. Die Aussicht, meine Freundin so rasch wiederzusehen, auch noch auf dem Luxusdampfer, stimmen mich milde. Mir ist bewusst, mein Versprechen, im Café zu helfen und Ina zu entlasten, kann ich nicht einhalten. Mein Anruf bei Ina kann ich nicht länger aufschieben, das lässt mein Gewissen nicht zu. In dem Augenblick, als Hermann Josef einen Anruf seines Onkels entgegennimmt und dazu sein Arbeitszimmer aufsucht, rufe ich Ina an. Wie von mir erwartet, reagiert sie in gewohnter Weise. „Wenn du glaubst, Karin, ich hätte mich auf dein Versprechen, mir zu helfen, verlassen, täuschst du dich. Ich habe schon eine Aushilfe organisiert."

Mich haben die Worte von Ina beruhigt und gleichzeitig auch verletzt. Aber darüber, so mein Entschluss, möchte ich jetzt nicht nachdenken. Das Telefonat beende ich gerade, als Hermann Josef wieder zu mir kommt, mich mit auf das Sofa zieht. Er ist wieder guter Laune.

„Du wirst Lotte aber noch nichts von der Überraschung verraten?" Hermann Josef knabbert an meinem Ohrläppchen, ich seufze vor Freude. Gekonnt hält er mich bei sich auf dem Sofa. Es ist der pure Wahnsinn, den ich mit diesem Mann erlebe. Niemals zuvor hat mich ein Mann so angefasst, mich so verrückt werden lassen unter seinen Händen. Magisch in seinen Bann gezogen, fange ich an mich zu entkleiden. „Ich liebe dich", säusele ich und gebe mich hingebungsvoll in die Arme von Hermann Josef. Im Bett wäre es sicherlich bequemer gewesen, jedoch möchte niemand von uns Zeit verlieren und die aufkommende Erotik verfliegen lassen.

Vor dem Einschlafen bin ich versucht, Lotte eine SMS zu schreiben, kann mich dann aber doch dafür entscheiden, dem Schicksal seinen Lauf zu lassen. Unter keinen Umständen möchte ich riskieren, dass Hermann Josef mitbekommt, wie ich mit Lotte schreibe. Er weilt gerade im Badezimmer und ich freue mich schon, ihn in wenigen Minuten wieder in meinen Armen zu wissen.

Im Schlaf verfalle ich in einen unruhigen Traum. Ich sehe Lotte in einem schwarzen Glitzerkleid an der Seite von Anton Wall zum Kapitänsdinner schreiten. In meinen Traum mischt sich zur Fantasie auch die Realität. Lotte an der Seite von Anton Wall. Unglaublich. Schade, aber typisch ist, Lotte kommt nicht mit ihren High Heels zurecht und stolpert auf dem Weg durch den Speisesaal. Noch im Fallen reißt sie an einer Tischdecke und zieht das bereits eingedeckte Porzellan mit auf den Boden. Es scheppert laut. Anton Wall schreit verzweifelt. Dann wache ich erschrocken auf. Rasch wird mir bewusst, ich habe nur geträumt. Ein Blick zur Seite zeigt, Hermann Josef schläft ruhig und fest. Erleichtert lege ich mich wieder hin und bin schon Sekunden später wieder eingenickt.

Petra

Das Leben hält schon die eine oder andere Überraschung bereit. „Du darfst unter keinen Umständen Lotte von meinen Plänen berichten", ruft Karin mich am Morgen an. Ich bin schon auf dem Weg zur Arbeit, habe nur wenig Zeit. Das, was Karin mir berichtet, hört sich klasse an. Meine beiden Freundinnen sind zu beneiden, was ich Karin auch wissen lasse. Happy bin ich, dass wir inzwischen ein so entspanntes Verhältnis haben und sie mich über ihre Pläne in Kenntnis setzt. Früher wäre ich die Letzte gewesen, die Karin ins Vertrauen gezogen hätte. Die Zeit heilt viele Wunden.

Marc, dem ich am Abend von Karins Anruf und ihrem Vorhaben erzähle, grinst mich daraufhin an. „So ein Ausflug würde mir auch gefallen." Marc hält kurz inne, ich sehe ihm an, er denkt nach. Bevor ich etwas sagen kann, spricht er schon weiter: „Trotzdem denke ich, es wird Ärger an Bord geben. Die Kombination der Menschen, die sich dort unverhofft wiedersehen, das kann nicht lange gutgehen." Marcs Äußerung, auch wenn er auf mich nachdenklich wirkt, gefällt mir nicht. Meinen Protest möchte ich kundtun, doch erneut kommt Marc mir zuvor. „Ich muss noch einmal weg. Du musst leider alleine zu Abend essen", höre ich Marc sagen. Ich ziehe einen Flunsch. Mir macht es keine Freude, mein Abendessen alleine einzunehmen, nur weil Marc noch einmal wegmuss. Seitdem er wieder im Tennisverein ist, bin ich öfter alleine als mir lieb ist. Männer! Nein, so darf ich nicht denken, Marc tut mir gut. Und sicherlich tut es uns gut, dass er seinem Sport nachgeht und ausgeglichen nach Hause kommt. Wir haben uns zu Beginn unserer Beziehung geschworen, uns nicht einzuengen. Das hatten wir beide lange Zeit erlebt. Das muss sich nicht mehr wiederholen. Etwas entspannter bereite ich mir einen Salat zu. Inzwischen kommt auch unsere Umwelt mit der Tatsache zurecht, dass wir ein Paar sind. Außer Ina natürlich. Sie ist immer noch verkrampft, sobald ich in ihre Nähe komme. Gut, Marc und sie waren viele Jahre verheiratet. Tatsache aber ist, beide haben sich auseinandergelebt, sind in verschiedene Richtungen gegangen. Man kann wirklich nicht behaupten, den beiden habe ihre Ehe zum Ende noch gutgetan.

Wirklich schade finde ich es allerdings, dass Ina mir noch immer so abweisend gegenübertritt. Alles wäre leichter, wenn wir reden würden. Heute war ich in meiner Mittagspause im Café und ich habe mich wirklich gefreut, dass Ina etwas Zeit für mich hatte. Oft ist das Café richtig gut besucht, dann bleibt keine Zeit für ein Schwätzchen. „Soll ich dir am Wochenende einmal helfen?“, habe ich Ina gefragt. Ihre Reaktion war provokant. „Ein Stück Kuchen brauche ich dir bestimmt nicht anzubieten? Nimmst du ein Wasser ohne Kohlensäure? Alles andere schadet sicherlich deiner perfekten Figur!“

Mit Inas Einstellung wird das nie etwas mit uns! Ich nicke so lässig, wie mir überhaupt nicht zumute ist. Sie war schneller von ihrem Stuhl aufgesprungen als erwartet. Ein leises Pfeifen konnte ich nicht verhindern. „Wolltest du doch ein Stück Kuchen?“, Ina grämte mich im Umdrehen an.

„Kannst du nicht endlich deinen Frieden mit mir finden?“ Ohne auf ihre Antwort zu warten, habe ich das Café anschließend verlassen. Dass ich schlank bin, dafür fange ich nicht an, mich bei Ina zu entschuldigen und für sie mime ich auch nicht die Lust auf Kuchen. Wenn sie nur etwas mehr Sport machen würde, sie könnte so eine gute Figur haben. Enttäuscht war ich zurück zur Bank gegangen und habe wieder meine Arbeit aufgenommen. Ina hatte es geschafft, meine Laune zu trüben. Ich war fahrig und teilweise ungerecht zu meinen Kollegen. Zukünftig, so nahm ich mir im Verlauf des Nachmittags vor, werde ich für Ina keinen Platz in meinem Leben lassen. Ebenso hoffte ich, die schlechte Laune, die sich in mir ausgebreitet hatte, ist bald wieder verflogen. Aller Wahrscheinlichkeit nach, muss ich lernen, mich damit abzufinden. Ina und ich werden in diesem Leben keine besten Freundinnen mehr werden.

Lotte

Für mich ist alles aufregend, was ich gerade an Bord erleben darf. Kaum, dass ich meine Kabine verlassen möchte, höre ich die Durchsage, dass alle Passagiere an Bord kommen sollen. Es geht um die allgemeine Belehrung darüber, was im Notfall zu tun ist. Mein Handy greife ich beim Verlassen meiner Suite. Kurz luge ich auf das Display. Eine erneute Nachricht von Franz ist eingegangen. Unvermittelt halte ich in meiner Bewegung inne. Wie lange, so frage ich mich selbst, ist es her, dass ich Franz zuletzt gesehen habe? Mindestens fünf Monate. Franz, so fällt mir unvermittelt ein, schreibt mir regelmäßig. Mir gefallen seine Zeilen noch immer gut. Ob er weiß, dass er auf diese Weise immer wieder in meinen Gedanken ist? Mich wühlen seine Nachrichten auf. Einerseits warte ich alle paar Tage auf seine Bemühungen, wieder mit mir in Kontakt zu kommen, andererseits habe ich mich nicht grundlos von ihm getrennt. Dieser Mann hatte seinen Platz schon in meinem Herzen, ganz tief im Inneren, gehabt. Leider aber war er meine Tränen nicht wert. So sehr ich ihn nach der Trennung auch vermisst habe und es noch heute immer wieder Momente in meinem Alltag gibt, in denen ich mich nach ihm sehne, so sehr habe ich auch unter unserer Beziehung gelitten. Vor meinem geistigen Auge sehe ich mich und Franz lachend zusammensitzen. Nicht vergessen habe ich unsere intimsten Stunden der absoluten Nähe und Zweisamkeit. Noch nie zuvor hat ein Mann so viel in mir ausgelöst, mich so sehr zum Brennen gebracht wie Franz. Ich liebte seine Küsse, die mir regelrecht unter die Haut gingen und in mir den Wunsch nach viel mehr Nähe zu diesem Mann wachsen ließ.

„Liebe Lotte, können wir uns wieder einmal sehen? Ich denke noch oft an die gemeinsame Zeit mit dir. Die herrlichen Abende

zu zweit in deinem Haus. Unser Hobby, gemeinsam zu kochen,
alles vermisse ich. Ganz besonders deine Nähe und deine Zärtlich-
keiten. Deine zarten Hände, die über meine nackte Haut strei-
cheln, möchte ich so gerne wieder spüren.
Gibt es eine Möglichkeit, dein Herz wieder für mich zu öffnen?
In Freundschaft, dein Franz"

Nach dem Lesen seiner Nachricht bin ich nicht fähig, klar
zu denken, bleibe wie angewurzelt stehen. Erst die neuerliche
Durchsage, dass alle Passagiere an Bord kommen sollen, holt
mich aus meiner Starre heraus. Mein Handy verstaue ich in
meiner Hosentasche. Sicherlich wird es mir guttun, jetzt unter Menschen zu kommen, etwas Abwechslung zu erhalten.
Über Franz und eine mögliche Antwort, so mein Entschluss,
denke ich später nach.

An Bord herrscht schon reger Betrieb. Die meisten Gäste, so mein Eindruck, sind nicht alleine unterwegs. Überall sehe ich Pärchen zusammenstehen. Hoffentlich finde ich
Anschluss, blicke ich mich grübelnd um, befolge nebenbei
die Anweisung, wie ich meine Rettungsweste anlege, und
erfahre, wo im Notfall die Rettungsboote zu finden sind.
So ganz bei der Sache bin ich nicht. Mein Verschluss hat
sich mit meinen Haaren verheddert. Ich bekomme im Anschluss an die Übung meine Weste nicht wieder geöffnet und
blicke mich hilflos um. „Würden Sie mir bitte behilflich
sein?", spreche ich einen Mann in meiner Nähe an. Freundlich erlöst er mich binnen Sekunden aus meiner misslichen
Situation.

„Lotte Wolke", stelle ich mich anschließend meinem Retter namentlich vor. „Mein Name ist Johann." Seine angenehme Stimme, die strahlenden Augen, mit denen er mich
ansieht, bringen mich durcheinander.

„Darf ich Sie zum Dank zu einem Kaffee einladen?“ Über
meine Worte, meine spontane Einladung einem fremden
Mann gegenüber, erschrecke ich selbst sogleich. Was muss der
Mann nur denken? Sicherlich wartet in der Nähe seine Frau
auf ihn und ich mache mich gerade lächerlich.

„Lotte? Du? Hier an Bord?“, höre ich hinter mir eine bekannte Stimme meinen Namen rufen. Vorsichtig drehe ich
mich um, dann entdecke ich Anton Wall. Mein Retter in der
Not, so muss ich sehen, blickt erst skeptisch zu Anton Wall
und anschließend zu mir. „Ich möchte nicht weiter stören“,
verabschiedet Johann sich höflich. Die Antwort auf meine
Frage bleibt er mir schuldig. Gelegenheit zum Nachdenken
bekomme ich nicht, meine Augen suchen erneut Anton Wall.
Mindestens so überrascht wie ich, blickt er mich an.

„Das glaube ich jetzt nicht. Lotte? Du bist wirklich hier an
Bord. Hast du einen reichen Freund oder im Lotto gewonnen?
Oder“, an dieser Stelle fällt Anton ins Lachen, bevor ich mir
prustend anhören darf: „hast du das Geld, das ich dir gegeben
habe, gewinnbringend angelegt?“ Anton Wall hüstelt, schaut
mich süffisant grinsend an und krümmt sich noch immer vor
Lachen, bevor er sagt: „Oder hast du inzwischen eine weitere
Tante beerbt?“

Über seine Bemerkungen kann ich nicht lachen, vielmehr
bin ich gerade ziemlich aufgebracht über ihn und seine Worte.
Bei all der Aufregung habe ich nicht registriert, wohin mein
Retter gegangen ist. Ob ich ihn in den nächsten Tagen wiedersehen darf? Um ehrlich zu sein, der Mann hat mir auf Anhieb
gefallen.

„Lotte? Bist du gerade wieder am Träumen?“ Anton schüttelt seinen Kopf. Er räuspert sich und wirft mir einen schwer
zu deutenden Blick zu. Um ihm keine weitere Gelegenheit zu
geben, sich lautstark über mich zu amüsieren und somit für

unnötige Aufmerksamkeit der anderen Passagiere zu sorgen, ziehe ich ihn zur Seite. Überrascht darf ich erfahren, dass Anton hier an Bord eine Ausstellung hat. „Das Bord-Programm scheint dein Interesse noch nicht gefunden zu haben", muss ich mir eine kleine Belehrung anhören. „Du wirst aber zu meiner Vernissage kommen?" Anton Wall mustert mich skeptisch. „Dass dir meine Gemälde nicht aufgefallen sind, du bist ein Kunstbanause, Lotte! Überall in den Fluren hängt meine Kunst. Meine Gemälde sind einmalig und du solltest sie wiedererkennen. Traurig finde ich deine Art, mit verschlossenen Augen, um mich einmal bildlich auszudrücken, durch das Leben zu gehen."

Mir gefällt nicht, was Anton Wall sagt, jedoch muss ich ihm in dem Punkt Recht geben, was seine Gemälde anbetrifft. Mir hätten sie auffallen müssen. Meine Gedanken unterbricht Anton Wall, indem er seine Frage wiederholt, ob ich zu seiner Vernissage kommen werde. Eigentlich habe ich vor, mich abends mit einem guten Buch auf meine Kabine zurückzuziehen, was ich ihm aber nicht sage. Die Vorstellung, alleine zu essen und später auch alleine meinen Wein zu trinken, ist nicht gerade prickelnd. Daher sage ich mein Kommen zu. Etwas zu voreilig sage ich noch: „Wir können sehr gerne nachfragen, ob es nicht möglich ist, dass man uns einen gemeinsamen Tisch für die Mahlzeiten hier an Bord zuteilt."

Die Mimik von Anton Wall als Reaktion auf meine Worte kann ich nicht ganz deuten. Es dauert einige Sekunden, bis er mir antwortet. „Ich bin überrascht", seine Lippen presst er beim Reden zusammen, diese Reaktion verwundert mich. Bisher habe ich diese Angewohnheit bei ihm zuvor nie beobachtet. „Wir sollten nichts übertreiben. Sicherlich", er bemüht sich jetzt, mich anzulächeln, „ist es in der Tat eine große Überraschung, dich hier zu treffen." Von Anton erfahre ich anschließend, dass er mit seinem Mäzen zu Abend essen wird, was mich traurig stimmt. „Das wirst du sicherlich verstehen. Wir sehen uns bei meiner Vernissage. Ich bin schon voller freudiger Erwartung auf die Reaktionen der Gäste, wenn sie vor meiner Kunst stehen." Anton trägt bei diesen Worten einen verklärten Blick auf seinem Gesicht. Von wegen, ich sei ab und an in meiner Traumwelt, ihm scheint es gerade nicht anders zu gehen.

„Weißt du, Lotte", ganz unverhofft hat Anton seinen Gesichtsausdruck gewechselt. Zischend kommen jetzt die Worte über seine Lippen und sein Lächeln ist wie eingefroren: „Mit dir als Begleiterin würde der Abend sicherlich unvergesslich sein, jedoch nicht förderlich für meine Zukunft." Mit diesen Worten lässt er mich stehen. Oh, ist mir das peinlich! Genau vorstellen kann ich mir, was seine Worte zum Ausdruck bringen sollten. Ich, das Landei, passe nun einmal nicht als Begleiterin eines so bekannten Künstlers. Außerdem hält mich Anton sicherlich für langweilig. Dass ich wirklich keine Ahnung von Kunst habe, muss ich zugeben. Dies ist sicherlich ein weiterer Beweggrund von ihm gewesen, mein Angebot nicht einmal in Erwägung zu ziehen. Worüber sollte ein Mann der Kunst auch schon mit mir sprechen? Ob Anton sich denken kann, dass ich meinen Platz an Bord dieses Luxusschiffes nur gewonnen habe? Komisch, er ist nicht mehr auf seine Frage zurückgekommen. Ich ahne aber, dass er in den nächsten Tagen noch Gelegenheit finden wird, dies nachzuholen. Nur, warum soll ich ihm nicht sagen ‚Hey, ich habe die Reise gewonnen.' Was ist daran schon peinlich oder schlimm? Immerhin ist dies ein Beweis dafür, dass ich mich mit Kreuzworträtseln auskenne und nicht dumm bin.

Vor dem Abendessen ziehe ich mich um, frisiere sorgsam mein Haar und schminke mein Gesicht. Auch das Auftragen

eines Parfums vergesse ich nicht. Falls ich an diesem Tag
noch einmal auf Anton treffe, soll er sich über seine eigenen
Worte ärgern, so einer meiner Beweggründe. Ich kann mehr
als nur langweilig sein, sage ich laut und trotzig beim Drehen vor meinem Badezimmerspiegel. Außerdem könnte es
auch sein, dass ich Johann noch einmal begegne. Mein Handy piept, ich erkenne den Ton. Mir ist bewusst, eine Mail ist
eingegangen. Eilig drücke ich meinen Laptop an und setze mich davor. Meine Hoffnung, noch eine Nachricht von
Vincenz zu lesen, bevor ich zum Abendessen gehe, wird
erfüllt.

Liebe Lotte,

*Sie sind so stumm geworden? Geht es Ihnen gut? Sind Sie ganz
alleine unterwegs? Oder gibt es an Ihrer Seite einen Mann, den
man als Glückspilz bezeichnen darf? Unumwunden kann ich
zugeben, ich reise nicht mehr gerne alleine, was auch an meinem
Alter liegt.*

*Mein Neffe kommt leider erst in zwei Tagen an Bord. Geschäfte,
so sagt er, sind ihm dazwischengekommen. Ohne ihn hätte ich
diese Reise sicherlich nicht angetreten. Ich mag es nicht, alleine
unter einer Schar von Fremden zu sein. Wie groß wäre meine
Freude, Sie, liebe Lotte, an meiner Seite zu wissen. Durch unseren regen Austausch von Mails sind Sie mir inzwischen vertraut und ich darf offen zugeben, ich möchte mir nur ungern
vorstellen, auf diesen Kontakt und den schriftlichen Austausch
zu verzichten. Für mich sind Sie eine Vertraute geworden, wenn
auch nur digital. Oft habe ich von solchen Kontakten gehört oder
gelesen. Mir war es bisher fremd zu glauben, Menschen, die man
nicht wirklich kennt, so in sein Leben eintreten zu lassen, wie*

ich es jetzt mit Ihnen tue. Vielleicht liegt es zu einem Stück an der Einsamkeit, die mich oft umgibt. Wahrscheinlich habe ich deshalb mein Herz zu Ihnen geöffnet.

Mein Neffe hat seine positiven Seiten, leider aber auch seine Schwächen. Er weiß nur zu gut, dass ich hier gut aufgehoben bin. Für mein leibliches Wohl ist gesorgt und für gute Unterhaltung ebenfalls. Wissen Sie, Lotte, bisher hat sich mein Neffe nicht oft bei mir gemeldet. Jetzt hat er diese Reise geplant und will mich öfter sehen. Dass ich unterwegs noch Geschäfte tätige, was er im Übrigen weiß, hält er für eine perfekte Verbindung von privaten und geschäftlichen Interessen. Sicherlich hat er Angst, dass ich in meinem Alter nicht mehr weiß, wofür ich mein Geld ausgebe und er sorgt sich möglicherweise um sein Erbe. Verzeihung, wenn ich so hart über meinen Neffen urteile. So ganz traue ich ihm nun wirklich nicht über den Weg. Wenn ich mich hier so offen in meinen Gefühlen Ihnen gegenüber zeige, ist dies auch eine Wertschätzung unserer zarten Bande. Wie bereits betont, ich will Sie aber nicht erschrecken.

Tatsache ist, ich bin über den plötzlichen Aktivismus meines Neffen verwundert. Nun gut, ich möchte nicht den Eindruck erwecken, über Menschen, die mir nahestehen, schlecht zu schreiben. Ich habe keine eigenen Kinder mehr und daher liegt mein Augenmerk auf meinem Neffen. Das ist ein Kapitel in meinem Leben, das ich noch immer nicht ganz verarbeitet habe. Überall war ich als Überflieger bekannt, der Macher, der erfolgreiche Geschäftsmann. An der Tür zum eigenen Privatleben aber steht man als Mensch, als Vater, als Ehemann. Den Schutzwall, den ich mir im beruflichen aufgebaut habe, konnte ich im privaten Bereich nicht halten. Aber zu diesem Thema komme ich ein anderes Mal. Mir fällt es immer noch schwer, über meine innersten Gefühle zu schreiben oder darüber zu sprechen.

Liebste Lotte, aus Ihren Zeilen lese und interpretiere ich so Vieles, über das ich von Herzen gerne mit Ihnen sprechen möchte. Mein Wunsch, Sie so schnell als möglich persönlich zu sprechen, wächst mit jedem Tag.
Sie werden das Café, so durfte ich lesen, schließen? Schade, wenn Sie mich fragen. Bei meinem Besuch durfte ich sehen wie gepflegt Ihr Café geführt wird. Liebevoll ist die Einrichtung ausgesucht, geschmackvoll das Ambiente und die Kuchen sind ein Traum! Kann ich Ihnen eventuell helfen? Jahrelang habe ich einen großen Konzern geführt und gerne biete ich mich als Berater an. Mir kommen als Grund für die geplante Schließung nur fehlende finanzielle Mittel in Betracht. Wie bereits erwähnt, Ihre Kuchen, die Ausstattung des Cafés sind klasse, auch die Lage ist ansprechend und gut gewählt. Wo liegt das Problem? Sind Ihnen Fehler bei der Preiskalkulation unterlaufen? Mir kam bei meinem Besuch die Rechnung in der Tat sehr niedrig vor. Mein Angebot, Ihnen zu helfen, steht. Eventuell kann ich auch meinen Neffen bitten, einmal vorbeizukommen. Er wohnt in Ihrer Nähe. Sobald ich ihn wieder einmal besuche, werden wir uns treffen, falls Sie das auch möchten. Es wäre für mich eine Ehre, mit Ihnen Essen zu gehen. So sieht jedenfalls mein Wunsch aus.

Leider habe ich jetzt keine Zeit mehr, um weiterzuschreiben. In einer Stunde gehe ich zum Lunch mit dem Kapitän. Ich muss mich daher jetzt umziehen. Schreiben Sie mir von Ihrem Urlaub? Fotos von meinem Urlaub folgen in den nächsten Tagen.

Mit besten Grüßen

Ihr Vincenz

Neugierig bin ich jetzt doch über Vincenz' Andeutungen geworden. Er hat eine Verabredung mit einem Kapitän zum Abendessen. Was er damit wohl ausdrücken möchte? Mein Blick fällt aus dem großzügigen Fenster meiner Kabine. Kurz stelle ich mir vor, Vincenz wäre auch hier an Bord. Mit Sicherheit wäre ein Treffen mit diesem Mann eine Bereicherung. Ob ich seinen Erwartungen standhalten kann? Wenn Vincenz mir die Gelegenheit gibt, mich näher kennenzulernen, kann eine Freundschaft glücken. Ich bin glücklich, ihn als stillen Freund zu haben. Dieser kleine Austausch mit Vincenz tut mir gut. Wie ich lesen durfte, ergeht es ihm auch so. In der Zeit, als ich noch mit Franz liiert war, wäre ich niemals auf die Idee gekommen, mit einem mir völlig fremden Mann über meine Empfindungen und mein Leben zu schreiben.

Leise stöhnend verlasse ich meine Suite und mache mich auf den Weg zu meinem Abendessen. Unterwegs denke ich erneut an Franz. Ob ich ihm später doch antworten soll? Nicht leugnen kann ich, dass Franz sich inzwischen um mich bemüht. Auf meinem Weg schaue ich noch einmal auf den kleinen Plan, der in meiner Suite lag und mir den Weg zum Saal zeigt, in dem das Abendessen serviert wird. Für mich, so durfte ich aus einem Begrüßungsschreiben erfahren, wurde an Tisch 28 ein Platz reserviert. Auf den wenigen Metern durch den Flur erhoffe ich mir einen galanten Tischnachbarn, wenn möglich unterhaltsam und gutaussehend. Wenn der Herr dann auch noch ein Single ist, umso besser! Meine Hoffnung, mit der gewonnenen Reise wird sich mein Leben ändern, habe ich noch nicht aufgegeben.

Am Eingang des Speiseraums angekommen, bin ich zunächst von den vielen Tischen und Menschen befangen, die ich sehe. Die junge Bedienung, die ich am Eingang des großen Saals treffe, hilft mir, meinen Tisch zu finden. Mit jedem

Schritt, den ich der jungen Frau folge, ahne ich, dass meine Wünsche in Puncto Tischnachbar, unerfüllt bleiben werden. Schon von Weitem kann ich sehen, ich habe nicht den ersten Preis mit diesem Herrn gewonnen. Mein Tischpartner ist männlich, soweit ist alles richtig. Die große Nickelbrille, die abstehenden Ohrläppchen, der dicke Bauch, standen so nicht auf meiner Wunschliste. Die Tatsache, dass er kurz bei meiner Begrüßung aufsteht, lässt mich hoffen. „Auch alleine unterwegs?", grinst der Mann mich an. Keine Panik, ermahne ich mich selbst und lasse mich auf meinem Stuhl nieder. Ohne mir eine Gelegenheit zu lassen, auf seine unnötige Frage zu antworten, die gelautet hätte: „Warum sollte ich sonst mit Ihnen am selben Tisch sitzen?", spricht er weiter: „Meine Frau hat mich verlassen. Die Reise war schon lange gebucht und auch bezahlt."

Ich nicke höflich und hoffe inbrünstig, nicht die ganze Geschichte hören zu müssen. Mir ist schon bei dem Gedanken daran nicht wohl. Auch dieser Wunsch bleibt unerfüllt. Bis zum Hauptgang bringt mich mein Tischnachbar auf den neusten Stand seiner Lebensweise, inklusive der Trennung und der Abfindung, die er gewillt ist, seiner Noch-Ehefrau zu bezahlen. „Denken Sie mal nicht, dass das Weib mich über den Tisch ziehen kann. Einen Mann wie mich, verlässt man nicht ungestraft", er poltert vor Lachen. Ich spüre die Blicke der Gäste an den Nachbartischen auf uns. Mir macht Angst, was ich sehe und hören muss. Die mir unbekannte Noch-Ehefrau hat mein Mitgefühl bereits sicher. Der einseitige Monolog geht ungefragt weiter und ich erfahre noch mehr intime Details, die ich nicht wissen möchte. Nicht, dass er vergisst, auch mir ab und an eine Frage zu stellen. Nein, daran hapert es nicht, nur an der fehlenden Zeit, ihm zu antworten. Bevor ich Luft holen kann, spricht er ohne Punkt und Komma weiter. In den folgenden zwei Stunden erfahre ich

wirklich intime Details aus seinem Privatleben, nichts davon
möchte ich hören.

Die Möglichkeit, einfach aufzustehen und diesen anstrengenden Mann mit samt seiner Nickelbrille sitzenzulassen,
kommt mir in den Sinn. Der einzige Grund, warum ich diese Idee nicht ausführe, ist die Tatsache, dass das Essen fantastisch schmeckt. Mit jedem neuen Bissen und weiterem
Schluck Wein werde ich milder gestimmt. Inzwischen höre ich
nur noch so nebenbei zu, lächele ab und an oder rolle meine
Augen als Zeichen der Betroffenheit. Bei der Nachspeise angekommen, bin ich auch über die Medikamente informiert,
die mein Tischnachbar inzwischen zu sich nimmt. Dankbar
darf ich sein, dass er dieses Thema bis zum Schluss aufgehoben hat. „Ich möchte Sie ja nicht vom Essen abhalten", legt er
kurz seine Hand auf meine. Das ist auch mit Wein zu viel des
Guten. Immerhin kann ich über dieses Essen mitsamt seiner
Unterhaltung dann doch lachen, was ich auch spontan tue.
„Ist Ihnen nicht gut?" Nach seinen Worten hält er wirklich für
mehrere Sekunden den Mund. Noch nie in meinem Leben saß
ich mit einem mir fremden Menschen am Tisch, der auf diese
Weise sein Leben vor mir ausbreitete. Meine Serviette führe
ich kurz zum Mund, lege sie dann auf meinen Teller und stehe
auf. „Es war wirklich ein Gewinn, Sie zu treffen", säusele ich
und füge lächelnd nach: „Ihre Lebensfreude ist förmlich zu
spüren." Den Sarkasmus in meinen Worten kann ich nicht
verbergen. Bevor der Herr reagieren kann, eile ich an den anderen Tischen vorbei in Richtung Ausgang.

Irgendwie schon traurig, denke ich, bevor ich den Saal
verlassen kann. Wie einsam muss dieser Mann nur sein?
Im nächsten Augenblick jedoch denke ich mir, er ist selbst
schuld. Zumindest an der Tatsache, jetzt wieder alleine an sei-

nem Tisch zu sitzen. Männer, die in der Vergangenheit mit mir Essen gingen, haben geschwärmt von ihrer Arbeit, dem Sport, ihren Aktivitäten in der Freizeit, dem tollen Job, den sie sich hart erarbeiten mussten. Sie haben versucht, sich selbst in ein möglichst gutes Licht zu rücken. Genau das Gegenteil von dem, was ich am heutigen Abend erleben durfte. Dieser Abend verlief wirklich ganz anders und ich habe es so auch nicht erwartet.

Auf meinem Weg zur Kabine frage ich mich, wollte der Mann mir überhaupt imponieren? Oder hat er in mir einfach nur einen Menschen gesehen, der geeignet erschien, sein Leben erzählt zu bekommen und zwar mit all seinen Peinlichkeiten oder Wahrheiten, die bestimmt nicht zu einem ersten Treffen gehören. Ob er in mir nur die Kummertante gesehen hat? Bin ich nicht mehr attraktiv? Meine Zweifel erinnern mich an die kurze Unterhaltung mit Anton Wall. Er legte keinen Wert auf meine Begleitung, wie er offen preisgab. Für einen Augenblick bleibe ich stehen. Mir kommt der Gedanke nochmals in den Kopf, dass ich für Männer nur noch als Kummerkasten oder Putzfrau durch die Welt schreite. Beim Weitergehen frage ich mich, bin ich ungerecht meinem Tischnachbarn gegenüber? Eventuell braucht er meine Hilfe? Mir fallen einige Details seiner Ausführungen ein, die förmlich nach Unterstützung schrien. Unvermittelt zweifele ich jetzt an mir und meinem Helfersyndrom. Möchte ich überhaupt herausfinden, was mein Tischnachbar im Allgemeinen und am heutigen Abend bewegt? Will ich wirklich am nächsten Morgen mit diesem pessimistischen Zeitgenossen den Tag beginnen? Die Vorstellung, ihn bereits zum Frühstück wiederzusehen, bereitet mir Magenschmerzen. Meine Hand umfasst schon die Chipkarte, um meine Kabine zu öffnen, da kommt mir eine Idee. Auf der Stelle drehe ich mich um und eile erneut über den Gang, vorbei an unzähligen Kabinen.

„Das ist fantastisch, ich danke Ihnen!", strahle ich Minuten später die Frau hinter dem Schalter an. Gleich zu Beginn, beim Eintreffen an Bord ist mir das Schild mit der Aufschrift *Wir sind immer für Ihre Sorgen da* aufgefallen. Mein Wunsch, ab morgen Früh an einem anderen Tisch zu sitzen, wird prompt erfüllt. „Wir sind fast ausgebucht, jedoch gibt es noch einen freien Platz an einem Vierertisch." Die Frau musste nicht lange fragen, ob ich einverstanden bin. Ich habe sogleich ja gesagt. Schlimmer als das, was ich gerade erleben und hören musste, kann es für mich nicht werden. Zufrieden mache ich mich auf den Weg zurück zu meiner Kabine. Da sehe ich von weitem Anton Wall.

„Hallo Anton!", meine Schritte werden schneller. Anton Wall steht in einer Gruppe von Männern, alle sind schick gekleidet, vor einem Aufzug. Er scheint intensiv in Gespräche verwickelt zu sein und reagiert nicht auf meine Worte. Bevor ich die kleine Gruppe erreiche, muss ich zusehen, wie sich der Aufzug öffnet und Anton Wall sowie seine Begleiter in dessen Inneren verschwinden. Traurig bleibe ich stehen, selbst Laufen hätte mir nichts gebracht. Schade, aber vielleicht, so meine Hoffnung, sitze ich schon morgen Früh in seiner Nähe. Optimistisch gehe ich zu meiner Kabine.

Mein Handy zeigt eine Nachricht von Karin an. Zufrieden werfe ich meine Handtasche auf das Bett und öffne die SMS. Mein Versuch, Karin im Anschluss anzurufen, bleibt ohne Erfolg. Sie nimmt das Gespräch nicht an. Notgedrungen schreibe ich ihr eine SMS zurück und vergesse auch nicht Anton Wall zu erwähnen. Später schaue ich mir, mehr aus Langeweile als aus Enthusiasmus, meine Mails an. Erfreut sehe ich eine neue Nachricht von Vincenz, die ich sogleich öffne.

Liebe Lotte,

der kleine Urlaub fängt schon jetzt an, mir gut zu tun, auch ohne meinen Neffen an der Seite. Ich treffe interessante Menschen, genieße das gute Essen und den Wein. Morgen sende ich Ihnen ein Foto, versprochen. Noch immer warte ich auf eine Antwort von Ihnen. Muss ich mich sorgen?

Beim heutigen Abendessen mit dem Kapitän habe ich Anregungen für eine weitere Reise gefunden. Es ist in der Tat entspannend, auf einem Boot zu sein. Ein alter Mann, wie ich es bin, muss jeden Tag auskosten und genießen. Dankbar bin ich zu schreiben, mir gelingt dieses Vorhaben! Jetzt hoffe ich noch, sie spannen mich nicht mehr all zu lange auf die Folter und ich erhalte eine neue Nachricht, um zu erfahren, wie Ihr Urlaub verläuft.

Ihr Freund im Herzen

Vincenz

P.S. Was halten Sie davon, auf ein vertrauteres Du in unserer Korrespondenz überzugehen?

Etwas verrückt finde ich seine Worte, spüre aber erneut, dass er mir guttut. Lange hat sich niemand mehr um mich gesorgt. Vincenz, ich möchte mehr über ihn erfahren, möchte wissen, wie er lebt, wie er aussieht. Ob er mir ein Foto sendet, auf dem er zu sehen ist? Soll ich ein Foto von mir … Mitten in diesem Gedanken wundere ich mich über meine eigene Idee. Nein, das wäre zu vertraut. Unsere Freundschaft ist komisch. Sie besteht für mich auf einer Ebene, die noch Vieles offen und Platz für Geheimnisse lässt. Noch vor dem Umziehen für die Nacht ist Vincenz in meinem Kopf und es lässt mir keine Ruhe, dass ich ihm noch nicht geantwortet habe. So angele ich meinen Laptop hervor und fange an, Vincenz zu schreiben.

Lieber Vincenz,

dein Vorschlag, sich ab jetzt mit du in unseren Mails anzusprechen, finde ich schön.

Mich freut es sehr zu lesen, dass deine Reise einen geglückten Anfang hatte. Meine Reise hat mit kleinen Hindernissen angefangen. Als Alleinreisende hatte ich das (Un-)Glück, zu einem mir fremden Menschen an den Tisch gesetzt zu werden, was ziemlich schieflief. Mein Tischnachbar beim Abendessen hat mich, ohne dass ich das gewollt hätte, in seine Welt mitgenommen. Zunächst bekam ich Einblicke in sein zerbrochenes Eheglück und durfte im Nachgang teilhaben an privaten Details, die ich nicht wirklich hören wollte. Doch damit noch nicht genug, gab er mir im Anschluss Einblicke in seine Welt der Krankheiten, die ihn plagen, was mich schließlich ganz um meinen Appetit brachte. Das wiederum bekommt meiner Figur ganz gut, denke ich. Morgen, darum habe ich beim Personal gebeten, komme ich an einen anderen Tisch und kann anfangen, den Urlaub zu genießen.

Neugierig bin ich auf dein Urlaubsfoto, das du mir angekündigt hast. Wo führt deine Reise dich hin? Lustig finde ich die Tatsache, hier an Bord einen Künstler getroffen zu haben, den ich kenne. Meine verstorbene Tante, Lydia Lowere, hat uns sozusagen zusammengeführt. Was nichts mit Liebe oder einer Beziehung zu tun hat. Meine Tante hat mir vor einiger Zeit eine Villa vermacht, die ich an besagten Künstler verkauft habe. Ach, Vincenz, es ist schwierig, alles zu schreiben. Leichter würde es mir fallen, persönlich zu erklären, was ich ausdrücken möchte.

Vor wenigen Wochen hat der Künstler mir auf Umwegen noch einmal geholfen, obgleich er durch mein Erbe selbst profitiert hat. Es ging um ein wertvolles Gemälde, das er erst jetzt in der Villa meiner Tante entdeckt hat. Die genaueren Umstände kann ich dir vielleicht eines Tages persönlich erläutern. Der Künstler hat eine Ausstellung hier an Bord und mir von seinem Mäzen berichtet. Dieser Mann scheint auch an Bord zu sein und ist der Grund, wieso Anton, so heißt mein Bekannter, keine Zeit für mich findet. Meine Überlegung, er schäme sich für mich, möchte ich dir nicht verheimlichen. Ich gehöre mehr in die Kategorie Landei und Anton, der Künstler, ist ein Mann, der sich gerne mit den schönen und reichen Menschen umgibt, sich auch äußerlich komplett von mir unterscheidet.

Lieber Vincenz, in dir habe ich einen Menschen gefunden, dem ich mich anvertraue, ohne Angst zu haben. Ich spüre eine Verbundenheit zwischen uns, eine Seelenverwandtschaft.   Meine Reise, das habe ich ja erwähnt, ist ein Gewinn. Glaube mir, die Suite, in der ich wohne, ist fantastisch. So schöne Möbel, so geschmackvolle Bilder an den Wänden und so herrliche Gardinen habe ich in meinem Leben erst einmal gesehen, in der Villa meiner verstorbenen Tante. Leider war es mir nur vergönnt, wenige Stunden in diesen Räumen zu verbringen, bevor ich das Erbe verkaufen musste. Meine mondäne und in meinen Augen großartige Tante war zum Ende ihres Lebens so gut wie pleite. Von Lydia Lowere möchte ich dir eines Tages berichten. Meine Tante war schillernd, sie gehörte in die besseren Kreise, zu denen mir der Eingang verschlossen bleibt. Hier, bei meiner Kreuzfahrt, schnuppere ich ein wenig von der Luft, die meine Tante zu Lebzeiten geatmet hat.
Mir geht es gerade richtig gut und ich freue mich auf den ersten Landgang. Ich werde das Vergnügen haben, Cádiz kennenzulernen.

Die Taste Senden drücke ich, ohne noch einmal über meine Zeilen nachzudenken. Hoffentlich habe ich meinen neuen Freund nicht verschreckt. Verrückt, wie sehr mir Vincenz schon am Herzen liegt. Wie er wohl aussehen mag? Eigentlich ist es mir egal. Das Wichtigste ist doch sein Herz. Wer so wunderschön schreibt und sich meiner Sorgen annimmt, kann nur ein toller Mensch und ausdrucksstarker Mann sein. Noch einmal fingere ich mein Handy hervor und lese die wenigen Worte von Franz durch, die ich am Morgen empfangen habe, bevor ich sie lösche, was mir schwerfällt. Nicht noch einmal möchte ich so in den Händen eines Mannes wie Wachs sein, wie zu meiner Zeit mit Franz. Jedes Wort von ihm war ein Gebot für mich. Jede Berührung von ihm war eine Offenbarung. Wenn er Zeit für mich hatte, war ich gesprungen. Selbst die Treffen mit meinen Freundinnen hatte ich für ihn abgesagt. Meine Freundinnen, so wird mir bewusst, vermisse ich jetzt gerade sehr. Nun ja, nicht alle. Mit Ina hatte ich über den Tag Kontakt. Sie jammerte über die immense Arbeit im Café, die sie gerade alleine bewältigen muss. Meine spontane Antwort: „Ich genieße gerade das herrliche Wetter und lasse mich verwöhnen", kam nicht wirklich gut an. „Kannst du auch mal an mich denken?", durfte ich mir anschließend anhören. Tief im Herzen weiß ich, dass Ina es nicht böse gemeint hat. Nicht vergessen darf ich, sie ist es gewesen, die mir Geld geliehen hat für meine Reise. Immerzu verlange

71

ich von Ina sich zu ändern, bei mir hört der Wunsch auf. Mir ist bewusst, auch ich muss an mir arbeiten und zusehen, in der Zukunft auch zu Ina ein entspannteres Verhältnis zu bekommen. Sie hat nun einmal in vielen Punkten eine andere Ansicht als ich, das muss ich akzeptieren.

Petra hat mir lieb geschrieben. Auf meine SMS mit den Worten: Wie gerne möchte ich das alles hier mit einem lieben Menschen teilen und am Abend mit einer Freundin klönen, durfte ich folgende Worte als Antwort lesen: Es gibt Wünsche, liebe Lotte, die gehen tatsächlich in Erfüllung ...

Wenn das nur mal so einfach wäre. Kopfschüttelnd denke ich an die Tage meiner Kindheit zurück. Mutter hatte auch öfter versucht, mich mit solchen oder ähnlichen Worten zu beruhigen, jedoch ohne Erfolg. Keine ihrer Versprechungen gingen in Erfüllung. Es waren nur Luftblasen. Mutter, überlege ich und spüre eine Nervosität in mir aufkommen. Ob es ihr gut geht? Nach meinem Urlaub werde ich sie im Altersheim besuchen und von meinen Erlebnissen berichten. Kurz überlege ich, Mutter von Vincenz zu erzählen, verwerfe diesen Gedanken allerdings sogleich wieder. Sie würde mein ‚Verhältnis' sowieso nicht verstehen und auf unhöfliche Reaktionen oder unerwünschte Bemerkungen kann ich verzichten. Meinen neuen Freund lasse ich mir nicht madig reden.

Müdigkeit überkommt mich und mein Schlafanzug wird zum Objekt meiner Begierde. Seit ich von Franz getrennt bin, trage ich wieder einen Teddybären-Schlafanzug. Franz hat meine Vorliebe für warme, weiche Frotteeanzüge nie geteilt. Zu Beginn unserer Beziehung fand er es noch sexy, mich rasch aus meinem Schlafanzug zu befreien, und unser anschließender Sex war grandios. Eine Zeitlang habe ich auch Reizwäsche getragen, das hat ihn besonders scharfgemacht. Nach einigen Monaten jedoch dachte ich mir, Franz kennt inzwischen jeden Millimeter meines Körpers, jetzt kann ich auch wieder auf die bequemen und warmen Schlafanzüge mit Teddybären zurückgreifen. Was für ein Trugschluss! Mein Verhalten hat er mir später vorgeworfen und gemeint, ich sei unachtsam mit unserer Beziehung umgegangen. „Was für eine Beziehung?", wollte ich von ihm wissen. Er hatte immer nur von Freitag bis Sonntag für mich Zeit. Unter der Woche führte Franz sein eigenes Leben. Er war egoistisch und ich war einfach nur bequem.

Rasch wechsele ich meine Kleidung, hänge die Sachen ordentlich auf einen Bügel, die ich am Tage getragen habe. Beim Reinschlüpfen in meinen Schlafanzug spüre ich, wie es mir gut geht. Vom raschen Einschlafen hält mich der Eingang einer Mail ab. Ob Vincenz sich noch einmal bei mir gemeldet hat? Ich schaue sofort nach und stelle fest, nicht Vincenz hat mir geschrieben, sondern meine Chefredakteurin. Neugierig öffne ich die Mail.

„Liebe Lotte Wolke,

Sie haben sich in den letzten Tagen nicht mehr zu den Redaktionsbeiträgen gemeldet. Muss ich mir Sorgen machen? Den gewünschten Artikel zu dem Thema: ‚Die perfekte Freundschaft' haben Sie nicht vergessen? Gerne lese ich in den nächsten Tagen von Ihnen.

Mit Grüßen aus dem Norden
Ihre Chefredakteurin
C. Krautwinkel

Oh, nein! Meine Müdigkeit ist mit einem Male wie weggeblasen. Tatsächlich hatte ich meine Arbeit ganz vergessen, verdrängt und vernachlässigt. Gleich morgen früh, direkt nach dem Frühstück, werde ich mit der Arbeit beginnen. Beruhigt lege ich meinen Kopf zurück auf das Kopfkissen, springe jedoch unvermittelt auf. Morgen, so hatte ich geplant, wollte ich mich an den Pool legen. Die schöne Zeit nur in meiner Suite zu verbringen um zu schreiben, erscheint mir zu schade. Es bleibt mir keine andere Wahl, als jetzt, kurz vor Mitternacht, mit dem Schreiben anzufangen.

Die perfekte Freundschaft, sinniere ich und richte mich an dem kleinen Schreibtisch in meiner Suite ein. Noch einmal lese ich die Mail meiner Chefredakteurin. Dann entschließe ich mich ihr zu antworten.

Sehr verehrte Frau Krautwinkel,

ich musste schlucken bei dem neuen Auftrag von Ihnen. Natürlich setze ich mich mit der neuen Aufgabe gewissenhaft auseinander. Meine Gedanken bei dieser Aufgabe wandern wieder einmal zu meinen Freundinnen. Jede von ihnen ist ein ganz besonderer Mensch. Ina, Karin und Petra gehören zu meinem Leben wie die Luft zum Atmen. Kann ich mich bei der einen ausweinen, ist die andere Freundin perfekt für einen herrlichen Abend unter Frauen gespickt mit Klönen und der Freude am Tratsch darüber, was gerade in der Umgebung Neues passiert ist. Die Dritte im Bunde achtet auf meine Ernährung und somit darauf, dass ich keine unnötigen Pfunde ansetze, von denen es schon genügend auf meinen Hüften gibt. Jede meiner Freundinnen ist für mich wichtig, besonders und einmalig. Natürlich gibt es immer einmal wieder die Momente, in denen ich die eine oder andere auf den Mond schießen könnte, mich unverstanden, bevormundet oder einfach ausgeschlossen fühle. Die Tatsache, dass wir bisher drei Freundinnen mit der Kleidergröße 42-44 waren, nur eine in die Größe 34-36 passte, war gut auszuhalten. Seit wenigen Wochen und seit dem Beginn von Karins neuer, oder sage ich lieber, aufge-

wärmten alten Liebe, vergisst meine Freundin das Essen. Unsere Mädelsabende sind selten geworden.

Verträumt denke ich zurück an die Abende mit Pizza, Pasta, Wein und einem Becher Eis zum Nachtisch. Auch die wöchentlichen Fernsehabende mit der obligatorischen Tüte Chips für jede von uns, waren herrlich. Das Leben, die Abende, die Gespräche, alles war fantastisch! Und jetzt? Karin verbringt die meiste Zeit mit ihrem Freund, meidet die abendlichen Treffen mit uns Freundinnen sicherlich auch ihrer Figur zu liebe. Petra, die Größe 34-36, kommt noch regelmäßig zu Besuch, jedoch nicht ohne eine Packung Tomaten mitzubringen. „Bevor ich mir das ungesunde Zeug reinziehe, beuge ich lieber vor", so immer wieder ihre Worte beim Anblick von Pizza, Pasta, Chips und Co. Glauben Sie mir, meine Chips schmecken neben einer Frau, die sich nur von Grünzeug ernährt, nur noch halb so lecker.

Ina, die dritte von uns vier Freundinnen arbeitet zu viel. Neben dem Job ist sie noch alleinerziehende Mutter, hat einen Freund und somit fehlt die Zeit für mich! Trotzdem sind diese Freundinnen ideal für mich. Trotzdem, oder gerade, weil ich Single bin, sind diese Frauen für mich als meine Ersatzfamilie anzusehen. Die ideale Beziehung – darüber habe ich schon geschrieben, liebe Frau Krautwinkel, und meine Freundinnen in der Kolumne miteinbezogen. Mein Weg bis zur fertigen Kolumne war steinig und mein Ergebnis, wie ich selbst finde, nur Durchschnitt. Wieso soll das neue Thema nun unbedingt: ‚Die ideale Freundschaft' heißen?

Was halten Sie von meiner Idee, über ein neues Thema zu schreiben, das unsere Leser sicherlich mehr fesseln und mitreißen wird. Wir sind doch eine Zeitschrift, die sich immer Neuem widmet und unter keinen Umständen stehen bleiben möchte? Das sehe ich *doch richtig? ‚Balsam für die Seele`, würde mir als Überschrift gefallen, ebenso auch ‚Tür auf für Veränderungen`.*

Schon heute freue ich mich auf Ihre Antwort und verbleibe mit den herzlichsten Grüßen

Ihre

Lotte Wolke

Unvorstellbar aber ich drücke auf die Taste Senden, immerhin habe ich zuvor meine Zeilen an die Chefredakteurin noch einmal gelesen. Mit dem Beginn meines Urlaubs scheine ich eine innere Veränderung durchzumachen. Hoffentlich kann ich mir diese Veränderung und Offenheit gegenüber meiner Chefredakteurin auch finanziell leisten, so meine letzten Gedanken vor dem Einschlafen. Eine Antwort von Vincenz war nicht mehr eingegangen, was ich sehr bedauere. Ein Blick auf die Uhr zeigt, mir bleiben nur noch wenige Stunden zur nächtlichen Erholung. Müde kuschele ich mich unter meine Bettdecke und falle sogleich in einen unruhigen Schlaf mit aufwühlenden Träumen.

Vincenz

Meine neue Brieffreundin scheint nicht weit von mir entfernt zu sein. Noch am gestrigen Abend, als ich die Mail von Lotte gelesen habe, wurde mir klar, sie ist ebenfalls an Bord dieses Kreuzfahrtschiffes. Für mich kommt die Begegnung mit ihr nun doch etwas spontaner als gedacht. In Anbetracht meines Alters jedoch bin ich dankbar dafür. Lotte hat offenbar sehr viele Zweifel an ihrer eigenen Person und ich möchte ihr helfen, diese zu überwinden. Leider wurde mein eigenes Kind viel zu früh und jäh aus meinem Leben gerissen. Daher habe ich in den vergangenen Jahren oft versucht, jungen Menschen zu helfen. Lotte, so ahne ich, scheint meinen Beistand als väterlichen Freund zu brauchen.

Auf meinem Weg zum Frühstück treffe ich Anton Wall. Er wirkt überzogen auf mich und unvermittelt ärgere ich mich, ihn so überschätzt zu haben. Menschlich scheint er nicht der Herzlichste zu sein. Seine Avancen mir gegenüber, alles gespielt, wie ich vermute. Warum sonst sollte er sich über die Anwesenheit von Lotte schämen. Kritisch beobachte ich ihn beim Frühstücken. Mit einem Mal will ich Klarheit haben und spreche Anton Wall auf Lotte an. Er reagiert zunächst verhalten, lässt sein Brötchen auf den Teller gleiten, tupft mit der Serviette über seinen Mund und schweigt.

„Schämen Sie sich für Ihre Bekannte?", werfe ich provokant in den Raum. Meine Stimme wird etwas zu laut, am Nachbartisch drehen sich Köpfe zu uns um. Das Schöne an meinem Alter ist die Tatsache, sich nicht mehr um jede Reaktion der Mitmenschen kümmern zu müssen. Für langes Zögern fehlt mir die Geduld. „Woher?", mehr bekommt Anton Wall nicht über seine Lippen. Skeptisch blicke ich ihn an. Mir sind noch die Zeilen von Lotte in Erinnerung, in denen sie von Anton Wall und seiner Scheu, sie hier an seiner Seite zu wissen, schreibt. „Was haben Sie vor? Warum fragen Sie mich nach dieser Person?", Anton Wall verschluckt sich an dem Kaffee, den er gerade zu sich nehmen möchte. Betont ruhig warte ich, nippe an meinem Kaffee, ohne selbst ein Wort zu sagen.

„Hat diese Frau Sie belästigt, Vincenz? Ich werde mit ihr reden und somit dafür sorgen, dass Sie Ihre Ruhe haben vor …", weiter lasse ich ihn nicht sprechen. „Still, Anton! Unter keinen Umständen lasse ich zu, dass ein schlechtes Wort über Lotte Wolke gesagt wird. Mir liegt am Herzen, dieser Frau persönlich zu begegnen. Und Sie werden das arrangieren!" Meine letzten Worte scheinen Anton Wall komplett zu irritieren. Zerstreut sieht er mich an, tupft erneut mit seiner Serviette seinen Mund ab. „Natürlich, selbstverständlich", säuselt er im Anschluss. „Wenn Sie möchten, kann ich Sie vorstellen." Sein Blick wandert auf den Boden. „Allerdings finde ich noch immer, dass Lotte nicht in Ihre Welt passt." Anton Wall hüstelt verlegen. „Außerdem … Sind Sie nicht zu alt für diese Frau?" Diese Worte von Anton Wall setzen mir zu. Was denkt sich dieser Möchtegern von großem Künstler nur? Auf eine Rechtfertigung lege ich keinen Wert. Dieser kleine Mensch ist es nicht wert, in mein Privatleben und meine Freundschaft zu Lotte einbezogen zu werden.

„Ihre Vernissage am morgigen Abend ist der ideale Zeitpunkt für ein Kennenlernen", stelle ich zufrieden fest, ohne noch einmal auf die letzten Worte von Anton Wall einzugehen. „Und zuvor, lieber Anton, begleiten Sie mich morgen auf den Landausflug und berichten mir, wo und wann Sie Lotte Wolke kennengelernt haben. Mich interessiert auch zu hören, was Sie über das Café zu sagen haben."

Mein Handy klingelt. Zögernd nehme ich es aus meiner Tasche. Anton Wall hat genug Feingefühl und verlässt kurz den Tisch. Er hat rasch gemerkt, dass es ein privates Telefonat ist. „Hermann Josef, mein lieber Neffe! Wann bist du an meiner Seite?", erfreut nehme ich seine Worte, bereits am morgigen Abend der Vernissage von Anton Wall beizuwohnen, zur Kenntnis. „Deine Freundin darf ich dann auch erwarten?", frage ich. Bisher war Hermann Josef sprunghaft, was Frauen anbetrifft und irgendwann war ich es leid, alle vier bis sechs Wochen eine neue Begleitung an seiner Seite kennenzulernen. Seine Liaison zu Lydia Lowere hingegen war allerdings konstant. Jedoch konnte ich nicht verstehen, was ihn an dieser Beziehung reizte. Natürlich war Lydia eine außergewöhnliche Frau, eine Dame, wie es sie nur noch selten zu finden gibt. Jedoch war sie auch eindeutig zu alt für Hermann Josef. Ob er mir mit dieser Verbindung zeigen wollte, ich solle ihn finanziell mehr unterstützen? Ging es ihm nur ums Geld? Mir ist wichtig, dass Hermann Josef sich selbst entfaltet und nicht von dem Geld seines Onkels lebt und ebenfalls nicht von dem Geld einer reichen, aber viel zu alten Geliebten. Etwas skurril finde ich die Tatsache, dass Lydia Lowere die Tante von Lotte Wolke war. Somit wird sie auch Hermann Josef schon begegnet sein. Auf die Vernissage freue ich mich immer mehr. Eines steht fest, egal, wie die Begegnungen verlaufen, der Abend wird nicht langweilig werden.

„Darf ich Sie noch einmal auf Lotte Wolke ansprechen?" Anton Wall kommt nach meinem Telefonat erneut auf sie zu sprechen. Ich tupfe mit der Serviette über meinen Mund, lasse sie anschließend auf den Teller fallen. „Kein schlechtes Wort wird in meiner Gegenwart über Lotte gesagt!" Meine Stimme ist wieder etwas zu laut geworden. Am Nachbartisch drehen sich erneut die Köpfe in unsere Richtung. Anton Wall hebt beschwichtigend seine Hände. „Unter keinen Umständen“, säuselt er.

In der nächsten Stunde erfahre ich, wie Anton Wall Lotte kennenlernte und wie es dazu kam, dass er das Haus ihrer Tante kaufte. Eigentlich, so dachte ich, bekomme ich diese Details erst morgen zu hören. Was ich erfahre, bringt mich durcheinander.

„Das waren alle Begegnungen mit Lotte?“, will ich nach seinen Worten wissen. Hüstelnd schüttelt Anton seinen Kopf. Ich höre von der finanziellen Unterstützung, die er Lotte im Nachgang hat zukommen lassen und erfahre auch von dem Tag, als er feststellte, ein unschätzbar wertvolles Gemälde mit dem Inventar der Villa gekauft zu haben. „Niemand hatte im Vorfeld darauf geachtet. Selbst Ihr Neffe, Hermann Josef, scheint keine Ahnung von der Echtheit des Gemäldes gehabt zu haben.“

„Das Bild ist ein Vermögen wert“, überlege ich laut. „Mit dem Geld aus dem Verkauf des Gemäldes hätte Lotte die Villa behalten und selbst darin leben können“, gebe ich unumwunden zu. Meine Worte gefallen Anton Wall nicht. Er verweist noch einmal auf seine finanzielle Unterstützung, die er ganz freiwillig geleistet hat.

„Ja, es ist in der Tat ehrenhaft von Ihnen, Lotte mit einem stattlichen Betrag noch im Nachhinein bedacht zu haben. Ein fader Beigeschmack bleibt jedoch übrig. Mir kommt der Gedanke, dass Sie, als Kunstkenner und Künstler, bereits bei der Besichtigung ahnten, was Sie mit dem Inventar kaufen.“ Mein Gegenüber schluckt. Er wirkt geknickt und ich spüre, dass ich jetzt etwas sanfter mit dem Mann umgehen muss. Anton Wall, so ist mir bewusst, hätte niemandem von der Entdeckung des Gemäldes einen Ton sagen müssen und somit wäre Lotte niemals in den Genuss des späten Geldsegens gekommen. Sie war naiv, die Villa zu verkaufen, ohne sich in deren Inneren richtig umzusehen. Einen Kunstkenner hätte sie beauftragen müssen. Ich seufze. Die Frau scheint von Geschäften wirklich nichts zu verstehen. Auf meine Vorwürfe von vor wenigen Minuten geht Anton nicht ein. Er sitzt schweigend neben mir.

„Und mein Neffe hat den Verkauf geregelt?", hake ich betroffen nach. „Sagen wir, er hat es versucht", hüstelt Anton Wall. Die genaueren Hintergründe erfahre ich nicht. Sicherlich hat er Angst, schlecht über Hermann Josef zu reden. Ich habe den Mann zu sehr eingeschüchtert. Neugierig bin ich auch zu hören, warum Lotte kurz meinen Neffen begleitet hat und an seiner Seite weilte. Das, was ich gerade erfahre, bringt mich durcheinander. Ob ich die Zeilen von Lotte doch falsch aufgenommen habe? Bisher konnte ich Menschen gut einschätzen. Meine Neugier, so ist mir bewusst, muss ich bis zur Vernissage unterdrücken. Die Überlegung, ich sei vielleicht schon zu alt, um Kontakte per E-Mail zu pflegen, verwerfe ich rasch. Jeder Mensch ist nur so alt wie er sich fühlt, somit habe ich noch jede Menge Zeit vor mir! Jetzt freue ich mich auf den Landausflug am morgigen Tag.

Lotte

Wie habe ich mich auf das Frühstück gefreut und besonders auf die Aussicht, endlich netten Menschen zu begegnen. Auf meinem Weg zum Frühstück unterliege ich einmal mehr meiner Fantasie. Schon sehe ich mich an einem reichlich gedeckten Tisch sitzen, neben mir ein gutaussehender Mann.

Fast stolpere ich beim Eintreten in den Frühstücksraum über einen Stuhl. Rasch eilt mir eine Mitarbeiterin vom Service zur Seite und führt mich erneut an den Tisch vom gestrigen Abend. Meinen leisen Protest, ab heute doch an einem anderen Tisch zu sitzen, nimmt sie nicht zur Kenntnis.

„Tut mir leid, Frau Wolke, darüber hat mich niemand informiert." Mit diesen Worten lässt sie mich stehen.

„Ich freue mich, Sie zu sehen", werde ich von meinem Tischnachbarn überschwänglich begrüßt. „Gestern am Abend hatten Sie es aber plötzlich eilig", tadelt er mein Verhalten. Kurz schließe ich meine Augen, dann ergebe ich mich meinem Schicksal. Mein Gegenüber verliert keine Zeit und fängt erneut einen einseitigen Dialog an. Meine Brezel, das anschließende Rührei und die zwei Tassen Tee können mich nicht für die Tatsache entschädigen, wieder diesem Herrn gegenüberzusitzen und seinem Redeschwall ausgeliefert zu sein. Meine Laune sinkt auf den Gefrierpunkt. Sein Angebot, gemeinsam mit mir das Schiff zu erkunden, lehne ich freundlich ab. „Ich muss noch einige Telefonate führen", entziehe ich mich der ungewollten Gesellschaft. Auf dem Weg zur der netten Dame am Beschwerdeschalter, die mir gestern Abend noch versprochen hatte, mich an einen anderen Tisch zu setzen, bin ich aufgewühlt. Im Flur kann ich sehen, Anton Wall steht mit einem älteren Herrn vor einem der Aufzüge. Mir ist gerade nicht nach einem Smalltalk, daher warte ich, bis die beiden im Aufzug verschwunden sind und nehme die Treppe.

„Ich komme erst morgen an einen anderen Tisch?“ Meine Entrüstung ist nicht zu überhören, ändern lässt sich leider trotzdem nichts für mich. „Wir sind wirklich sehr bemüht, es unseren Gästen recht zu machen“, die junge Frau ringt sich ein Lächeln ab. „Gleich morgen Früh sitzen Sie an dem zugesagten Tisch. Wir müssen zunächst noch eine kleine Vorbereitung treffen. Gestern am Abend konnte die Kollegin das leider nicht mehr bewerkstelligen.“

Als kleine Entschädigung versprach die Frau mir, das Abendessen auf meine Suite bringen zu lassen, was ich dankend annehme. Noch eine weitere Mahlzeit mit diesem Mann und ich kann auf die Krankenstation, so meine Gedanken. Auf dem Weg zu meiner Suite überlege ich mir, wie ich den restlichen Tag gestalten möchte. Das schöne Wetter wollte ich zum Schwimmen nutzen. Einen Moment habe ich Angst, meinen Tischnachbarn am Pool wieder zu treffen. Die Vorstellung, erneut seine Ausschweifungen über seine missglückte Ehe und seine Krankheiten anhören zu müssen, lassen mich kurz innehalten. Mitten in meine Überlegungen, wie ich nun diesen Tag nutzen soll, kommt eine neuerliche Nachricht von Petra auf mein Handy. Rasch öffne ich die SMS und überfliege die Zeilen meiner Freundin. Was ich lesen darf, stimmt mich zuversichtlich. Petra schreibt mir, ich solle die Zeit an Bord genießen und es mir richtig gut gehen lassen. Petra ist so positiv und ihre Stimmung überträgt sich unvermittelt auf mich. Mit nur einer Nachricht hat sie es geschafft, mich wieder zu motivieren, das Schöne in der Reise zu erkennen und in mich aufzunehmen.

Mein Bikini ist rasch übergezogen, eine freie Liege finde ich ebenfalls, kaum dass ich an Deck erscheine. Dass neben mir nur Pärchen liegen, ich nehme es mit Humor. Die am Nachmittag gereichten Waffeln mit Sahne und Vanilleeis toppen meine Stimmung nochmals und ich fühle mich richtig erholt, als ich wieder auf dem Weg zurück in meine Kabine bin. Beim Blick auf meine Armbanduhr bin ich verwundert, wie schnell der Tag verflogen ist. Den heutigen Abend, so meine Gedanken beim Betreten meiner Suite, werde ich zum Schreiben nutzen und morgen, nach einem guten Frühstück den ersten Landgang genießen.

Anton Wall

In der Nacht komme ich nicht zur Ruhe. Immer wieder frage ich mich, was es für eine Verbindung zwischen Lotte und Vincenz gibt. Wieso will er sie morgen auf meiner Vernissage sehen? Dieser Mann ist ganz verfallen in den Gedanken, in Lotte eine großartige Erscheinung zu finden. Leider wird er wohl rasch merken, dass Lotte all das darstellt, was nicht in die Welt der Reichen passt. Verblüfft hat mich seine Aussage, Lotte Wolke noch nicht persönlich getroffen und dennoch ein großes Interesse an der Frau zu haben. Ebenso fraglich ist, wieso er sich für eine Frau einsetzt, die er nicht wirklich zu kennen scheint. Ob der Mann mit dem Alter senil wird? Sicherlich hegt er keine Gedanken an Lotte als Partnerin. In seinem Alter dürfte dies keine Rolle mehr spielen. So, wie ich Lotte kennenlernen durfte, eignet sie sich auch nicht als Unterhalterin für einen Mann wie Vincenz.

Ich schäme mich für meine Gedanken. Vincenz ist sehr gut zu mir, und dass er ein cleverer Geschäftsmann mit viel Erfahrung und ebenso so vielen Erfolgen ist, lässt sich nicht bestreiten. Auf der anderen Seite durfte ich Lotte schon etwas näher kennenlernen. Es gab nun einmal Begegnungen mit ihr, die mir nicht unbedingt in positiver Erinnerung geblieben sind. Einmal war ich auch zu Gast in ihrem Haus. Schrecklich, wenn ich an diese Minuten zurückdenke! Ich frage mich noch heute, wie ein Mensch in solch einem Durcheinander und Chaos leben kann. Ihr verwilderter Garten lässt sich noch mit einem Hang zur Natur erklären, aber in meinen Augen ist es ihrer Faulheit geschuldet, sich nicht um das Grundstück zu kümmern. Mich sollte es nichts angehen. Trotzdem komme ich nicht umhin, Lotte in meinem Kopf zu wissen. Ich kann meine Gedanken diesbezüglich gerade nicht steuern. Mir fallen erneut die wenigen Begegnungen mit Lotte ein. Sie, die so ganz und gar nicht in meine Welt zu passen scheint, sich doch immer wieder darin bewegt und mir somit begegnet.

Gegen zwei Uhr in der Nacht lässt mich meine Neugier nicht mehr klar denken. Mein Handy zücke ich und schon ist die Nummer von Lotte angewählt. Nach dem dritten Klingeln beende ich das Telefonat erfolglos. Was habe ich mir auch dabei gedacht, schelte ich mich selbst, Lotte mitten in der Nacht anzurufen. Wenn ich mich jetzt nicht zusammenreiße, wird die Frau mir noch schaden. Unter keinen Umständen möchte ich von Vincenz fallengelassen werden. Selbstverständlich kann ich als Künstler schon große Erfolge vorweisen, lebe auch großzügig und mit gewissen Freiheiten, die ich nicht mehr missen möchte. Jedoch hier, auf diesem Schiff und an der Seite von Vincenz, erlebe ich die Steigerung von allem, das mir bisher begegnet ist. Meiner inneren Unruhe folgen die Eingabe und der Impuls für ein neues Gemälde. Dankbar stehe ich von meinem Bett auf und stelle mich vor meine Staffelei, die ich glücklicherweise mitgenommen habe. Auf Reisen nehme ich immer mein ‚kleines Handwerkszeug‘ mit, wie ich die Kohlestifte und den Block nenne. Die Striche und Linien kommen wie von Zauberhand auf das Papier. Ich male, wechsele die Farben, halte inne, betrachte das, was ich zu Papier gebracht habe. Die Begeisterung übernimmt die Oberhand. Aus der Minibar hole ich mir einen Champagner und Nüsse. Innerlich lodere ich vor Energie und Lust, meine Empfindungen, die ich gerade verspüre, rauszulassen und aufs Papier zu bringen.

Dieses Bild, so mein Wunsch, soll am heutigen Abend bei meiner Vernissage einen Ehrenplatz erhalten. Eigens dafür werde ich noch einmal überlegen, welches der bereits platzierten Gemälde dafür Platz machen muss. In der folgenden

Stunde spüre ich immer intensiver, dass ich gerade etwas Wunderbares erschaffe. Mit diesem Bild verbinde ich so viele Begegnungen und so viele Veränderungen, die ich erleben durfte. Dieses Bild zeigt meine innersten Gedanken, meine Bewunderung und gleichzeitig auch die Gewissheit über die Verletzlichkeit eines jeden Menschen. Noch einmal wechsele ich die Kohlestifte und entscheide mich für Rot, die Farbe der Liebe. Wie im Rausch bewegen sich meine Hände und mit jedem Strich, der sich neu auf dem Papier niederlässt, werde ich befreiter, glücklicher und ruhiger. Aller Wahrscheinlichkeit nach lebe ich aus diesem Grund auch alleine. Mich würde es einengen und stören, mit einem Partner zusammenzuleben, der für meine plötzlichen Eingaben und der Angewohnheit, egal zu welcher Uhrzeit zu malen, kein Verständnis hätte. Meine Farben sind meine Familie, habe ich einmal gesagt. Das ist für mich die Wahrheit.

Gegen sieben Uhr lege ich die Kohlestifte aus der Hand, laufe in meiner Suite auf und ab, blicke immer wieder und von allen Seiten auf das neue Kunstwerk, das ich erschaffen habe. Ich bin zufrieden. Gegen halb acht suche ich die Dusche auf, lasse minutenlang Wasser über mein erhitztes Gesicht laufen. Vor dem Frühstück noch möchte ich das neue Gemälde aufhängen. Das gelingt mir schließlich auch. Ich wähle den spektakulärsten Platz aus, den ich finden kann. Das Gemälde wird am Abend bei der Eröffnungsrede von Vincenz neben dem Rednerpult zu sehen sein. Ich bin sehr stolz auf die Wahl dieses Platzes und mir ist bewusst, das neue Gemälde wird für Aufsehen sorgen.

Mein Magen rebelliert, was ich dem fehlenden Schlaf zuordne. Nein, so meine Gewissheit, ich übertreibe nicht, wenn ich sage, dass dieses Gemälde eines der schönsten Bilder der

Ausstellung ist, obgleich es über Nacht entstanden ist. In der Regel arbeite ich drei bis acht Wochen an einem Objekt.

„Sie sehen müde aus", begrüßt Vincenz mich beim Frühstück. „Aber Ihre Augen zeigen ein Lodern, das mir sagt, Sie waren wieder einmal künstlerisch tätig."

Zufrieden nippe ich an meinem Kaffee. „Es ist ein wunderschönes Bild in dieser Nacht entstanden. Mir war, als müssten die Farben, die Striche, alle meine Emotionen aus mir heraus." Kurz halte ich inne. „Diese Faszination, die ich beim Malen empfinde, dieses Eintauchen in meine eigene Welt der Fantasie, es ist beglückend und doch oft auch bis zur Erschöpfung anstrengend."

Vincenz reagiert mit Schweigen auf meine Worte. Er beschäftigt sich mit seinem Brötchen, sieht mich nur kurz an. So ganz kann ich seinen Blick nicht deuten. Ich entschließe mich, selbst erst einmal gut zu frühstücken. „Das neue Gemälde, wie soll es heißen?" Wie aus dem Nichts kommt eine Viertelstunde später diese Frage aus Vincenz' Mund. Fast verschlucke ich mich an meinem Croissant. „Es gibt noch keinen Namen. Das Gemälde ist gerade erst entstanden", antworte ich. Meine Worte scheinen Vincenz nicht zu befriedigen. „Bis zur Eröffnung der Vernissage werden Sie den passenden Namen gefunden haben."

Eine halbe Stunde später kommt ein Anruf von seinem Neffen Hermann Josef. „Mein Neffe möchte mich sehen, an Land werde ich ihn treffen." Vincenz sieht mich freudig an, steckt sein Handy zurück in die Tasche. „Möchten Sie mich begleiten?" Sein Ton lässt mich wissen, ein Nein würde Vincenz nur ungern hören, zumal er schon gestern den Landausflug angesprochen hatte. Natürlich begleite ich den alten Mann zu seinem Landgang. Wirklich freuen kann ich mich nicht auf das

Treffen mit Hermann Josef. Dieser Mann ist und bleibt mir in seinem Verhalten ein Rätsel. Er, ebenso wie Lotte, kommen immer wieder in mein Leben und das, obgleich ich keinen Wert auf diese Begegnungen lege.

Die meisten Passagiere sind schon von Bord geeilt. Auf uns wartet ein Wagen mit Chauffeur. „Dieses Bild", steigt Vincenz in den Wagen, „Ich möchte es kaufen." Irritiert halte ich inne. „Auf was warten Sie noch?" Vincenz holt mich aus meinen Gedanken heraus. Er bittet mich, endlich in den Wagen ein-zusteigen. „Warum möchten Sie gerade dieses Bild kaufen? Sie wissen nicht, was Sie kaufen, kennen weder den Titel noch das Ergebnis meiner Schaffenskraft der letzten Nacht. Eventuell finden Sie es ganz furchtbar beim ersten Anblick", gebe ich offen meine Bedenken zu. Vincenz lacht, nicht laut, trotzdem empfinde ich sein Lachen wie eine Drohung. Das neu entstan-dene Gemälde, so muss ich mir eingestehen, passt zu einem Mann wie Vincenz. Ob er mir so sehr vertraut? Oder führt er nur ein Spiel im Schilde? Mir wird ein wenig bang vor dem Abend. Erst die Ankündigung, Lotte kommt und soll von mir Vincenz vorgestellt werden, jetzt die Angelegenheit mit dem neuen Gemälde. Die Müdigkeit scheint ihren Tribut zu zollen, ich gähne, was Vincenz mit einem Räuspern kommentiert.

Franz

In den letzten Tagen habe ich immer wieder neue Nachrichten an Lotte gesendet, jedoch ohne eine einzige Antwort zu erhalten. Mir kam schon in den Sinn, Lotte habe eine neue Handynummer und meine Nachrichten haben sie nicht erreicht. Damit lag ich aber völlig falsch. Meine Bemühungen, mir Klarheit zu verschaffen, haben mich zu Ina geführt. Sie war nicht sehr freundlich, als ich im Café auftauchte. Ihre kurze und unverbindliche Art kenne ich noch von früher, daher ließ es mich kalt. Nach zwei Tassen Cappuccino und einem Stück Mandeltorte setzte sich Ina dann doch noch an meinen Tisch und fragte, ob ich einen bestimmten Grund habe, hier zu sein. Mir war bewusst, bei Ina muss ich geradeaus reden, lange Umschweife bringen mich bei dieser Frau nicht zum Ziel. Ihre Geduld würde nicht bis zum Ende meiner ausgeschmückten Version reichen.

„Ich kann Lotte nicht erreichen. Jeden Tag schreibe ich ihr. Eine Antwort erhalte ich nicht. Hat Lotte eine neue Handynummer?" Ina hatte mich skeptisch angesehen, war anschließend zu einem anderen Tisch geeilt und musste abrechnen. Ich konnte beobachten, wie sie noch zwei Bestellungen aufnahm und erst, nachdem sie alle Wünsche erfüllt hatte, zu mir zurückkam. „Sie ist auf einer Reise. Lotte hat eine Luxusreise an Bord eines Schiffes gewonnen." Eine Antwort auf meine Frage war es nicht, daher hakte ich nach. Ina gab mir endlich die erhoffte Auskunft: „Ihre Handynummer ist noch immer die gleiche wie früher. Vielleicht möchte Lotte keinen Kontakt mehr mit dir? Wieso interessierst du dich jetzt wieder für sie?"

Ina machte es mir nicht leicht. Um weiterzukommen, musste ich mich ihr anvertrauen, das war mir sofort bewusstgeworden. „Ich habe Fehler gemacht damals. Bisher war mir keine Frau so nahe wie Lotte. Selbst ihre oft chaotische Art habe ich in den letzten Monaten mehr als nur einmal vermisst." Ina hielt mir auf meine doch offenen Worte eine Standpauke. Ich war am Überlegen, einfach aufzustehen und zu verschwinden. Dann aber blieb ich äußerlich gelassen an meinem Tisch sitzen, um ihr zu zeigen, wie Ernst mir die Sache ist. Als Ina mit ihren bissigen Ausführungen über mein damaliges Verhalten fertig war, fragte ich sie: „Kannst du mir helfen?" Für einen Moment sah sie mich ungläubig an.

Beim Verlassen des Cafés hatte ich immerhin das Versprechen von Ina, dass sie versuchen wird, nach Lottes Rückkehr mit ihr zu sprechen. Hoffentlich lernt Lotte auf dem Schiff keinen neuen Mann kennen, überlegte ich und blieb noch eine Weile vor dem Café stehen. Mir war bewusst, so in Urlaubsstimmung flirtet es sich sehr viel leichter. Mich beängstigte dieser Gedanke richtig.

Am Abend, wieder in meiner kleinen Dachgeschosswohnung angekommen, erinnere ich mich noch einmal an die Zeit, als ich Lotte kennenlernen durfte. Dass ich auf ihre Kontaktanzeige geantwortet habe, es muss damals schon so etwas wie eine glückliche Fügung gewesen sein, die uns zueinander führte. Leider habe ich bei diesem ersten Kennenlernen fatale Fehler gemacht, die mir heute sehr leidtun und die mir so nicht mehr passieren würden. Mir fällt Lottes Freundin Karin ein. Wie viel Durcheinander es damals gab. Als ich auf die Kontaktanzeige geantwortet habe, ich dachte, mich erwartet eine nette Frau. Die Tatsache aber war, ich traf bei meinem ersten Besuch in Lottes Haus auf sie und ihre Freundin Karin. Das war zu Beginn richtig verwirrend für mich. So ganz hatte ich zunächst nicht verstanden, was die beiden Frauen von mir wollten und welches Ziel sie verfolgten. Die Begegnung fing an mir Freude zu machen. Lotte gefiel mir von Anfang an besonders gut. Karin hatte aber diesen gewissen Charme einer Frau, dem kein Mann so leicht wiederstehen kann, also flirtete ich mit beiden Frauen.

Mein Verhalten war richtig Macho-like, wie ich jetzt weiß. Sollte es für mich und Lotte eine zweite Chance geben, ich werde zu ihr ziehen und meine Dachgeschosswohnung kündigen. Somit schiebe ich dem Versuch, bei einem Streit wieder wegzulaufen, einen Riegel vor. Es war wirklich immer sehr leicht für mich, sich nur auf die Treffen am Wochenende vorzubereiten. Mit Lotte hatte ich grandiosen Sex. Sie hat für mich gekocht und sich auch um einen Teil meiner Wäsche gekümmert. Unter der Woche traf ich meine Kumpels in der Kneipe oder beim wöchentlichen Fußballtraining, alles war klasse. Da die meisten meiner Freunde längst fest liiert und schon Väter sind, bin ich an den Wochenenden auf mich gestellt. Lotte hatte ich nur in dieser Zeit in mein Leben gelassen. Ich war nicht bereit für Kompromisse, das weiß ich jetzt.

Ina hat mir noch den Rat mit auf den Weg gegeben, Lotte ein paar Tage in Ruhe zu lassen. Sie solle jetzt erst einmal Gelegenheit haben, die gewonnene Reise zu genießen. Richtig happy bin ich über ihre Worte nicht, zweifele auch daran, ob es richtig ist, ihren Rat zu befolgen. Im Internet habe ich mir den Verlauf von Lottes Reise angesehen. Wie gerne wäre ich jetzt an ihrer Seite.

Lotte

Überrascht war ich schon, als ich am Morgen sah, Anton Wall hat versucht, mich mitten in der Nacht anzurufen. Mein Versuch, ihn zurückzurufen scheitert. Ich erreiche nur seine Mailbox. Auf meinem Weg zum Frühstück geht mir Anton Wall nicht mehr aus dem Kopf. Erst, als ich an meinen neuen Tisch geführt werde, muss ich nicht mehr an ihn denken.

„So eine Freude!", begrüßt mich Johann, der Mann, dem ich in den ersten Stunden an Bord dieses Schiffes kurz begegnet war und der das Weite suchte, als Anton Wall hinzukam. An seiner Seite sehe ich eine ältere Dame, die Johann mir als seine Mutter vorstellt. Liebevoll zeigt sie mit ihrer Hand auf den noch freien Stuhl ihr gegenüber. „Sie reisen also ganz alleine?" Ihre Verwunderung kann ich nachvollziehen. Hier an Bord, das musste ich schon spüren, gehören Singles zur Ausnahme. Mein Blick fällt auf die junge Frau, die auch an unserem Tisch sitzt. Sicherlich gehört sie zu Johann, seufze ich leise in mich hinein, ohne mir meine Enttäuschung anmerken zu lassen. Rasch werde ich von Johanns Mutter auch ihr vorgestellt. „Ich reise mit meinen beiden Kindern. Johann haben Sie schon kennengelernt und jetzt kommen Sie noch in das Vergnügen, meiner Tochter zu begegnen. Höflich reichen wir uns die Hände. Mein spontanes Lächeln im Gesicht wird von ihr wohlwollend aufgenommen. „Sie dürfen mich Rosalinde nennen", übernimmt Johanns Mutter wieder das Wort. Nach wenigen Minuten glaube ich, diese Frau schon seit Jahren zu kennen. Sie plaudert locker über ihre Hobbys, die ich leider allesamt nicht aus eigener Erfahrung kenne. Rosalinde spielt Golf mit einem Handicap 12. Für ihr Alter ist das fantastisch, wie Johann mir erklärt. Seine Mutter reitet auch, natürlich auf ihrem eigenen Pferd, was mich wirklich beeindruckt. Erst, als

Rosalinde von ihrer Tochter in ein Gespräch verwickelt wird, komme ich dazu, mich näher mit Johann zu unterhalten. Gekonnt verwickelt er mich in eine interessante Unterhaltung. Wir vergessen die Zeit und merken nicht einmal, wie sich seine Mutter und seine Schwester vom Tisch entfernen. Es ist, als seien wir schon ewig befreundet, würden uns schon jahrelang kennen. Liegt es an dem Zauber des Urlaubs? Wie schön es doch ist, mit einem Mann zusammenzusitzen und beim Gespräch die gleiche Ebene zu finden. Eigentlich wollte ich den Landausflug mitmachen, jetzt aber genieße ich die Nähe zu Johann. Als mein Handy gegen halb zwölf klingelt und ich die Nummer von Anton Wall erkenne, überlege ich kurz ihn zu ignorieren. Meine Neugier jedoch siegt und ich nehme das Telefonat entgegen.

„Ob ich zu deiner Vernissage am Abend kommen möchte? Ja, sehr gerne. Ich dachte nur, das sei schon geklärt", gebe ich unumwunden zu. „Nein, so schwach ist mein Gedächtnis nicht, dass ich die Einladung schon vergessen habe. Ich freue mich auf die Vernissage und ich werde pünktlich erscheinen."

Anton Wall erwähnt noch, er möchte mir einen guten Freund vorstellen. Mir ist es egal, aber ich sage ihm, ich freue mich darauf, damit ich meine Ruhe finde. Mein Gegenüber signalisiert mir durch seinen Gesichtsausdruck, ungeduldig zu werden. Rasch beende ich das Telefonat. Mir liegt nicht daran, dass Anton Wall es wieder einmal schafft, mich der Gesellschaft von Johann zu entziehen und ihn erneut zu vergraulen.

„Es ging um die Vernissage am heutigen Abend", lächele ich Johann an, nachdem ich mein Handy weggelegt habe. „Ja, ich bin schon informiert", blickt er mich skeptisch an. „Meine Mutter und meine Schwester haben großes Interesse an den Bildern." Meine anschließende Frage, ob er auch kommen wird, beantwortet er zu meiner Freude, mit einem Ja!

Kurz wandern meine Gedanken noch einmal zu Anton Wall, und ich frage mich, warum er sich die Mühe gemacht hat, mich noch einmal einzuladen, und was noch viel wichtiger ist, warum er bereits in der Nacht den Kontakt zu mir gesucht hat. Schade, darauf ist er nicht von alleine eingegangen. Ich selbst bin absichtlich nicht auf seinen Versuch, mich mitten in der Nacht anzurufen zu sprechen gekommen. Unter keinen Umständen möchte ich Johann verschrecken, in ihm den Eindruck erwecken, ich sei mit Anton Wall näher bekannt. Viel wichtiger ist es mir, Johann näher kennenzulernen.

Erst, als die Kellner anfangen, die einzelnen Frühstückstische abzuräumen, bemerken wir beide, dass wir die letzten Gäste auf dieser Terrasse sind. „Treffen wir uns zum Kaffee wieder? Am Pool? Oder willst du noch an Land?" Diese Frage von Johann macht mich glücklich. Von einer auf die andere Sekunde fühle ich mich aufgedreht und glücklich. „Schwimmen ist bei dem herrlichen Wetter sicherlich die bessere Wahl." Die Antwort war rasch über meine Lippen gekommen. Auf dem Weg zu meiner Suite beschließe ich, erneut meinen roten Bikini anzuziehen. In meiner Kabine angekommen, kann ich nur über mich selbst staunen. Bereitwillig habe ich mich für 15 Uhr mit Johann am Pool verabredet. Bei jedem anderen Mann wäre ich davongelaufen oder hätte versucht, einen anderen Treffpunkt auszumachen, nicht so bei Johann. Meine Figur ist üppig, nicht jedem Mann gefallen die Extrakilos an Hüfte und Oberschenkeln. Diesen Anblick versuche ich sonst ganz bewusst am Anfang zu kaschieren.

Johann muss, wenn ich ihn näher kennenlernen möchte, allerdings sehen, worauf er sich einlässt, so meine Überlegungen. Außerdem, ich hätte ihm auch schon gestern am Pool begegnen können und dann hätte er auch meine Proportionen gesehen. Auch in meiner Kleidung mache ich nicht den

Eindruck schlank zu sein. Dies wird ihm nicht entgangen sein. Vielleicht ist er ein Mann, der auf starke Frauen steht.

Gegen zwei Uhr überkommt mich doch die Nervosität, ich bringe meinen Bikini zum Vorschein und ziehe ihn schon einmal an. Das Resultat, so meine Feststellung, kann sich sehen lassen. Ina würde den Kopf schütteln und sagen, ich sehe unmöglich aus. Mir ist es gerade egal. Meine Freundin Petra ruft an, als ich wenig später auf dem Weg zu meiner Verabredung bin und gerade meine Suite verlassen habe. „Dann will ich dich nicht länger aufhalten, Lotte. Mir ist nur wichtig zu hören, dass es dir gut geht." Petra klingt gewohnt positiv. „Ich vermisse dich", teile ich ihr unumwunden mit. „Mir geht es genauso", kommt die spontane Reaktion von Petra an mein Ohr. Ich fühle mich gut. Auf dem Weg zum Sonnendeck berichte ich Petra noch schnell, dass ich am Abend die Vernissage von Anton Wall besuchen werde.

„Dann sind ja einige Überraschungen für heute noch offen", lachend beendet Petra das Telefonat. So ganz verstehe ich ihre Worte nicht. Die nötige Zeit darüber nachzudenken, fehlt mir jetzt allerdings auch, denn ich stehe bereits vor Johann, der schon zwei Liegen für uns reserviert hat.

„Es gibt wenige Frauen mit Niveau", höre ich ihn sagen, während ich mich auf die Liege fallen lasse. „Die meisten Frauen suchen nur einen Mann, um versorgt zu sein. Wirklich, Lotte, bei dir muss ich mir zumindest um diesen Punkt keine Sorgen machen." Johann lacht. Ich bin irritiert. Was, so höre ich in mich hinein, will er mir damit sagen? Bestimmt glaubt er, ich habe einen guten Job oder aber ich habe zu Hause Eltern, die vermögend sind, weswegen ich mir diese teure Reise erlauben kann. Zu meiner Freude wechselt Johann das Thema. Seiner Aufforderung, mit in den Pool zu kommen folge ich gerne. „Dein Bikini ist ein Hingucker“, darf ich hören bevor ich ins kühle Nass springe. Albern wie zwei Teenager spritzen wir uns nass, lachen und vergessen die anderen Menschen um uns herum, die nur in Ruhe ihre Bahnen drehen wollen.

Johann bemüht sich, auch außerhalb des Wassers weiter um mein Wohl. Die Tasse Kaffee, der große Eisbecher, jeden Wunsch liest er mir von den Augen ab. Die Tatsache, dass Johann Notar ist, verwundert mich nur kurz. Hermann Josef kommt mir in den Sinn, dann aber vertreibe ich diese Gedanken an die berufliche Gemeinsamkeit der beiden Männer. „Ich arbeite gemeinsam mit einem Kollegen, den ich sehr schätze. Am Abend kommt er auch zu der Vernissage und ich möchte euch vorstellen.“ Ich nicke zufrieden, ohne weiter auf seine Worte einzugehen. Eigentlich schade, so meine Gedanken, dass am Abend sein Kollege kommt. Sicherlich fehlt uns dann die Zeit, in Ruhe weiterzusprechen. Gerne möchte ich Johann näher kennenlernen. Er sieht so gut aus, benimmt sich so galant und drückt sich gewählt aus.

„Du führst ein Café?“, Johann reagiert verblüfft, nachdem ich ihm davon berichtet habe. „Davon kannst du dir solche Reisen erlauben? Oder hast du geerbt? Das, liebe Lotte, ist keineswegs verwerflich.“ Der Unterton in seiner Stimme gefällt mir nicht. Zum Antworten komme ich nicht mehr, sein Handy klingelt. Um nicht zu neugierig zu wirken, springe ich noch einmal in den Pool und lasse Johann Gelegenheit, in Ruhe zu telefonieren.

„Wir sehen uns bei der Vernissage?“, er steht vor dem Pool, als ich gerade wieder auftauche. Das sieht bestimmt nicht sehr vornehm aus. Meine nassen Haare schüttele ich und schwimme zurück an den Beckenrand. Dort erfahre ich, dass Johann noch ein Treffen mit seinem Kollegen hat. Traurig blicke ich ihm nach. Lust, alleine im Pool zu bleiben, habe ich keine mehr. Wieder auf meiner Liege angekommen, rufe ich Petra an. „Ist dein Date schon vorbei?", will sie sofort wissen. Bis ins kleinste Detail erzähle ich Petra von Johann und der gemeinsamen Zeit.

„Mir gefällt seine Frage bezüglich deiner finanziellen Situation nicht", höre ich Petra raunen. „Oho! Meine Freundin fängt an, die Seiten von Ina zu übernehmen?", poltere ich zurück. Eine kurze Pause entsteht. „Nicht immer ist die Zuckerwatte richtig. Pass auf dich auf und halte deine hübschen Augen offen! Mehr will ich nicht von dir verlangen." Petra klingt schon wieder viel optimistischer. „Freu dich auf die Vernissage!", jetzt kichert sie und ich frage mich, was Petra mir eigentlich sagen möchte. Sie glaubt doch nicht, dass ich ein Interesse an Anton Wall habe? Warum nur sonst spricht sie unentwegt von seiner Ausstellung?

Wieder zurück in meiner Suite fahre ich meinen Laptop hoch. Enttäuscht stelle ich fest, heute keine Nachricht von Vincenz erhalten zu haben. Dafür fällt mir noch einmal das letzte Schreiben meiner Chefredakteurin Frau Krautwinkel in die Augen. Mir ist danach, die noch freie Zeit bis zum Abend sinnvoll zu nutzen. Ich fange an zu schreiben.

„Ich liebe das Leben"

Es kann doch so leicht sein, zufrieden zu sein, ein Lächeln im Gesicht zu tragen, die Mitmenschen freundlich zu begrüßen. Sie finden meine Einstellung naiv? Vielleicht haben Sie Recht. Zumindest, wenn Sie gerade ein privates Tief oder gesundheitliche Probleme haben, die Ihre Sichtweise ändern.

Es ist aber doch auch so, dass jeder von uns sein Päckchen des Alltags zu tragen und zu meistern hat. Nehmen wir als Beispiel die Mutter, die nebenher noch arbeitet und dafür sorgen muss, dass der Tag durchstrukturiert und organisiert ist. Gerade diese Frauen sind wahre Multitalente in Sachen Organisation. Jammern bringt in meinen Augen nichts. Nicht Ihnen, nicht mir, niemandem. Es schadet vom Grunde her, raubt Kräfte, die man gerade in schwierigen Situationen braucht.

Vor wenigen Tagen hat mir ein Autor sein neues Buch mit dem Titel Winter Blues zum Lesen geschickt. Neugierig hatte ich zunächst in dem Buch geblättert, einzelne Passagen gelesen, um dann zu merken, dass ich Interesse bekam, das Werk von der ersten Seite an komplett zu lesen. Positive Lebenseinstellung kann man lernen. Sich wieder an Kleinigkeiten zu erfreuen, auf Mitmenschen zuzugehen, ebenfalls. Der Autor des Buches hat es treffend formuliert. Natürlich kann die dunkle Jahreszeit die Stimmung bei manchen Menschen drücken, was auch erwiesen ist. Sollten Sie gerade so ein Tief spüren, kaufen Sie das Buch. Ich verspreche, dass Sie anschließend wieder positiver durch den Alltag gehen werden. Meine Tante hat mir in einem Brief geschrieben, ich sei ein Sonnenkind. Ja, ich glaube, das stimmt. Für mich ist das Leben herrlich, vielfältig, interessant und ich habe einen großen Hunger nach neuen Eindrücken. Nun glauben Sie aber bitte nicht, dass mir immer alles leichtfällt und alles auf Anhieb gelingt, was ich anpacke oder tun möchte. Leider nicht. Rückschläge und Misserfolge gehören zum Leben wie Essen und Trinken und wie das Atmen von frischer Luft.

In diesem Sinne, Kopf hoch und lächeln

Ihre Lotte

Beim Absenden meiner kleinen Kolumne an Frau Krautwinkel ist mir bewusst, dies ist nicht ganz der Text, den sie sich von mir erhofft hat. Vielleicht, so meine Einstellung, kann ich sie trotzdem von meinen Zeilen überzeugen und habe das Glück, dass mein Text auch abgedruckt wird.

Ein Blick auf meine Uhr zeigt mir, ich kann anfangen, meine Garderobe für die Vernissage herauszulegen und es ist Zeit, das Badezimmer aufzusuchen. Meine Haare verwöhne ich mit einer Kur. Unbedingt möchte ich an diesem Abend Eindruck machen. Johann scheint Gutes gewöhnt und anspruchsvoll zu sein. Ob ich ihm schon heute Abend davon berichten soll, die Reise gewonnen zu haben? Das Geständnis liegt mir schwer im Magen.

Eine gute Stunde später bin ich frisch geduscht. Meine Haare fange ich an zu stylen, nachdem ich sie gekonnt mit viel Volumen geföhnt habe. Skeptisch betrachte ich mich im Spiegel. Beim Schminken nehme ich mir Zeit, versuche auch, nicht mit zu viel an Farbe zu experimentieren. Zufrieden mit dem Ergebnis, zumindest nicht von meiner Verwandlung enttäuscht, setze ich mich anschließend noch einmal an meinen Laptop. Ich kann sehen, meine Chefredakteurin Frau Krautwinkel hat mir schon eine Antwort gesendet. Das ging heute wirklich sehr schnell. Ob es eine positive Nachricht ist? Aufgeregt öffne ich die Mail.

Sehr geehrte Frau Wolke,

bei Ihnen bin ich schon auf Einiges gefasst gewesen. Vergessen Sie nicht, wer der Arbeitgeber und wer die Angestellte ist. Sollten Sie meine Aufgaben in der Zukunft nicht nach meinen Vorstellungen und Wünschen erfüllen, kann ich diese gerne an eine Kollegin weiterleiten.

Ich gebe Ihnen noch eine Chance. Ihr Glück ist, eine Kollegin von Ihnen ist erkrankt und fällt mir für mindestens sechs Wochen aus. Auf die ausstehenden Kolumnen kann ich nicht verzichten. Die von Ihnen eingesandten Zeilen werde ich verwenden. Es ist aber, wie angedeutet, eine Ausnahme! Ab jetzt halten Sie sich an meine Vorgaben! Ihre erkrankte Kollegin sollte mir bereits für die kommende Woche eine Kolumne für die Weihnachtsausgabe einsenden. Leider hat sie diesen Beitrag bis zu ihrer Krankmeldung noch nicht geschrieben und mir eingereicht. Es ist jetzt Anfang September und ich benötige diesen Beitrag in den nächsten Tagen von Ihnen.

Mir liegt nicht daran, eine klassische Weihnachtsgeschichte mit Krippenfiguren und dem Jesus-Kind zu erhalten. Vielmehr möchte ich eine Geschichte, die so, wie Sie diese aufschreiben, wahr sein kann. Ich will den Lesern das richtige Leben vor Augen halten und trotzdem den Sinn der Weihnacht nicht vergessen. Am besten Sie schreiben mir zwei Kolumnen, damit ich eine mit meinem Team auswählen kann. Ich hoffe sehr, ich kann mich auf Sie verlassen und erhalte in den nächsten Tagen die gewünschte Arbeit von Ihnen.

Mit besten Grüßen

Krautwinkel
Chefredakteurin

Diese Zeilen lese ich erneut, lasse mich dann in einen Sessel fallen und spüre, dass mir schwindelig wird. Auf die Einnahmen aus den regelmäßigen Kolumnen kann ich nicht verzichten. Mit der Aussicht, dass bald noch die Ära Café der Vergangenheit angehört, macht dies meine Lage nicht gerade rosiger. Wenn ich die neue Aufgabe erfülle, kann ich im Herbst mein

Honorar noch einmal verdoppeln, was mir sehr gut tun würde. Ob ich Johann am Abend von meinem Auftrag berichten soll? Bestimmt wird er stolz auf mich sein. Meine Berichte von meiner Arbeit im Café kamen leider nicht so gut bei ihm an. Eventuell gibt es hier auf dem Schiff eine Zeitschrift zu kaufen, die eine meiner letzten Kolumnen abgedruckt hat. Was Rosalinde, seine Mutter, wohl dazu sagen würde?

Ein Blick auf meine Armbanduhr zeigt, ich habe noch immer eine Stunde bis zur Eröffnung der Vernissage und damit genug Zeit zum Schreiben. Umgezogen und geduscht bin ich ja schon.

Karin

Was freue ich mich auf das Gesicht von Lotte, wenn ich ihr am Abend gegenüberstehe. Gestern hat sie noch versucht, mich anzurufen. Absichtlich bin ich nicht an mein Handy gegangen. Mir wäre es schwergefallen, Lotte nichts von der geplanten Reise und unserem Treffen zu sagen. Mir ist bewusst, wie sehr sie sich alleine langweilen muss. Lotte braucht Menschen um sich, zum Reden und zum Lachen. Die Vorstellung, dass meine Freundin den ersten Landausflug ganz alleine bewältigen musste, tut mir leid. Aus den wenigen Zeilen, die ich von ihr bekommen habe, konnte ich lesen, Lotte fühlt sich einsam. Auch ihr Tischnachbar, so durfte ich über eine WhatsApp erfahren, war kein Glücksgriff.

„Lotte ist kein Kind mehr. So ganz kann ich dein Theater nicht nachvollziehen", schnaubt Hermann Josef auf meine Worte und meine Bekundung, mich um Lotte zu sorgen. Er wirkt nervös vor der Begegnung mit seinem Onkel. Mich macht das Treffen nicht unsicher, wieso auch? Etwas müde von der Anreise lehne ich mich gemütlich in meinem Stuhl zurück und halte mein Gesicht dem Himmel entgegen. Wie herrlich dieses Blau anzusehen ist. Ich liebe den Sommer. Es war in der Tat eine gute Idee von Hermann Josef, mich mit auf diese Reise und später auf das Kreuzfahrtschiff zu nehmen. Wie viele Zufälle das Leben doch bereit hält. Jetzt werde ich am Abend schon auf dem gleichen Schiff sein wie meine Freundin Lotte. Meine Vorfreude halte ich verborgen. Hermann Josef, so kann ich aus dem Augenwinkel erkennen, schielt ständig auf seine Armbanduhr. Sein Onkel soll in gut zehn Minuten zu uns stoßen und gemeinsam mit uns zu Mittag essen. Das Lokal hat Hermann Josef von zu Hause aus gegoogelt. Ihm war es wichtig, als Treffpunkt eine gute Anschrift anzugeben. „Jetzt schau doch nicht unentwegt auf deine Uhr! Dein Onkel wird schon gleich bei uns sein“, nippe ich an meinem Wasser. Kaum habe ich zu Ende gesprochen, da klingelt das Handy von Hermann Josef. Schneller als ich reagieren kann, nimmt er das Telefonat entgegen. An seiner Stimmlage erkenne ich, er spricht mit seinem Onkel Vincenz.

„Das ist jetzt aber …“, Hermann Josef, so erkenne ich an seinem Gesicht, wirkt besorgt. „Natürlich, so machen wir es. Dann fahre ich mit Karin in einem Taxi zum Schiff. Ja, schade! Natürlich verstehe ich dich. Wir sehen uns dann an Bord. Gut, ich warte auf deinen Anruf.“

Irritiert blickt Hermann Josef nach dem Telefonat auf sein Handy, gerade so, als käme gleich ein neuer Anruf, auf den er wartet. „Alles in Ordnung?“ Meine Frage wird mit einem Kopfschütteln beantwortet. Er winkt zeitgleich dem Kellner und bittet um die Rechnung. Ich bin etwas verärgert. „Wir haben nur ein Mineralwasser getrunken. Ich dachte, wir essen hier in diesem Lokal? Wann kommt dein Onkel?“ Genervt verzieht Hermann Josef sein Gesicht, was mir nicht gefällt.

„Er hat mich gerade angerufen und mir mitgeteilt, jetzt keine Zeit für uns zu haben. Ein wichtiger Anruf aus Deutschland sei bei ihm eingegangen. Er muss zurückfliegen.“

Die Bedienung kommt an unseren Tisch und fragt, ob etwas nicht in Ordnung sei, da wir einen Tisch zum Mittagessen reserviert hatten. „Das dürfte nicht Ihr Problem sein!“, antwortet Hermann Josef launisch und wirft das Geld auf den Tisch. Mir missfällt sein Verhalten. „Dein Onkel fliegt nach Deutschland? Wieso muss er sich noch um Geschäfte kümmern? Ist er nicht in einem Alter, in dem er im Ruhestand sein müsste?“ Zunächst erhalte ich keine Antwort. Hermann Josef bleibt grimmig neben dem Tisch, an dem wir eigentlich Essen wollten, stehen. Meine Idee, zur Beruhigung etwas spazieren zu gehen und vielleicht in einem anderen Lokal zu essen, nimmt Hermann Josef zu meiner Freude auf. Unterwegs erfahre ich, was sein Onkel von ihm wollte.

„Er hat einen Anruf aus Deutschland erhalten und muss unvermittelt für eine Nacht zurückfliegen. Ein ganz wichtiges Geschäft", winkt er gereizt ab. „Dein Onkel ist doch schon über 80?" Mein erneuter Einwand zum Alter bleibt auch jetzt kommentarlos zurück. „Wenn er mir nur endlich mehr Vertrauen schenken würde", mein Freund wirkt verärgert. Wortlos spazieren wir eine Weile nebeneinander her. Jeder hängt seinen Gedanken nach. Zu meiner Freude kehren wir eine halbe Stunde später in ein anderes Lokal ein, bestellen Essen und einen Wein für uns.

„Wir haben Urlaub", proste ich Hermann Josef zu. Meine Freude darüber, hier in der Sonne zu sein, und später an Bord des Luxusschiffs sein zu dürfen, ist riesig.

„Wir müssen zu der Vernissage von Anton Wall", stößt Hermann Josef nach dem Essen aus.

„Kein Problem, inzwischen kommst du doch wieder gut mit dem Mann zurecht." Ein Nicken muss mir als Antwort reichen. Ehrlich gesagt, ist es mir gerade egal. Ich möchte die wenigen Tage genießen und unter keinen Umständen einen unnötigen Streit heraufbeschwören. „Hoffentlich kommt auch Lotte zu der Vernissage", diese Worte kann ich nicht unterdrücken. Im weiteren Verlauf des Essens verzichte ich jedoch darauf, über Lotte zu sprechen. Mir scheint Hermann Josef ist immer noch gereizt und ich möchte den Urlaub genießen. Meine Neugier auf seinen Onkel ist mit dem heutigen Tag gewachsen. Wenn er tatsächlich für einen Tag nach Deutschland fliegt, um Geschäfte zu tätigen, dann muss er ein sehr fleißiger Mensch sein. Ob Hermann Josef ahnt, um welches Geschäft es dabei geht?

Er hatte mir im Vorfeld berichtet, sein Onkel möchte Immobilien kaufen. Meine Fragen verwerfe ich. Sicherlich kann ich morgen von seinem Onkel diesbezüglich mehr erfahren.

Johann

Wie klein die Welt nur ist. Dass ausgerechnet Lotte an unseren Tisch gesetzt wurde. Ist es Schicksal? Meine Mutter hat Lotte sogleich in ihr Herz geschlossen. Ich glaube, sie möchte endlich den Wunsch nach Enkelkindern erfüllt bekommen. Seit zwei Jahren schon nervt sie mich und ebenso meine Schwester, endlich für die ersehnten Enkel zu sorgen. Meine Schwester hat sich der Aufgabe entzogen. Die Tatsache, dass sie nur Frauen liebt, war eine bittere Pille für meine Mutter. Es gab Momente, in denen ich dachte, die Beziehung zwischen meiner Schwester und meiner Mutter zerbricht. Mit Lotte kommt für Mutter eine potenzielle Kandidatin ins Rennen. Über ihr Alter habe ich mich mit Lotte noch nicht unteralten. Ich schätze sie um die vierzig. Ob Mutter da noch mit Enkeln rechnen sollte? Ich hoffe, Lotte lebt in geregelten Verhältnissen. Eine Frau an meiner Seite muss Gäste empfangen und bewirten können. Ordnung ist für mich eine Tugend, die unerlässlich ist. Was ich bisher von Lotte weiß, gefällt mir. Sie kann sich diese Reise gönnen, trägt ordentliche Garderobe, zeigte bei den wenigen Gesprächen auch Interesse an dem, was ich zu erzählen habe.

Eigentlich möchte ich keine eigenen Kinder bekommen. Mir wäre es lieb gewesen, eine Frau mit Kindern kennenzulernen und diese gemeinsam zu wertvollen Menschen zu erziehen. Die Hauptsache ist, meine Mutter bekommt endlich den ersehnten Enkel, um den sie sich kümmern kann.

Mein Leben verläuft gut. Die Arbeit ist meine Freude und sollte Lotte sich als Partnerin für die schönen Stunden erweisen, was soll ich mir noch mehr wünschen? Am Abend, so mein Entschluss, werde ich Lotte vorsichtig auf ihr Alter ansprechen.

Mein erneutes Telefonat mit Hermann Josef hat mich unruhig gemacht. Sein Onkel ist kurzfristig nach Deutschland geflogen, mit seiner Privatmaschine. Mir lag daran, ihn näher kennenzulernen. Die wenigen Male, die er in der Kanzlei war, hat er sich um Hermann Josef bemüht. So gerne möchte ich diesem Mann zeigen, wie fleißig ich bin. Mir fehlte bisher die passende Gelegenheit, ihn von mir zu überzeugen. Wenn ich ehrlich bin dann bin ich es, der die ganze Arbeit macht. Hermann Josef von Breggele hat einen klangvollen Namen und immer die richtigen Leute an seiner Seite. Gut erinnere ich mich noch an die wenigen Begegnungen mit Lydia Lowere. Sie war eine außergewöhnliche Frau und hat uns viele Aufträge vermittelt. Ohne diese Frau wäre unser Start nicht so grandios gewesen. Oft schon habe ich mich gefragt, wieso Vincenz, der Onkel von Hermann Josef, uns keine Aufträge verschafft. Auch darüber möchte ich gerne mit dem Mann sprechen. Wir haben inzwischen viel an Erfahrung sammeln dürfen und ich kann behaupten, wir gehören zu den Besten.

Hermann Josef bewegt sich gerne im Umfeld der Reichen und Schönen und weiß auch genau, diese Kontakte zu nutzen. Überrascht bin ich, dass der Künstler, Anton Wall, ausgerechnet Lotte angerufen hat und wissen wollte, ob sie auch zu der Eröffnung der Vernissage kommt. Woher wohl die zwei sich kennen? Lotte scheint für mich noch einige Rätsel offen zu lassen. Ich bin mir jedoch sicher, diese lösen zu können. Die Gemälde von Anton Wall sind ausgefallen. Der Künstler hat seine eigene Sicht und ich war schon auf Vernissagen von ihm, bei denen ich nach seiner Erläuterung zu den Gemälden sprachlos war. Seine Gedanken, die er bei der Schaffung empfunden hat, waren mir oft fremd. Man nennt dies die künstlerische Freiheit, so zumindest betont es meine Mutter. Sie ist ein wahrer Fan von Anton Wall.

Für die Vernissage tausche ich noch einmal meine Kleidung und schlüpfe in einen schwarzen Anzug. Das neue Designer-Hemd lasse ich am Kragen geöffnet. Die Veranstaltung wird etwas locker vom Ablauf sein. Mutter, so stelle ich überrascht fest, als ich meine Familie im Flur treffe, hat ein rotes Kleid angezogen. „Ein Jugendfreund von mir wird am Abend anwesend sein", sie kichert. Ich bin nur erstaunt. Meine Schwester flüstert mir beim Gang über den Flur ins Ohr: „Erinnerst du dich an den älteren Herrn, der vor drei Wochen in deinem Notariat war?" Nein! Jetzt fange ich an zu verstehen. „Du meinst Vincenz? Den Onkel von Hermann Josef?" Meine Worte stoße ich hektisch hervor. Leider war ich etwas zu laut und Mutter reagiert auf meinen Ausbruch.

„Ja, genau diesen Mann werde ich ab jetzt regelmäßig wiedertreffen." Mutter eilt hocherhobenen Hauptes weiter.

„Lerne einer die Frauen zu verstehen", trabe ich hinterher. Meine Schwester lacht und hakt sich bei mir unter.

Karin

„Dein Onkel hat Geschmack!" Begeistert nehme ich gegen 17 Uhr die Suite an Bord des Luxusschiffs in Augenschein. „Wir sollten uns jetzt umziehen und frisch machen", fängt Hermann Josef an, sein Gepäck auszupacken, ohne auf meine Worte einzugehen. Ich verziehe mich auf den Balkon, der zu unserer Suite gehört und hole mir ein Glas Sekt aus der Flasche, die auf dem Tisch steht und eine nette Geste der Begrüßung ist. Zögerlich hole ich mein Handy in dem Moment hervor, als ich registriere, Hermann Josef ist im Badezimmer beschäftigt.

„Karin! Ich bin ja so aufgeregt", trällert Lotte mir entgegen. Meine Versuche, auch zu Wort zu kommen, scheitern zunächst an ihrem Redefluss. „Er sieht nicht nur gut aus. Dieser Mann hat auch Tischmanieren und eine Mutter, die sehr nett ist. Glaubst du an Fügung? Sollte ich mit dem Gewinn der Reise auch den Mann fürs Leben finden?" Ein Lachen muss ich mir nach Lottes Worten verkneifen. Mir ist bewusst, sie würde sogleich beleidigt auflegen, so gut kenne ich inzwischen meine Freundin. Lotte ist sehr schnell von neuen Eindrücken eingenommen. Ebenso kann sie sich von Menschen rasch um den Finger wickeln lassen, was mir etwas Sorge bereitet im Hinblick auf Johann, von dem Lotte unentwegt spricht.

„Warum sagst du nichts, Karin?"

Ich hole kurz Luft. Dann frage ich interessiert nach und erkundige mich lieb nach Lottes neuem Traummann.

„Er spricht leider immer davon, wie grandios es sei, dass ich selbständig bin und mir diese Luxusreise alleine finanzieren kann."

Oh, nein! Lottes Worte lassen mich hellhörig werden. Nur gut, dass ich jetzt vor Ort bin. „Lotte, wir reden später", beende ich abrupt das Telefonat. Hermann Josef steht neben mir, ich habe sein Kommen nicht bemerkt.

„War das schon wieder Lotte?" Seine Stimme klingt genervt. „Wir haben Urlaub, schon vergessen?"

Immerhin meine Umarmung und der innige Kuss lassen Hermann Josef milde stimmen. Seine Küsse werden fordernder und seine Hände fangen an, auf Erkundung zu gehen. Leise stöhne ich als er meine Brüste in seinen Händen hält und anfängt, meine Bluse zu öffnen. Ich liebe diesen Mann. Mit diesen Gedanken ziehe ich Hermann Josef auf das große Bett. Die nächsten Minuten sind nur traumhaft schön. Ich spüre und liebe Hermann Josef ganz tief und intensiv. Unsere Körper scheinen das gleiche Verlangen und eine ebensolche Lust zu verspüren, dem anderen ganz nah zu sein.

Auf dem Weg zu der Eröffnung von Anton Walls Vernissage albern Hermann Josef und ich wie zwei Teenager herum. Bevor wir das Foyer erreichen, wo die Eröffnung stattfindet, küsst er mich in den Nacken. „Du bist die wunderbarste und erotischste Frau, die mir jemals begegnet ist."

Anton Wall hat schon mit seiner Eröffnungsrede angefangen, als wir eintreffen. Er spricht ins Mikrofon. Seine Stimme hängt über den Gästen, was uns unvermittelt leise sein lässt. Dezent bleiben wir in einer der hinteren Reihen stehen. Mein Versuch, die Anzahl der anwesenden Gäste herauszufinden, ist nicht so einfach. Später komme ich auf rund 200 Menschen. Somit findet die Kunst von Anton Wall hier tatsächlich Anklang, was ich Hermann Josef ins Ohr flüstere.

„Es gibt ja auch umsonst Champagner", grinst er mich an. Dafür erntet er einen kleinen Stoß mit meinem Ellenbogen. Zwei Leute vor uns drehen sich pikiert um und geben uns zu verstehen, ruhig zu sein und unsere Aufmerksamkeit dem Künstler zu widmen. Anton Wall spricht mit voller Inbrunst.

„Und nun komme ich zu dem Höhepunkt dieser Vernissage. Erst in den letzten Stunden ist mein neues Kunstwerk entstanden. Sozusagen ein Werk der Nacht.“

Anton Wall ist in Hochform. Hermann Josef und ich schaffen es, uns nun doch etwas nach vorne zu pirschen.

„In wenigen Sekunden werde ich dieses Kunstobjekt das erste Mal zur Sicht freigeben. Sie …“, er hüstelt und trinkt einen Schluck Wasser. „Sie werden das Bild nur wirklich verstehen, wenn Sie von den Hintergründen seiner Entstehung erfahren, von meinen, wenn auch wenigen, Begegnungen mit dieser einmaligen Frau.“

Bedeutungsvoll sehe ich zu Hermann Josef. Mir scheint, es kommt gleich eine Überraschung. Fragt sich nur, ob sie positiv oder negativ ausfällt. Anton Wall kann ich als Mensch noch nicht einschätzen. Für mich ist alles, was dieser Mann verkörpert, seine ganze Erscheinung und seine Kleidung, eine großartige Inszenierung. Allerdings passt diese Art zu ihm als Künstler. In einem normalen grauen Anzug würde er sicherlich nicht wirken.

Lotte steht neben Anton und sie scheint richtig nervös zu sein. Warum das so ist, kann ich mir noch nicht vorstellen. „Kommt gleich ein Aktbild von Lotte?“ Hermann Josef hustet vor Lachen. Erneut ernten wir böse Blicke von den umstehenden Menschen. Dass Lotte noch nicht auf uns aufmerksam geworden ist, finde ich komisch. Irgendetwas beschäftigt meine Freundin. Diesen Gedanken habe ich noch nicht zu Ende gedacht, da sehe ich den Mann, der gleich hinter Lotte steht. Ob er der neue Traummann ist? Er sieht nicht schlecht aus, so mein erstes Urteil. Hermann Josef beugt sich erneut zu mir und flüstert in mein Ohr. „Da steht Lotte und gleich hinter ihr ist mein Kollege Johann." Verblüfft sehe ich zu Hermann Josef. „Das, ist dein Kollege?"

Eine weitere Gelegenheit zum Sprechen bekomme ich nicht. Anton Wall zieht die Decke, die über seinem neuen Gemälde hängt, zur Seite und lässt sie anschließend unachtsam auf den Boden fallen. Seine Augen strahlen. Mit der rechten Hand zeigt er auf das Bild.

„Oh! Das ist ja …", Hermann Josef kann seine ersten Gefühle und die leichte Bestürzung nicht zurückhalten. „Dieser Mann hat kein Taktgefühl", raunt er erneut einen Ton zu laut. Lotte, so fällt mir auf, wirkt hingegen gerührt und umarmt Anton Wall spontan, nachdem sie das Bild mit dem Konterfeit von Lydia Lowere gesehen hat. Es ist kein klassisches Portrait, sondern eine Mischung aus Realität und Fantasie. Die bunten Farben, die Anton Wall benutzt hat, gefallen mir. Dass er im Gegensatz zu seinen anderen Gemälden nicht mit Acryl, sondern mit Kohle gearbeitet hat, es wirkt.

Hermann Josef kann sich nicht beruhigen. Wütend angelt er sich ein Glas Champagner. Immerhin denkt er auch daran, für mich ein Glas zu holen. „Musste er ausgerechnet ein Portrait von Lydia Lowere als sein großes Highlight präsentieren? Es hätte gereicht, wenn dieses Bild ein Teil seiner Ausstellung gewesen wäre. Unmöglich finde ich dieses Verhalten!" Hermann Josef kommt in Rage. „Bei der Vorstellung mein Onkel Vincenz sei hier, würde ich vor Scham versinken. Nur gut, dass er so plötzlich zu einem wichtigen Termin musste."

Die Gruppe der Menschen löst sich langsam auf, die offizielle Rede ist vorbei und nun haben die Leute Gelegenheit, sich alle Objekte anzusehen. „Sie können die Bilder auch kaufen", sind die letzten Worte des Künstlers. „Lediglich dieses

Portrait", er zeigt erneut auf das Kunstwerk mit Lydia Lowere, „ist bereits verkauft."

Wie ich an der Miene von Hermann Josef sehen kann, versetzt ihm der letzte Satz des Künstlers einen erneuten Schlag. Hermann Josef schüttet seinen Champagner hinunter, winkt eine Bedienung herbei und tauscht sein Glas aus. Anton Wall hat derweil noch eine kleine Anekdote aus seinem Leben als Künstler zum Besten gegeben. Er scheint die Aufmerksamkeit zu genießen. Der anschließende Applaus zeigt mir, den Leuten gefällt, was sie schon jetzt gesehen und gehört haben. Das lässt für Anton Wall auf einen guten Verkauf hoffen.

Meine Versuche, Hermann Josef davon zu überzeugen, wieder auf unsere Suite zu gehen, scheitern. Das Zusammentreffen von Hermann Josef und Anton Wall lässt sich nicht verhindern, es fällt kühl aus.

„War das nötig? Sie wussten, dass ich anwesend sein werde! Nur gut, dass mein Onkel nicht hier ist!" Anton Wall reagiert gelassen auf die Worte von Hermann Josef, die er giftig über seine Lippen gebracht hat. Noch schlimmer, Anton Wall grinst süffisant, reagiert körperlich nur mit einem Schulterzucken und lässt uns dann stehen. Johann und die sichtlich überraschte Lotte kommen in dem Augenblick zu uns, als Anton Wall geht. Wirklich eine richtige Gelegenheit, mich mit Lotte auszutauschen, gibt es bei aller Überraschung und Ungläubigkeit leider nicht. Die erste Freude mich zu sehen, ist Lotte anzumerken. Sie kommt strahlend auf mich zu, kann jedoch keine Worte finden, so sehr scheint meine Überraschung gelungen zu sein.

„Auf die Begegnung mit dir, Lotte, habe ich gerade noch gewartet. Ich frage mich nur, wer für mich das größere Übel darstellt, Anton Wall mit seiner überheblichen Art oder du?"

Mit seinen Worten hat Hermann Josef es geschafft, Lottes Wiedersehensfreude rasch zu trüben. Meine Freundin ist über Hermann Josefs Worte genauso geschockt wie ich es bin.

„Wir sollten jetzt die Zeit finden, um uns die Gemälde anzusehen." Meine Worte verhallen, gehen in dem zuvor gesagten Satz von Hermann Josef unter. Der Champagner floss zuvor schon reichlich. Ich denke, daran liegt es, dass die Zunge von Hermann Josef so teuflisch scharf ist. Immer wieder kamen Kellner und tauschten die leeren Gläser aus. Den anschließenden, peinlichen Zwischenfall, kann ich mir nur so erklären, dass der Champagner bei Hermann Josef scheinbar jede Hemmung aufgelöst hat. „Lotte Wolke, oder soll ich lieber Lotte Traumtänzerin sagen? Die Frau, die es schafft, meine …", zu meiner Freude unterbricht Hermann Josef seinen Redeschwall.

Johann nutzt diesen Moment, reicht mir freundlich lächelnd die Hand und stellt sich vor. Mir entgeht nicht, dass Hermann Josef damit beschäftigt ist, ein neues Glas vom Tablett des Kellners zu angeln. Johann, so hoffe ich, kennt seinen Kollegen und wird hoffentlich einschätzen können, wie sehr er seinen Worten Glauben schenken darf. Unglücklicherweise fängt Johann später an, von dem Portrait von Lydia Lowere zu sprechen. „Ich bin begeistert, wie perfekt Anton Wall die liebe Lydia in seinem Kunstwerk verewigt hat."

Ich ahne sogleich, dass dies eine neue Vorlage für Hermann Josef wird. Kaum, dass ich meine Gedanken beendet habe, muss ich hören wie er sagt: „Wenn Lotte auch nur ein wenig von der Souveränität ihrer Tante geerbt hätte, sie wäre ein toller Mensch. So aber ist sie eine Träumerin, leicht chaotisch veranlagt, mit einem Hang, die Männer schneller zu wechseln als andere Frauen ihre Schuhe."

Diese Worte haben gesessen. Lotte lässt ihr Glas fallen, so aufgeregt ist sie. Johann, so darf ich sehen, ist irritiert. Seine Blicke, die nun auf Lotte ruhen, zeigen für mich keine liebevollen Signale. Mein Versuch, Hermann Josef dazu aufzufordern, seine Worte klarzustellen und Lotte nicht unnötig in einem schlechten Licht darzustellen, fruchten nicht. Das Gegenteil erreiche ich mit meinen Bemühungen. Hermann Josef fühlt sich dazu bewogen, jetzt erst richtig loszulegen. Johann hört ihm aufmerksam zu, was mir nicht gefällt. Wieso verteidigt er Lotte nicht? Würde das der Anstand nicht verlangen? Seine stattdessen unangebrachte Frage, was die Bemerkung über die Vielzahl der wechselnden Männer zu bedeuten hat, lässt meine Hoffnung auf ein gutes Ende dieses Abends schwinden. Hermann Josef fühlt sich dazu aufgefordert, aus dem Nähkästchen zu plaudern. Ungefragt berichtet er über die Kontaktanzeigen, die Lotte verfasst hat. Mich wundert nur, dass er die Passagen, in denen er eigentlich eine tragende Rolle hatte, auslässt. Meine Versuche, ihn in seinem Redeschwall aufzuhalten, finden erneut keine Wirkung. Enttäuscht angele ich mir ein Glas Champagner von dem Tablett, das gerade ein Kellner Hermann Josef hinhält. Resigniert kippe ich den prickelnden Inhalt in meinen Mund. Lotte sieht mich fassungslos und irritiert an, jedoch nur für wenige Sekunden. Dann gehört ihre Aufmerksamkeit wieder Hermann Josef.

Lotte

Heulend falle ich auf mein Bett. Wie vom Blitz getroffen, ist Johann davongeeilt, nachdem Hermann Josef aus dem Nähkästchen geplaudert hatte. Die Vernissage, was hatte ich mich auf diesen Abend gefreut. Zunächst lief auch alles gut. Selbst, als Anton Wall sein neuestes Kunstwerk präsentierte, war ich eine der Wenigen, die nur Freude in ihrem Herzen spürte. Anton hat meine Tante Lydia Lowere so gemalt, wie er sie in Erinnerung hat. Eine hübsche und selbstbewusste, teils schrille Frau. Für wenige Minuten fühlte ich mich grandios und glaubte, der Geist meiner Tante sei bei uns. Stolz hatte ich Johann erklärt, dass die Frau auf dem Gemälde meine Tante ist. Er war Lydia schon begegnet, sie hatte früher Hermann Josef im Notariat aufgesucht, wie er mir sogleich berichtete. Sein Erstaunen war echt und seine Anerkennung für mich als Nichte von Lydia Lowere ebenfalls. Auch seine Mutter Rosalinde hatte sich für mich über diese Überraschung mit dem Gemälde gefreut. Ihre Nachfrage, was dieses Gemälde kosten solle, brachte eine Neuigkeit.

„Das Gemälde hat bereits mein Mäzen …", neuerdings scheint Anton zwischen den Sätzen immer zu hüsteln. Ob dies nun modern ist in der Kunstszene? „Vincenz hat das Gemälde gekauft", sprach er mit stolzer Stimme weiter. Johanns Mutter war noch begeisterter als schon zuvor, schwärmte minutenlang von diesem Vincenz. Mir kam nur der Gedanke, wie schön es wäre, wenn mein Brieffreund dieser Vincenz wäre. Ein Mann, der sich für dieses Gemälde entscheidet, kann nur herzlich sein. Genauso habe ich Vincenz auch durch die Zeilen der Mails kennenlernen dürfen. Am Abend, so mein spontaner Gedanke, möchte ich ihm schreiben und von der Vernissage berichten.

Bis zu diesem Zeitpunkt war meine kleine Welt noch in Ordnung. Die Tatsache, dass nun auch Karin an Bord des Schiffes weilt, hat alles getoppt. Ich war nur noch happy! In der ersten Sekunde, als ich meine Freundin unter den Gästen der Vernissage erblickte, glaubte ich zu träumen. Dann aber habe ich Hermann Josef gesehen und bin geradewegs zu Karin geeilt.

Auch Johann und seine Mutter sind mir gefolgt. Hermann Josef ist den beiden sehr vertraut. Ich stellte Rosalinde und Johann voller Freude meine Freundin Karin vor, schwelgte nur so im Glück, als ich im Anschluss mit Karin anstieß. Sekunden später jedoch war mein Glück zerronnen, da hörte ich aus dem Mund von Hermann Josef die Worte, die mir den Boden unter den Füßen wegrissen. Hermann Josef hatte zu diesem Zeitpunkt schon sehr viel Champagner getrunken, sich mehrfach über das Gemälde geäußert, allerdings sehr unhöflich, was ich Karin zuliebe überhört habe. Dann jedoch sprudelten Worte aus seinem Mund, die mir nicht gefallen und mir die Hoffnung auf eine Beziehung mit Johann genommen haben.

„Lieber Johann, du bist in Begleitung von Lotte? Muss ich mir um dich Sorgen machen?", lachend hatte Hermann Josef erst mich und dann wieder Johann angeblickt. „Ich dachte, bisher lief bei dir alles normal ab." Hermann Josef stieß nach diesen Worten krachend sein Glas gegen das von Johann, der immer irritierter aussah. Auch seine Mutter schien nicht amüsiert über den angetrunkenen Kollegen ihres Sohnes zu sein. Sie blickte sich auffallend um. „Wenn Sie auf meinen Onkel Vincenz warten, können Sie dies noch lange tun", wieder erklang ein Lachen, das Hermann Josef erneut jede Aufmerksamkeit der Menschen in unserer Nähe einbrachte. „Mein Onkel musste für einen wichtigen Termin kurzfristig zurück nach Deutschland fliegen."

Ich war zu diesem Zeitpunkt verwirrt, wer alles diesen ominösen Vincenz kennt und ich hatte mich lediglich über die Namensgleichheit zu meinem Bekannten gewundert, mehr jedoch nicht. Der Nachschlag oder Hauptgang in Sachen Beleidigung folgte schnell. Hermann Josef blickte mich kurz eisig an, dann musste ich mir Folgendes anhören: „Johann, seit wann antwortest du auf Kontaktanzeigen? Hast du handwerkliche Fähigkeiten? Bisher hat Lotte dies in den Vordergrund bei ihrer Männerwahl gestellt.“

Ich blickte Karin hilflos an, sie schüttelte nur den Kopf. Meine Gedanken fingen an Karussell zu fahren. Was, so fragte ich mich, will Hermann Josef andeuten? Auch seine freche Bemerkung, ich wechsele meine Männer öfter als andere Frauen ihre Schuhe, war nicht zu überhören. Die Köpfe der anderen Gäste verrenkten sich. Jeder wollte mindestens einmal mein Gesicht gesehen haben. Es war mehr als nur peinlich, auf diese Art und Weise in der Aufmerksamkeit zu stehen. Johann, der offenbar keine Lust mehr hegte, neben seinem angetrunkenen Kollegen zu stehen und der seine Worte nicht verstand, wollte sich höflich aus dem kleinen Kreis verabschieden. „Ich möchte mir noch die anderen Gemälde ansehen. Wir sehen uns später, Hermann Josef.“ Er nahm den Arm seiner Mutter und nickte mir auffordernd zu, sie zu begleiten. Diesen Moment nahm ich beglückend zur Kenntnis. Weg hier, so meine innere Stimme, bevor Hermann Josef noch mein Glück zerstört.

„Hast du jetzt auf die Kontaktanzeige von Lotte geantwortet? Ich bin ja auch schon darauf reingefallen und war kurz mit ihr liiert.“ Hermann Josef lallte, der neuerliche Champagner schien seinen Tribut zu fordern. Trotzdem fanden seine Worte bei Johann und seiner Mutter Anklang. Schon im Umdrehen hielt er inne. Dann suchte sein Blick den meinen. „Du suchst dir Männer über eine Kontaktanzeige? Mit Hermann Josef warst du auch schon zusammen?" Johann wirkte nicht erfreut. Auffallend holte er Luft, suchte den Blickkontakt zu seiner Mutter. Was, so fragte ich mich, sollte ich jetzt sagen? Wie kann ich diese Situation entschärfen, an ein Retten mochte ich nicht einmal mehr denken.

„Sie hat Männer zum Renovieren gesucht", setzt Hermann Josef noch nach. Er schwankte dabei und schubste Karin. Sie blickte ihn böse an, wie ich zu diesem Zeitpunkt registrierte. Hermann Josef jedoch ließ nicht von seinem Kurs ab, mich und meinen Ruf zu zerstören. Karins Bemühungen ihn wegzuziehen, blieben erfolglos. „Lotte ist in Handwerker-Kreisen kein unbeschriebenes Blatt Papier mehr. Eigentlich ganz pfiffig, die Frau. Sie hatte kein Geld, um ihre anstehenden Arbeiten und Renovierungen an dem alten Haus zu bezahlen. Die gesuchten Handwerker wurden in Naturalien bezahlt!"

Ein leichter Aufschrei der Empörung kam aus dem Mund von Johanns Mutter. „Wir müssen noch andere Gäste sprechen", zog sie Johann am Arm. „Ich bin wirklich sehr enttäuscht von dir, Lotte. Auf den ersten Eindruck kann ich mich also auch nicht mehr verlassen, traurig! Dabei war ich so von dir angetan."

Resigniert blickte ich Johann und seiner Mutter nach. Keine weitere Beachtung schenkten sie mir. Die Tatsache, dass Hermann Josef betrunken war, ist keine Entschuldigung für sein Verhalten. Er war einfach nur peinlich und aus mir hat er innerhalb von wenigen Minuten eine Lachnummer gemacht oder schlimmer noch, mich wie eine .... Ich verbiete mir selbst, weiter darüber nachzudenken. Tränen kullerten über mein Gesicht und ich konnte nicht glauben, was geschehen war. Wieso nur sollte ich immer für alles einstehen? „Das ist doch ungerecht!" Ich blickte hilflos zu Karin. „Am besten, ich bringe Hermann Josef jetzt in unsere Suite. Er muss schlafen." Ihre Worte waren keine große Hilfe mehr. Traurig beobachtete ich meine Freundin in ihrem Handeln. Dieses Mal hatte ihre Aufforderung, endlich schlafen zu gehen, Erfolg. Hermann Josef ließ sich von Karin am Arm mitziehen. Ich durfte zusehen, wie die beiden über den großen Flur aus meinen Augen schritten. Na, prima, so meine nächsten Gedanken, jetzt ist meine Zukunft zerstört. Von mir aus hätte Hermann Josef auch noch hierbleiben und weitertrinken können, was sollte er noch anrichten?

Anton Wall kam zu mir, nachdem Karin es geschafft hatte, mit Hermann Josef in Richtung Suite zu verschwinden. „Du bist begeistert von dem neuen Gemälde?" Aufgekratzt stand er vor mir. Ich nickte müde. Offenbar hat er von der Szene eben nichts mitbekommen. „Geht es dir nicht gut? Du hast rote Augen. Hast du geweint, Lotte?" Wenigstens Anton war freundlich zu mir. Ich war in diesen Minuten schon dankbar für die kleinste Geste an Freundlichkeit, die mir entgegengebracht wurde. Wie tief bin ich gesunken? Der Smalltalk mit Anton Wall wurde immer wieder von fremden Menschen unterbrochen. Alle wollten mit dem Künstler sprechen. Anton, so durfte ich beobachten, genoss diesen Moment. Eloquent erzählte er von seiner Arbeit, gab bereitwillig Antworten zu den Gemälden und verkaufte etliche seiner Werke. Johann und seine Mutter habe ich an diesem Abend nicht mehr gesehen. Sicherlich haben die beiden es vorgezogen, mir aus dem Weg zu gehen.

Auf dem Weg zu meiner Suite musste ich an den nächsten Morgen denken. Siedeheiß wurde mir bei dem Gedanken an das nächste Frühstück. Gemeinsam mit Johann, seiner Mutter und seiner Schwester an einem Tisch zu sitzen, muss ich sobald nicht wieder haben, so meine Überlegungen. „Anton?", ich nahm all meinen Mut zusammen, den ich zur Verfügung hatte. Noch im Weggehen drehte ich mich um und eilte zurück zu Anton Wall. „Kann ich an deinem Tisch sitzen für die nächsten Tage?"

Anton lachte. Er ist wirklich immer für eine Überraschung gut.

„Du hast dich mit Johann schon nach wenigen Stunden überworfen?"

„Woher? Wieso kennst du seinen Namen? Und wieso weißt du, dass ich an seinem Tisch saß?" In diesem Moment war ich richtig erstaunt. Anton Wall machte eine Handbewegung, die ich nicht wirklich deuten konnte. „Mir entgeht nichts, meine Liebe. Ich beobachte Menschen sehr gerne. Nennen wir diese Eigenschaft oder Angewohnheit von mir eine Inspiration für einen schaffenden Künstler."

Bevor ich eine Gelegenheit zum Antworten erhielt, kam schon der nächste Kunstinteressierte und zog Anton Wall in ein Gespräch. Mir kam dies gelegen und ich verzog mich in meine Suite.

Beim Abstreifen meiner Pumps und des Abendkleids, in dem ich mich zuvor so wunderschön gefühlt hatte, fällt eine tonnenschwere Last von meinen Schultern. Wenn es doch nur möglich wäre, die Erinnerung an den heutigen Abend genauso einfach abzustreifen, so meine Gedanken auf dem Weg ins Badezimmer.

Später versuche ich, meine Freundin Karin zu erreichen. Auch nach einer Stunde, nimmt sie das Telefonat nicht an. Noch immer fühle ich mich aufgewühlt und habe das Empfinden, das Gesprächsthema der Gäste zu sein. Mein Entschluss zu packen, ist rasch gefasst. Am nächsten Morgen, das weiß ich, wird das Schiff am Hafen von Faro anlegen, für mich die ideale Gelegenheit zu verschwinden. Um alle wichtigen Details zu organisieren, muss ich noch einmal meine Suite verlassen. Rasch schlüpfe ich in eine Hose, eine Bluse und eile dann zum Informationsschalter. Bei der netten Mitarbeiterin, auf die ich treffe, erkundige ich mich über die Möglichkeiten einer Umbuchung des Rückfluges.

„Gefällt es Ihnen nicht hier bei uns an Bord?" Sie blickt mich irritiert an. Es ist der Frau anzusehen, dass ich etwas tue, was nicht alltäglich ist. „Normalerweise fragen die Leute direkt nach den Terminen für das nächste Jahr", lässt sie mich noch wissen.

„Es geht um meine Mutter", fange ich mit stockenden Worten eine große Lüge an. Die Dame seufzt: „Verstehe, daher auch Ihr verweintes Gesicht." Mein Magen zieht sich zusammen, wenigstens spüre ich noch Reue über meine Worte. Die Dame an der Information ist im Anschluss umso höflicher zu mir. „Es gibt keinen Flug, der morgen nach Frankfurt geht", blickt sie mich bedauernd an, nachdem sie Minuten über ihrem PC gebeugt war. „Ich muss aber hier weg!" Panisch krallen sich meine Finger ineinander.

„Mir kommt da so eine Idee", trällert die Frau und greift zum Telefon. Aufgeregt beobachte ich, wie sie den Hörer in den Händen hielt. „Es ist ein Notfall. Die junge Frau muss unbedingt nach Hause fliegen. … Ja, es geht um ihre Mutter … Das ist sehr nett … Natürlich, ich achte auf Diskretion!"

Nach den Wortfetzen, die ich aufgenommen habe, erklärt mir die Dame höflich, für mich eine Lösung gefunden zu haben. „Einer unserer Gäste fliegt morgen mit seinem Privatjet hier ein", sie macht eine Pause und ich beiße vor Nervosität auf meine Unterlippe. „Sie dürfen mit dem Piloten zurückfliegen nach Frankfurt." Fast geben meine Beine nach, so sehr bin ich von den Worten, die ich aufnehmen durfte, überwältigt.

„Kann ich das überhaupt bezahlen? Wissen Sie, im Moment bin ich nicht so flüssig.“

Die Dame winkt galant ab. „Auf Sie kommen keine Kosten zu.

Der Pilot muss sowieso zurückfliegen. Er ist ein Freund von mir“, offenbar zu spontan sind diese Worte über ihre Lippen gekommen, denn ich sehe, wie die Dame rot wird. Mir ist sogleich bewusst, dass diese Frau gerade alles daran gesetzt hat, mir zu helfen und ihren eigenen Job dabei in Gefahr gebracht hat.

„Nur eines müssen Sie mir versprechen, Frau Wolke!“

Ich nicke, obgleich ich noch nicht weiß, was sie von mir möchte. „Niemand darf von dem Rückflug erfahren. Damit alles reibungslos abläuft, warten Sie morgen auf Ihrer Suite bis ich Ihnen die Nachricht gebe, an den Flughafen zu fahren.“

„Natürlich“, nuschele ich mit tränenerstickter Stimme. „Wer ist der Gast, der mit diesem Flugzeug kommt?“

Oh, weh! Meine Worte habe ich noch nicht ausgesprochen, da ahne ich bereits, einen großen Fehler gemacht zu haben. „Das geht Sie nichts an“, darf ich unvermittelt hören. Ihre genervten Worte dringen an mein Ohr. Ein weiterer Gast kommt in diesem Moment zu uns und möchte ebenfalls eine Auskunft.

„Dann herzlichen Dank“, drehe ich mich um und mache mich auf den Weg zu meiner Suite. „Von ganzem Herzen danke ich Ihnen“, setze ich noch nach. Die Dame nickt mir noch einmal freundlich zu, dann beginnt sie sogleich, mit routinierter Freundlichkeit den nächsten Gast zu bedienen.

Petra

Als ich die Nummer von Lotte auf meinem Display sehe, denke ich mir, Karin und sie rufen jetzt sicher gutgelaunt an und schwärmen mir von dem wunderschönen Wetter vor. Doch weit gefehlt! Lottes erste Worte sagen mir schon, meiner Freundin geht es nicht gut. Gut zehn Minuten später, in denen ich kaum zu Wort gekommen bin, bin ich auf dem neusten Stand von Lottes Seelenleben und den damit verbundenen Sorgen. „Hermann Josef ist ja ein Volltreffer gelungen", schnaube ich, nachdem Lotte eine Pause eingelegt hat.

„Und Karin hat sich noch immer nicht bei mir gemeldet", höre ich Lotte anschließend jammern. Immerhin, so scheint mir, hat sie mit dem Weinen aufgehört.

„Karin wird ihre Gründe haben und die heißen sicherlich Hermann Josef. Warte ab und dann wirst du merken, ich behalte Recht. Soll ich dich morgen vom Flughafen abholen? Ich habe ab 14 Uhr Feierabend. Wir können anschließend bei dir noch den restlichen Tag gemeinsam verbringen. Marc muss morgen ohnehin auf seinen Sohn aufpassen." Wie zu erwarten, nimmt Lotte meinen Vorschlag mit Freude auf. Besonders die Aussicht, nicht gleich alleine zu sein, hat sie beruhigt. „Du kannst gerne bei mir übernachten", fügt sie rasch nach. Darauf gehe ich jedoch nicht ein und schweige stattdessen. Lotte nimmt das Gespräch wieder auf: „Auf jeden Fall freue ich mich, dich morgen zu sehen und danke, dass du mich abholst. Ich habe nicht einmal mehr genügend Geld, um mir eine Fahrkarte zu kaufen. Die zweihundert Euro von Ina, die sie mir geliehen hat, sind schon aufgebraucht. Das Taxi vom Flughafen bis zum Schiff haben mich schon 45 Euro gekostet und dann habe ich mir in der kleinen Boutique an Bord eine Bluse gekauft", höre ich Lotte jammern.

„Das ist jetzt kein ganz neues Problem von dir, Lotte. Komm erst einmal nach Hause und dann reden wir über alles.“

Unser Telefonat ist an dieser Stelle beendet. Mein anschließender Versuch, Karin zu erreichen, fruchtet. Marc ist zu einem Treffen mit Freunden und ich habe die nötige Zeit, um mit meinen Freundinnen zu sprechen. Auch Karin ist aufgelöst und happy über die Tatsache, dass ich auch ihr mein Ohr schenke.

„Wie konnte Hermann Josef das nur Lotte antun? Ich bin so sauer auf diesen Mann“, Karin schnieft hörbar nach ihren Worten. „Kann Frau sich so sehr in einem Mann täuschen? Oder ist er eifersüchtig auf Lotte? Jedes Wort von mir im Vorfeld der Reise, das mit Lotte zu tun hatte, war ihm ein Dorn im Auge.“ Ich höre Karin ihre Verzweiflung an.

„Vielleicht muss Hermann Josef bei Lotte immer an die Anfänge denken, wie er uns alle kennenlernte“, bemühe ich mich, sein Verhalten zu interpretieren. Der Blick auf meine Armbanduhr zeigt, ich muss bald in mein Bett. Morgen muss ich früh aufstehen. Als ich höre, dass sich der Schlüssel in der Tür bewegt, weiß ich, Marc kommt nach Hause. „Ich muss jetzt mal schlafen gehen. Am besten wird sein, du legst dich jetzt auch hin. Wie du erwähnt hast, schläft sich Hermann Josef gerade schon auf dem Sofa aus. Dann hast du deine Ruhe im Bett. Versuche, zu entspannen! Morgen hole ich Lotte am Flughafen ab, ich werde bis zum Abend bei ihr bleiben und wir rufen dich dann gemeinsam an.“ Karin ist überrascht zu hören, dass Lotte bereits morgen nach Hause fliegt. „Sie wird sauer auf mich sein“, nimmt sie die Schuld auf sich.

„Lotte ist nicht sauer auf dich, Karin, nur auf Hermann Josef und sein taktloses Verhalten. Trinkt er eigentlich öfter?“ Mit diesen Worten erreiche ich auch schon die Eingangstüre und hauche Marc einen Kuss auf seine Lippen. Er versteht sogleich, ich telefoniere mit einer meiner Freundinnen. „Tut mir leid, Karin, ich muss jetzt Schluss machen. Wie gesagt, wir melden uns morgen bei dir!"

„Deine Freundinnen stecken in einer ewig anhaltenden Pubertät", lacht Marc, nachdem ich ihm von Lotte und Karin berichtet habe. Da er noch etwas hungrig ist, gehen wir in unsere Küche und ich bereite für ihn einen Salat zu. „Möchtest du den Salat verprügeln?", Marcs Stimme klingt gelassen. Erst jetzt bemerke ich, dass ich das Salatbesteck verkrampft in meinen Händen halte und schon die ersten Tomaten matschig sind. „Mich macht es traurig, dass die beiden immer Pech mit den Männern haben", lasse ich das Salatbesteck fallen. Marc kommt zu mir, zieht mich sanft an sich, sodass ich den Duft seines Rasierwassers einatmen kann. Es tut so gut in den Armen dieses Mannes zu sein. Angezogen von seiner Männlichkeit suche ich seine Lippen. Marc scheint nicht weniger von meinen Reizen angezogen zu sein und ich spüre, wie seine Hände meine Brüste ertasten, sie streicheln. Lotte und Karin sind mit einem Mal vergessen. Alles, was ich jetzt möchte, ist die Nähe dieses Mannes.

Vincenz

Mein Alter macht sich leider bemerkbar. Früher habe ich solche Trips, vom Urlaub aus kurz zurück in die Firma, regelmäßig unternommen, ohne Probleme. Jetzt aber spüre ich, diese Zeiten sind vorbei. Es wäre besser für mich gewesen, auf dem Schiff zu bleiben. Mich hat die kurzfristige Aktion angestrengt. In meinem Privatflieger fallen mir sogleich meine Augen zu vor Erschöpfung. Schade, so mein letzter Gedanke vor dem Einschlafen, ich habe keinen Sohn, der meine Geschäfte weiterführen kann. Mein unruhiger Schlaf führt mich zurück in mein Büro. Ich sehe mich auf dem Gang zu meinem Arbeitszimmer stehen und beobachte Hermann Josef, der mit meiner Sekretärin redet. Nein, es ist nicht mehr meine alte Sekretärin, die seit über 20 Jahren meine Stütze ist. Die junge, attraktive Frau in einem viel zu kurzen Rock ist mir fremd. Das Lachen von Hermann Josef lenkt mich ab. Er hält eine Akte in seinen Händen. Mir ist unvermittelt klar, er hat in meinen privaten Unterlagen geschnüffelt.

„Mein Onkel ist bald unter der Erde", klingt seine Stimme bis zu mir auf den Flur. „Dann wird sich hier noch viel mehr ändern." Ich fühle Wut, die sich in mir ausbreitet, möchte schreien, zu Hermann Josef laufen und ihn zur Rede stellen, aber ich komme nicht von der Stelle.

Irgendjemand schüttelt mich, mein Schlaf ist unvermittelt beendet. „Hermann Josef?", rufe ich verzweifelt. Ich öffne meine Augen.

„Sie haben sehr unruhig geschlafen", höre ich den Piloten sagen. Der junge Mann ist freundlich, arbeitet seit drei Jahren für mich. Ohne aufdringlich zu wirken, hilft er mir auf die Beine und trägt meine Aktentasche aus dem Flugzeug. Er wartet, bis ich in dem Wagen sitze, der zuvor schon für mich gerufen wurde. „Ich wünsche Ihnen eine erholsame Zeit. Rufen Sie mich an, wenn ich etwas für Sie tun kann", verabschiedet sich mein Pilot. Ich blicke ihm nach, bis meine Augen ihn verlieren. Es war nur ein Traum, rede ich mir selbst gut zu. Wieso kann mein Neffe nicht die Größe und Menschlichkeit meines Piloten besitzen. Es wäre so Vieles leichter für mich. Meine Firma muss in geeignete Hände, ich hole hörbar Luft. Der Fahrer erkundigt sich nach meinem Befinden. Ich muss dringend Ruhe finden, sonst führt mich die nächste Fahrt zum Friedhof.

Aus Langeweile ziehe ich auf der Fahrt mein Handy hervor. Leider ist noch immer keine neue Nachricht von Lotte eingegangen. Egal, so mein nächster Gedanke, am Abend werde ich ihr an Bord begegnen. Ob es gut ist, sich an Bord mit meiner Jugendliebe Rosalinde zu zeigen? Gemeinsam mit ihrem Sohn Johann und ihrer Tochter weilt sie an Bord. Vor sehr, sehr vielen Jahren waren wir uns für eine kurze Zeit nähergekommen. Johanns Mutter war zu dieser Zeit schon verlobt und Johanns Vater als zukünftige Frau versprochen. Nur einen August lang durften wir uns lieben, waren frei in unseren Gefühlen füreinander und offen für die Annäherung unter der Gewissheit unserer tiefen Gefühle. In den folgenden Jahren haben sich unsere Wege getrennt. Es war besser so. Mir hätte es das Herz zerbrochen zu sehen, wie meine Liebe in den Armen eines anderen Mannes weilt. Erst jetzt, meine Frau ist schon lange tot, und Johanns Vater ist ebenfalls verstorben, haben wir das alte Band der Freundschaft wieder aufleben gelassen.

Wie wird Rosalinde auf meinen Wunsch, Lotte näher kennenzulernen, reagieren? Mit Eifersucht? Kann eine Frau Verständnis für den Wunsch haben, dass ihr Freund eine andere Frau kennenlernen möchte, die noch dazu um etliche Jahre jünger ist? Wohl kaum. Lotte ist für mich vom Alter her eine

Frau, die den Vaterinstinkt in mir weckt, mehr auch nicht. Hoffentlich kann ich meiner Jugendliebe das richtig erklären.

Ein Anruf von Anton Wall holt mich aus meinen Gedanken heraus. Freundlich erkundigt er sich nach meiner Ankunft an Bord, fragt, ob ich Hunger habe und er mir Gesellschaft leisten darf. Wir verabreden uns und ich bin schon gespannt, was er mir über die gestrige Vernissage alles erzählen wird.

„Die Ausstellung war für mich ein großer Erfolg und ich bin dankbar für die Möglichkeit, meine Bilder einem so großartigen und dankbaren Publikum zeigen zu dürfen", beendet Anton Wall das Telefonat. Mich erfreut sein Verhalten. Unvermittelt jedoch ärgere ich mich, dass nicht mein Neffe Hermann Josef es war, der sich nach meiner Ankunft und nach meinen Bedürfnissen erkundigt hat. Man kann keinen Menschen verbiegen, so die Worte meiner Jugendliebe, der ich mich diesbezüglich schon anvertraut habe. Ob sie gestern Abend enttäuscht war, mich nicht zu sehen? So, wie ich Rosalinde kenne, wird sie Verständnis für mich und meine Geschäfte haben. Ihrem Sohn bin ich nur wenige Male im Notariat meines Neffen begegnet. Er scheint aber gute Manieren zu haben. Ob mir noch genügend Zeit bleiben wird, alles zu regeln?

Anton Wall hat mit wenigen Worten schon beim Telefonat den gestrigen Abend zensiert. Was den Verkauf anbetrifft, muss es für ihn grandios verlaufen sein. Die Bemerkungen über Lotte haben mich hellhörig werden lassen. „Unter keinen Umständen möchte ich Lotte in einem falschen Licht stehenlassen", gab Anton Wall hüstelnd von sich. So ganz habe ich am Telefon jedoch nicht verstanden was der Mann anschließend von sich gab. Die Worte Kontaktanzeige, Handwerker im Zusammenhang mit Johann und Lotte kann ich nicht zusammenbringen. Mein Wunsch Lotte zu schreiben setze ich sogleich in die Tat um.

Liebste Lotte,
was hat das Wort Kontaktanzeige mit dir zu tun? Muss ich mich
sorgen?

Auf die Taste Senden komme ich ungewollt, was mich verärgert. Dies schiebe ich meiner Müdigkeit von der Reise zu. Ich werde Lotte, so mein Entschluss, am Abend noch einmal in Ruhe schreiben. Mit diesen Gedanken verschließe ich meinen Laptop. Mein Fahrer fährt ruppig, es fällt mir schwer, mich zu konzentrieren. Mit zittrigen Händen lege ich meinen Laptop zurück in seine Tasche und blicke in Erwartung dessen, was ich gleich von Anton Wall hören werde, aus dem Fenster.

Lotte

Mein Koffer ist gepackt. Die nette Dame vom Empfang hat mir schon mitgeteilt, ich werde in einer Stunde abgeholt und zu dem Privatjet gebracht. Unruhig laufe ich durch meine Suite. Das Frühstück habe ich mir auf das Zimmer kommen lassen. Unter keinen Umständen wollte ich Johann oder seiner Mutter beim Frühstück begegnen. Auf Hermann Josef habe ich auch keine Lust. Traurig bin ich über die Tatsache, von meiner Freundin Karin noch immer nichts gehört zu haben. Ich hoffe doch, Petra hat mit ihren Worten Recht und Karin ist gerade mit Hermann Josef eingebunden. Sie wird sich hoffentlich bei mir melden, wenn sie mit ihm fertig ist.

Meine Redakteurin, Frau Krautwinkel, hat mir geschrieben, wie ich beim Öffnen meines Laptops sehen kann. Sie erwartet eine Kolumne von mir, die zu dem Thema Lebensgeschichte passt. Die Redaktion plant eine neue Reihe mit Geschichten, die sich so oder ähnlich in unseren Leben abspielen können. Mir ist nicht so nach heiler Welt, trotzdem kann und will ich nicht riskieren, meine Mitmenschen mit meiner schlechten Laune anzustecken. Meine Kolumne soll den Lesern ans Herz gehen, allerdings soll niemand einen Winter Blues bekommen. Für die nächsten Ausgaben von September bis Dezember soll ich monatlich zwei Kolumnen abgeben. Der Preis stimmt, das Geld kann ich auch sehr gut gebrauchen. Außerdem ist das Schreiben, das Eintauchen in meine Welt der Fantasie, für mich das Schönste. Nicht vergessen darf ich, meine Kolumnen für die Ausgaben vor Weihnachten einzusenden. Nachdenklich sitze ich an meinem kleinen Schreibtisch in der Suite. Meine Idee für die neue Kolumne kommt so unvermittelt, dass ich erst skeptisch über meine eigene Idee bin. Dann aber fasziniert mich das Thema. Ich fange sofort an, eifrig die Tasten meines Laptops zu bewegen.

Black & White

Kennen Sie das auch, diese Themen-Einladungen? Vom Grunde her bin ich ja ganz dankbar, wenn auf einer Einladung ein Hinweis zur Kleidung steht … doch direkt ein Motto vorgeben? Was hatte ich mich auf die Party bei meiner Kollegin gefreut. Das rote Kleid war schon lange gekauft. Als dann diese Karte mit dem Hinweis Black & White-Party kam, war ich für einen Moment geschockt. Anja, meine Kollegin, hatte mich schon vor acht Wochen gebeten, den Termin für die bevorstehende Party in meinem Kalender zu notieren. Von einer Themenparty war bisher nie die Rede gewesen. Warum auch? Klar ist mir nicht entgangen, dass momentan solche Themenpartys der Renner sind. Die Klatschzeitungen sind voll mit Berichten und Fotos. Nur zu ärgerlich, dass ich mir jetzt schon das rote Kleid gekauft habe.

Als ich an dem Schaufenster in der Innenstadt vorbeikam, dieses Kleid, mein Kleid, entdeckte, wow! Gebraucht habe ich das tolle Stück nicht, mein Schrank ist gut bestückt. Jedoch fiel mir dann die Einladung von Anja ein und somit hatte ich einen Grund, mir das hübsche Kleid näher anzusehen. War ja dann auch Zufall, dass ausgerechnet meine Größe noch vorrätig war. So viel Glück kann Frau nicht ignorieren, oder?

Und jetzt sollte es schwarz-weiß sein? Da werde ich nicht in einem roten Kleid auftauchen können. Das wäre doch so was von daneben. Anja sah mich irritiert an, als ich ihr mein Leid klagte. „Dann mach doch du an deinem Geburtstag eine Party, die unter dem Motto Party in Rot steht. Überrascht sah ich ihr nach, als sie daraufhin mein Büro verließ. Gut, der Vorschlag fing an, mir zu gefallen. Nach Feierabend schlenderte ich erneut durch die Innen-

stadt und siehe da, in einem der vielen Schaufenster entdeckte ich einen Traum in Schwarz. Kein Kleid, nein, ein Overall … Aber, ob der passen würde? Er passte!

Die Party bei Anja brachte mir viele Komplimente ein, und dass Schwarz mir so gut steht, ehrlich, das war mir nie bewusst.

Meine Einladungen zur Party in Rot waren ebenfalls rasch verteilt. Verwundert musste ich mir anschließend etliche negative Bemerkungen zu dem von mir gewählten Motto anhören. Wirklich, die Klagen häuften sich! Ich versuchte, das Jammern zu überhören und freute mich auf mein rotes Kleid!

Anja hatte leider kurzfristig abgesagt, später erfuhr ich, sie hatte kein rotes Kleid und eine Hose in Rot schon gleich gar nicht in ihrem Schrank hängen … Sollte das mein Problem sein? Ich hatte vor ihrer Party auch nichts geeignetes Schwarzes in meinem Schrank.

Meine Party wurde ein Erfolg, wenngleich sich auch nicht alle Gäste an das Motto gehalten haben. Inzwischen ist mir die Erkenntnis gekommen, Motto hin oder her, ich freue mich, wenn die Gäste meiner Einladung folgen und gute Stimmung verbreiten. Im nächsten Jahr steht auf meiner Einladung: Freie Kleiderwahl! Nur eins wird dringend erwartet: Gute Laune!

Um eine Erfahrung reicher, grüßt ganz herzlich

Ihre Lotte

Mit einer Tasse Kaffee in den Händen lese ich meine Zeilen noch zwei Mal durch. Ob ich den Wunsch von Frau Krautwinkel, meiner Chefredakteurin, getroffen habe? Mit Herzklopfen sende ich meine Zeilen ab.

Ich stehe auf und kontrolliere noch einmal, ob ich auch nicht vergessen habe, alles einzuräumen. Unruhig blicke ich auf meine Uhr. Nur noch wenige Minuten bis zu meiner Abreise. Ich höre den Ton, der mir den Eingang einer neuen Mail ankündigt. Rasche öffne ich diese und bin froh zu sehen, Vincenz hat mir geschrieben. Als ich seinen Absender erkenne, freue ich mich zunächst. Seine Zeilen habe ich schon vermisst.

Dann aber muss ich verwundert sehen, er hat mir nur zwei Sätze geschrieben und ohne Gruß die Mail beendet. Was hat das zu bedeuten? Hält nun auch er das Schwert der Tugend über mich? Ich stöhne, fühle, dass ich enttäuscht über seine Reaktion und gleichzeig traurig bin, dass alles so kommen musste. Hermann Josef, so mein nächster Gedanke, ich könnte ihn erwürgen. Traurig packe ich meinen Laptop weg. Den Anruf, dass ich jetzt zum Flughafen gefahren werden kann, nehme ich Sekunden später entgegen.

In dem Wagen, der mich abholt, lehne ich mich im Sitz zurück und lasse es einmal mehr zu, dass meine Gedanken auf Wanderschaft gehen. Mit geschlossenen Augen denke ich an die vielen schönen Abende mit meinen Freundinnen im letzten Sommer zurück. Schon jetzt vermisse ich den Sommer, diese Leichtigkeit und die herrlichen Abende in meinem Garten. Meine Gedanken wandern zurück zu dem Tag, als ich Petra kennenlernte, sie vor mir in meinem verwilderten Garten stand und für die nächsten Wochen blieb. Meine Liebe zu Leberwurstbroten konnte Petra mir nicht nehmen, auch wenn es der Wahrheit entspricht, dass ich durch ihr Erscheinen gelernt habe, wie gut Salat und Gemüse für mich sind.

Ich bin dankbar über die Tatsache, dass Petra mich am Nachmittag in Frankfurt am Flughafen abholen wird. Mit jedem Kilometer, den ich mich vom Hafen, an dem wir angelegt hatten, entferne, geht es mir etwas besser.

Kurz lenkt mich der Fahrer ab und versucht, mich freundlich in ein Gespräch zu verwickeln. Zu meiner Freude merkt er aber schnell, dass ich nur meine Ruhe brauche und so nimmt er von weiteren Unterhaltungen Abstand. Petra kommt wieder in meinen Kopf. Mir fällt ein, wie ich sie bei ihrem letzten Besuch ausgetrickst habe, zumindest hatte ich es versucht. Ihr Anruf kam unerwartet. Ich saß gerade an meinem Laptop und hatte meine neuste Kolumne verfasst. „Ich kann später kurz zu dir kommen. Soll ich uns einen Salat vorbereiten?“, erkundigte sie sich mit fröhlicher Stimme bei mir.

Voller Inbrunst sagte ich: „Ja! Das ist eine gute Idee, der wird meiner Figur nicht schaden.“

Mit einem Lächeln auf den Lippen und äußerst zufrieden, beendete ich das Telefonat. Mein Leberwurstbrot, das ich mir im Anschluss an das Telefonat schmierte, genoss ich ohne Reue. Nicht alle Frauen können so diszipliniert wie Petra leben, habe ich gedacht.

Der Wagen hält und ich öffne meine Augen. Wir parken direkt neben einer kleinen Maschine, die mich wieder in meine Welt bringen wird. Ich spüre schon jetzt die Erleichterung. Trinkgeld kann ich dem Fahrer nicht geben, was mir wirklich leidtut. Peinlich berührt steige ich in den Privatjet und lasse mich zufrieden in den weichen Ledersessel fallen. Der Pilot spricht wenig, was mir und meiner Gefühlslage entgegenkommt. Schneller als gedacht heben wir vom Boden ab. Die Zeit, die ich jetzt habe, nutze ich um mir Gedanken über meine nächsten Kolumnen zu machen. Rasch ziehe ich aus meiner Tasche einen Block und einen Stift hervor und fange an, meine Ideen zu Papier zu bringen. Altmodisch aber dennoch bewährt. Der Flug ist sehr angenehm und kurzweilig. Als wir an Höhe verlieren und der Pilot mir die Landung ankündigt, bin ich verwundert, wie schnell alles ging.

Petra

Drei Mal muss ich kreisen, bis ich jetzt endlich mein Auto im Parkhaus des Flughafens abstellen kann. Immerhin bin ich gut in der Zeit. Lotte landet erst gegen 15 Uhr. Ich habe noch zwanzig Minuten Luft, also genügend Zeit für einen Espresso in der Flughafenhalle. Die umherschwirrenden Menschen lassen mich, kaum dass ich die Halle betreten habe, zur Ruhe kommen. Sekunden später habe ich mich an das Gewusel von herumrennenden Menschen, das Kindergeschrei und die warme Luft in dieser Halle gewöhnt. Zufrieden steuere ich ein Bistro an. Mit dem ersten Schluck meines Espressos spüre ich eine wohlige Wärme, die sich in mir ausbreitet und mir die Kraft schenkt, gelassen auf Lotte zu warten.

Neugierig blicke ich mich um, beobachte die Menschen, die an mir vorbeieilen, ohne wirklich Notiz von mir zu nehmen. Einmal mehr bin ich dankbar, meine Freundinnen zu haben, ebenso meinen Freund Marc. Wie wertvoll mein Leben doch geworden ist, seitdem ich diese Menschen kenne. Meine Entscheidung, für meine Liebe zu Marc zu kämpfen, sie war richtig. Es hat mich schon sehr viel Kraft und Mut gekostet, mein Leben auf den Kopf zu stellen, alles auf eine Karte zu setzen, immer in der Hoffnung, auch Marc empfindet so wie ich. Nein, leicht war die erste Zeit wirklich nicht. Meine Überlegungen gehen in eine andere Richtung, als ich eine Gruppe mit Kindern sehe, die mit ihren Lehrern an mir vorbeieilen. Amüsiert mustere ich die Jugendlichen, denke kurz an meine eigene Jugend und meine Gewohnheiten mich zu kleiden. Wie Lotte wohl aussehen wird, überlege ich. Ob sie verweint hier ankommt? Mit der Liebe hat es Lotte nicht so einfach. Meine Gedanken wandern zum letzten Jahr, als sie einige Monate mit Franz liiert war. Wieso ich ausgerechnet jetzt an ihn denke, es ist mir ein Rätsel. Mein Espresso ist ausgetrunken, ich verlasse das Bistro und mische mich unter die Menschen. Ein Blick auf meine Armbanduhr zeigt, meine Freundin wird in wenigen Minuten vor mir stehen. Rasch eile ich in die Ankunftshalle. Dort angekommen, fällt mein Blick sogleich auf einen Mann, der mit einer roten Rose in seiner Hand auf- und abläuft. Wie schön, sinniere ich und lächele versonnen. Sicherlich wartet er auf seine Liebste. Erst die Stimme, die meinen Namen ruft, lenkt mich wieder ab. Schon im Umdrehen weiß ich, Lotte steht gleich vor mir.

Lotte

Petra sehe ich gleich, nachdem ich mit meinem Koffer die Ankunftshalle im Frankfurter Flughafen betrete. Freudig eilt sie mir entgegen. Ich komme nicht umhin und falle in ihre Arme. Erneut laufen Tränen über mein Gesicht. So Vieles hat sich angestaut, Gefühle, die ich versucht habe, zu verdrängen. Vor meiner Freundin muss ich nichts spielen, endlich kann ich sein wie ich bin.

„Danke, dass du für mich Zeit hast. Von Karin habe ich noch immer nichts gehört", plappere ich im Auto los. „Gurte dich bitte an!", höre ich zunächst die Belehrung von Petra. „Ich habe gestern noch mit Karin telefoniert. Ihr geht es nicht gut. Sie ist sehr traurig und enttäuscht über das Verhalten von Hermann Josef dir gegenüber." Wieso hat sie sich nicht bei mir gemeldet, denke ich. Meine Frage behalte ich jedoch für mich. Petra ist nicht mein Kummerkasten. Ich habe schon genug gejammert, seit wir uns gesehen haben. „Was hältst du davon, wir bestellen uns eine Pizza?" Meine Gedanken habe ich noch nicht ausgesprochen, da bereue ich sie schon. Petra kichert kurz, geht aber nicht wirklich auf mich ein. Sie möchte von mir noch mehr über die wenigen Stunden an Bord des Luxusschiffes erfahren. Diesen Wunsch erfülle ich ihr nur zu gerne. Bis wir vor meiner Haustüre stehen, habe ich unentwegt erzählt und mich bemüht, Petra auf den neuesten Stand der Erlebnisse zu bringen. Hörbar stöhnend steigt sie aus. „Fang bitte nicht an, pessimistisch zu werden. So, wie du die letzten Tage geschildert hast, muss ich ja Angst um dich bekommen. Es muss doch auch etwas Positives dabei gewesen sein?"

Während ich anfange, meinen Koffer im Flur zu öffnen und die schmutzige Wäsche für meine Waschmaschine rauszulegen, kocht Petra uns einen Kaffee. Vincenz fällt mir wieder ein, die Enttäuschung über seine wenigen Worte und dass er ohne Gruß geschrieben hat, nagen an mir. Meinen Laptop packe ich aus, nachdem die Waschmaschine in Gang ist. Erfreut bin ich zu sehen, dass eine neue Nachricht von Vincenz eingegangen ist. Ängstlich harre ich vor meinem Laptop aus und knabbere lustlos auf meinem Käsebrot, das ich von Petra gebracht bekommen habe. Mir ist etwas bang bei der Vorstellung, von Vincenz niedergemacht zu werden.

„Warum er mich so kennenlernen musste, mit dem ganzen Ärger auf dem Schiff, den intimen Details meiner Zeit, als ich über eine Kontaktanzeige versucht habe, einen Mann zu finden. Sicherlich überschüttet mich Vincenz mit Vorwürfen und beendet unsere Brieffreundschaft." Meine Ängste teile ich Petra mit. Sie lächelt sanft und motiviert mich, endlich die Nachricht zu lesen. Richtig gewöhnt habe ich mich an den Austausch mit Vincenz. Die Tatsache, dass Vincenz unser Café kennt und es in guter Erinnerung hat, fand ich großartig. Somit war mir dieser Mann nie wirklich fremd. Auch unser Altersunterschied macht mir nichts aus. Vincenz hat niemals eine Andeutung gemacht, in mir die ‚Frau seiner Begierde' zu sehen. Im Gegenteil, er hat sich wie ein Vater um mich gesorgt. Hermann Josef hat wirklich alles zerstört. Mir fällt wieder ein, wie Hermann Josef sich mir gegenüber verhalten hat, als es um den Verkauf der Villa ging, die ich von Lydia Lowere geerbt hatte. Um ein Haar hätte er mir das ganze Erbe genommen und mich noch auf einem Sack mit Schulden sitzenlassen. Was meine Freundin Karin nur an diesem Macho findet? Gut, als ich Hermann Josef kennenlernte, hatte ich auch weiche Knie. Bisher war mir noch kein Adeliger begegnet, der sich allem Anschein nach auch noch für mich zu interessieren schien. Dass es Hermann Josef von Anfang an nur um mein Erbe ging, das wollte ich zunächst nicht wahrhaben. Unser Essen, beim ersten Treffen in Wiesbaden, hätte mir die Augen öffnen müssen. Solch eine hohe Rechnung hatte ich vorher noch nie für ein Abendessen bezahlt. Nur gut, dass ich mich nicht auf ihn eingelassen habe. Mein Magen hatte in der Zeit rebelliert und ich hatte wohl intuitiv verstanden, Hermann Josef ist nicht der richtige Mann für mich. Rein äußerlich, das muss ich zugeben, passen er und Karin sehr gut zusammen. Karin ist eine sehr hübsche Frau, kleidet sich modern und liebt den Besuch von Vernissagen, ebenso wie Hermann Josef. Die zwei haben viele Gemeinsamkeiten.

Mein Blick wandert wieder zur Nachricht von Vincenz, die ich noch immer nicht geöffnet habe. Vincenz, mein neuer Freund. Ich kaue auf meinem Brot herum und beiße fast in meinen Finger. Zehn Minuten halte ich die Spannung aus, dann will ich der Wahrheit in die Augen sehen und öffne seine letzte Nachricht. Petra, so meine Überlegung, ist in meiner Nähe. Egal, was ich jetzt lesen muss, sie wird mich trösten, falls Vincenz mir seine Freundschaft für immer kündigt. Ein Gedanke, der mich ängstigt. Ich möchte diese zarte Freundschaft nicht verlieren.

Liebe Lotte

ein alter Mann wie ich es bin, beherrscht die Technik nicht so gut wie die Jugend. Viel schneller als gewollt, war ich am Nachmittag auf die Taste Senden gekommen. Später war ich von meiner Reise so erschöpft und müde, dass ich erst jetzt wieder Zeit und Muße habe, zu schreiben. Liebe Lotte, inzwischen empfinde ich sehr väterlich für dich. Muss ich mich sorgen? Wir müssen uns treffen, ich spüre, dass du meine Hilfe brauchst. Anton Wall hat mir einige Details seiner Vernissage eröffnet, ich war zunächst sprachlos. Mit etwas Abstand zu den Neuigkeiten habe ich versucht, mich in dich und deine Empfindungen hineinzuversetzen und bin zu dem Entschluss gekommen, meine Ansichten sind veraltet. Heute suchen und finden viele Menschen über eine Kontaktanzeige den Partner für .... Das ganze Leben? Soweit möchte ich nicht mit meiner neuen Aufgeschlossenheit gehen, jedoch sollst du deine Ansicht behalten.

Es ist auch an der Zeit, liebe Lotte, dir zu schreiben, dass ich mit der Mutter von Johann eine Freundschaft pflege, die mir guttut. In meinem Alter ist das eine andere Verbindung als in der Jugend, vielleicht aber ehrlicher und erfüllt von einer für viele Menschen unbekannten Verbundenheit. Ihre Worte über dich haben mir zunächst wehgetan. Wenngleich wir uns nur über diese Korrespondenz kennen, habe ich positive Gefühle für dich entwickeln dürfen. Kritisch habe ich auch hinterfragt, ob es senil von mir ist, auf diese Brieffreundschaft zu setzen und mich gefragt, ob es besser wäre, diese Verbindung zu beenden.

Meine Lebenserfahrung hat mich bewogen, den Kontakt zu halten. Anton Wall hat mir wirklich sehr viel aus deinem Leben berichtet. Meiner Meinung nach, meint der Mann es gut mit dir und ist sicherlich auf seine Weise ein Freund. Was die Verbindung zu Johann betrifft, so konnte ich in einem ersten Gespräch die Wogen nicht glätten, was ich persönlich sehr bedauere! Aber wie ich von seiner Mutter erfahren habe, wird es ein Treffen geben. Mir zuliebe will sie alles arrangieren.

In einer halben Stunde bin ich zum Abendessen mit Johann, seiner Mutter und ebenso Anton Wall verabredet. Wie gerne hätte ich dich dabei. Meine Menschenkenntnis hat mich noch nie im Stich gelassen. Zugeben darf ich aber, von dir enttäuscht zu sein. Von meinem Piloten durfte ich erfahren, eine junge Frau werde mit ihm zurück nach Frankfurt fliegen. Es sei ein Notfall. An Bord hatte ich mich nach dir erkundigt und durfte erfahren, du *musstest aus privaten Gründen abreisen. Als väterlicher Freund hätte ich etwas mehr Offenheit erwartet. Doch keine Angst, ich bin nicht nachtragend.*

Jetzt bleibt mir nur, dir alles Gute zu wünschen. Mein Angebot, die Einnahmen und Ausgaben des Cafés anzusehen, besteht weiterhin. Unser erstes Treffen müssen wir leider verschieben, was ich wirklich bedauere.

Mit herzlichen Grüßen

Vincenz

Erleichtert lehne ich mich in meinem Stuhl zurück und blicke über den Laptop hinaus in meinen Garten. Vincenz hat versucht, sich in mich hineinzudenken, was mich beeindruckt. Bisher bin ich keinem Menschen begegnet, der sich bemühte, mich und mein Handeln zu verstehen. Jeder Mann, der mir begegnete und nähergekommen ist, wollte früher oder später, dass ich mich ihm anpasse. In jeder Beziehung habe ich für eine Weile meine Persönlichkeit abgegeben und bin am Ende daran gescheitert.

Meine Freundinnen fallen mir ein und ich spüre, dass ich ungerecht über sie geurteilt habe. Auch sie versuchen, mich zu verstehen. Wie oft schon durfte ich meinen Kummer an einer ihrer Schultern ausweinen. Meine Freundinnen möchte ich nicht missen. Jede von ihnen hat etwas ganz Eigenes und Besonderes. Im Hintergrund höre ich, wie Petra die Waschmaschine öffnet und anfängt, meine Wäsche aufzuhängen. Ich bin froh und unendlich dankbar, dass sie gerade jetzt bei mir ist.

Von Vincenz, das spüre ich, geht ein Signal aus, das mir guttut und mir das Gefühl vermittelt, beschützt zu sein. Er ist für mich wie ein Vater, den ich so nicht habe lieben dürfen. Ob ich einen Vaterkomplex habe? Über meine Gedanken kann ich lachen. Nein, Vincenz ist mir als Mensch ans Herz gewachsen.

Das Klingeln an der Tür holt mich aus meinen Gedanken heraus.

„Ich öffne schon!" Petras Stimme klingt durch mein Haus. Ich höre, sie spricht mit einem Mann. Neugierig stehe ich auf und gehe zu ihr. Vor der Tür steht der Pizzadienst. Mit einer großen Schachtel Pizza, die herrlich duftet und einer Packung Salat bestückt, strahlt mich Petra an. „Du siehst aus, als müsstest du heute unbedingt deine Lieblingspizza essen", geht sie an mir vorbei in meine Küche. Petra hat lange bei mir gewohnt und somit finde ich es normal, dass sie gleich anfängt, Teller, Besteck und Getränke für uns zu holen.

„Möchtest du einen Sekt?", stehe ich noch ungläubig in der Tür und beobachte ihr Handeln. „Gerne! Und dann erzählst du mir, was Vincenz dir geschrieben hat. Ich hoffe, es sind gute Neuigkeiten?"

Strahlend bewege ich mich zum Kühlschrank. „Oh ja! Ich bin wirklich erleichtert über seine Mail. Ihm hat nicht gefallen, dass ich, ohne ein Wort zu schreiben, abgereist bin. Es scheint auch, ich durfte seine Privatmaschine benutzen, das jedoch habe ich noch nicht so ganz verstanden. Ansonsten kamen keine Vorwürfe von ihm! Obgleich sich Rosalinde, die Mutter von Johann, wenn ich es beim Lesen der Nachricht richtig verstanden habe, nicht sehr positiv über mich geäußert hat."

Petra strahlt mich an. „Dann wird ja doch noch alles gut werden. Hast du etwas von Johann gehört?" Ich schüttele meinen Kopf. „Meine Hoffnung, alle Wogen könnten noch geglättet werden, kann ich wohl begraben." Petra dreht sich um. „So schlimm?" Ich antworte mit einem kräftigen Nicken, da mir bereits wieder die Tränen in den Augen stehen. Erst, als wir den kleinen Tisch in der Küche gemütlich eingedeckt haben, der Salat und die Pizza auf dem Tisch stehen, der Sekt in den Gläsern prickelt, bittet Petra mich, mehr zu erzählen. Zu meiner Freude lässt sie mich berichten, ohne mich zu unterbrechen. Zum ersten Mal erzähle ich ausführlich von meiner Brieffreundschaft zu Vincenz, von dem Treffen mit Anton Wall, ebenso von seinem Verhalten mir gegenüber. Die Details der Vernissage und das Verhalten von Hermann Josef habe ich bereits beim Abholen vom Flughafen ausführlich erläutert. Wenn ich wieder an diese Minuten zurückdenke, könnte ich weinen!

„Dein neuer Bekannter, Vincenz", nippt Petra nach meinen Worten an ihrem Glas, „er ist nicht zufällig ein Mann, der auf eine Kontaktanzeige von dir geantwortet hat? Du kannst mit mir offen über alles reden. Schwindeln finde ich nicht gut, zumindest nicht zwischen uns Freundinnen."

Mir ist, als müsse ich davonlaufen, so mein erster Impuls auf ihre Worte. Überall, wo ich bin, umgeben mich Chaos und Missverständnis. „Vincenz habe ich wirklich über unser Café kennenlernen dürfen. Er hat sein Portemonnaie verloren als er das Café besuchte", ich stöhne, weil ich mich wiederholen muss. Petra nickt. „Ja, ja. Aber trotzdem kam mir der Gedanke, du hast ihn auf Umwegen oder wieder über eine Kontaktanzeige kennengelernt. Die letzten Aktionen in Puncto *Ich suche einen Mann* habe ich noch gut in Erinnerung."

Einen Moment verharre ich, denke an letztes Jahr zurück. Es war ein turbulentes Jahr, das zumindest meinem Haus gutgetan hat. *Suche Mann zum Renovieren* hat sich, wenn ich mich umblicke in meinem kleinen Häuschen, gelohnt. Nur leider hatte ich persönlich wenig Erfolg und keinen der Kandidaten für immer hier bei mir in meinem kleinen Haus halten können.

„Bist du glücklich, Petra? War die Entscheidung, mit Marc zusammenzuziehen, richtig?" Petra legt ihr Besteck zur Seite. „Ja! Mir hätte nichts Besseres passieren können. Jeder Tag ist aufs Neue schön mit Marc. Es gibt natürlich auch die Momente, in denen ich tief Luft hole und mir denke, das kann jetzt nicht wahr sein. Was nur hat Marc jetzt schon wieder gesagt oder getan? Das ist aber in einer Beziehung normal. Es gibt nicht nur Sonnenschein. Ich habe auch Fehler, mit denen Marc zurechtkommen muss. Aber am Ende eines jeden Tages bin ich dankbar, dass wir uns gefunden haben. Es war nicht leicht, nicht für ihn aber auch nicht für mich. Ohne die gehörige Portion Mut würden wir heute nicht so leben." Petra schweigt anschließend und verteilt den Salat auf ihrem Teller. Ich beobachte schweigend, wie sie anfängt, die Pizza zu vierteln und mir ein großes Stück auf meinen Teller legt. „Heute ist nicht der richtige Tag für dich, um mit einer Diät zu beginnen", schiebt sie den gefüllten Teller vor meine Nase. Ihr Verhalten versöhnt mich. Etwas später fühle ich mich in der Tat viel besser. „Mir ist es ein Rätsel, wie du von diesem Grünzeug leben kannst", blicke ich Petra an. Sie prostet mir zu. „Auf unsere Freundschaft!" In diesem Moment klingelt es an meiner Tür. „Erwartest du noch Besuch?"

Ohne auf mich einzugehen, steht Petra auf. „Überraschung!", setzt sie sich zwei Minuten später wieder auf ihren Stuhl. Ich begreife zunächst nicht, was passiert und blicke sie verständnislos an. „Du solltest noch einen zusätzlichen Teller und ein Glas eindecken", lacht sie laut los. Bevor ich auf Petras Worte reagieren kann, erscheint Karin in meiner Küche.

„Möchtest du etwas von meinem Salat essen oder lieber von Lottes Pizza? Ich habe eine extra Portion Käse für die Pizza bestellt, so wie ihr es früher gerne gegessen habt." Petra verwundert mich. Auf sie müssen Karin und ich einen wirklich erschreckenden Eindruck machen. Petra vergisst sogar, uns in Sachen gesundes Essen zu belehren. Schweigend beobachte ich, wie sie für Karin einen Teller und Besteck aus meinen Schränken nimmt. Karin sinkt auf einen freien Stuhl zwischen Petra und mir. Sie wirkt erschöpft.

„Eigentlich darf ich nur Salat essen." Sie schielt auf die Pizza, greift nach einem Viertel und legt es auf ihren Teller. „Das brauche ich heute. Um das alles zu verdauen, was ich erlebt habe." Karin sieht zunächst Petra an, dann blickt sie mir in die Augen. „Ich will sagen, was wir erleben mussten."

„Prost, Mädels!" stoßen wir miteinander an. Für mich ist es ein schönes Gefühl, mit Petra und Karin in meiner Küche zu sitzen, es erinnert mich an alte Zeiten. „Jetzt fehlt nur noch Ina", stelle ich zufrieden mein Glas ab. Ina, so erfahre ich von Karin, ist über das Wochenende beschäftigt. Mir fällt ein, sie muss sich ja um unser Café kümmern. „Marc ist Babysitter", fügt Petra nach. Es folgt ein kurzes Schweigen, das, so meine Überraschung, Karin unterbricht. Sie fängt an zu berichten, was nach meiner überstürzten Abreise an Bord des Luxusschiffes noch passiert ist. „Ich war so enttäuscht von Hermann Josef und seinem unmöglichen Verhalten dir gegenüber. Meine Vorwürfe waren nur so auf ihn niedergeprasselt. Wir haben gezankt und mitten in einem Wortgefecht, das er von mir zu hören bekam, schlief Hermann Josef ein und schnarchte laut los. Ich war wütend, verzweifelt, von allem ein bisschen. Natürlich hatte er sehr viel Champagner getrunken, aber ich war trotzdem enttäuscht. In der Nacht war ich zu erschöpft, um noch zu dir in deine Suite zu kommen. Nach einer Kopfschmerztablette habe ich mich ebenfalls schlafen gelegt. Am nächsten Morgen musste ich mich erneut mit Hermann Josef auseinandersetzen. Seine Ansichten über den letzten Abend waren ganz anders als die meinen. Wir stritten erneut. Ich weinte und die Zeit, bis ich mich wieder für vorzeigefähig hielt, verstrich. Als ich dich später aufsuchen wollte und erfahren musste, du bist abgereist, stand mein Entschluss fest, ebenfalls nach Hause zu reisen. Meine Hoffnung war, mit dir zurückzufliegen. Leider konnte ich das Vorhaben nicht in die Tat umsetzen. Bis ich endlich eine Auskunft bekommen hatte, wo du steckst und wie du nach Hause fliegst, war es zu spät, dich noch zu erreichen. Dank meiner Scheckkarte habe ich dann einen normalen Flug mit Zwischenlandung gebucht. Leider kam ich nicht nach Frankfurt, dafür bin ich in Köln gelandet und unvermittelt nach meiner Ankunft hierhergekommen. Mein Gepäck steht noch im Flur", bei diesen Worten blickt sie zu Boden. Spontan umarme ich Karin, um ihr zu zeigen, dass nun alles gut wird.

„Vielleicht sollte uns Lotte zunächst über ihren Brieffreund Vincenz berichten", fängt Petra an, den Tisch abzuräumen, was Karin jedoch nicht gefällt. „Ich habe noch Hunger!", zieht sie der Freundin den Teller wieder aus den Händen. „Im Flieger habe ich nichts bekommen. Es wird inzwischen an allem gespart." Petra gibt zu meiner Verwunderung nach, ohne einen Ton zu sagen. Der Teller liegt schneller wieder vor Karin als ich reagieren kann. Wir beobachten, wie Karin sich genüsslich eine weitere Portion der Pizza auf ihren Teller legt. Ich tue es ihr gleich und hole mir das letzte Stück der herrlichen Kalorienzufuhr auf meinen Teller.

„Lotte, jetzt erzähl doch auch Karin von Vincenz, bitte!" Erst, nachdem mich Petra erneut auffordert, über meinen mysteriösen Freund zu berichten, fange ich wieder an, von Vincenz zu erzählen. In meinen Worten versuche ich ihn so positiv als möglich, ebenso wie ich ihn empfinde, wiederzugeben. „Für mich ist er wie ein väterlicher Freund. Endlich einmal ein Mann, der sich meiner Sorgen und Ängste annimmt. Ihm kann ich alles schildern und mitteilen, was mich bewegt, mir alles sprichwörtlich von der Seele schreiben ohne jedwede Bedenken", schließe ich meinen Bericht. Das folgende Schweigen hält Minuten an.

„Was ist mit euch los?", fordere ich meine Freundinnen zu reden auf. Karin steht von ihrem Stuhl auf und fängt an, die leeren Teller abzuräumen. Petra sitzt nur da und blickt Löcher in die Luft. „Ihr findet mein Verhalten blöd?", keife ich los. „Petra hat mich vorhin schon so dumm auf das Thema Kontaktanzeigen angesprochen. Bevor du, liebe Karin, die gleichen Gedanken aussprichst, sage ich es lieber gleich: Ich habe Vincenz wirklich nicht auf diese Weise kennengelernt. Er ist etwas ganz Besonderes."

Karin, sie steht gerade an meinem Kühlschrank, fingert zwei Becher mit Schokopudding hervor und dreht sich um. „Nein, Lotte. Es ist alles etwas verwirrend. Das Zusammentreffen auf dem Schiff zwischen dir und Hermann Josef, dann deine Abreise, anschließend meine Flucht vor Hermann Josef und jetzt hören wir das erste Mal von Vincenz. Er scheint …", Karin kommt zurück zum Tisch und hält mir einen Schokopudding unter die Nase. „Dieser Mann scheint ein Glücksfall zu sein. Verrückt, wie unsere Lotte immer wieder auf Männer trifft, die ihr Leben positiv verändern."

Mein Protest, dass ich bisher auch viele männliche Nieten an Bord gezogen habe, wird lachend kommentiert. Während Petra an einem Radieschen knabbert, löffeln Karin und ich bereits den zweiten Becher Schokopudding aus. Ich spüre, mir geht es immer besser. Karin und Petra drängen mich, mehr über Vincenz zu berichten. „So viel kann ich über diesen

Mann nicht sagen. Unser Kontakt verläuft bisher nur online. Natürlich hatte ich daran gedacht, ihn zu googeln, um herauszufinden, wie er aussehen mag und was er so macht. Am Ende hatte ich mich jedoch nicht getraut."

Petra ist gleich ganz Feuer und Flamme. „Dann machen wir das jetzt. Los, Lotte, mach schon!" Anstatt eine Antwort zu geben, hole ich meinen Laptop hervor und fange an, ihn hochzufahren. Dann gebe ich den Namen von Vincenz ein und schon kommen die ersten Bilder von ihm auf dem Display vor unsere Augen. Auch meine Freundinnen hängen mit ihren Köpfen über meinem Laptop, ereifern sich an dem, was sie sehen und lesen. „Dieser Mann ist ein Glücksfall für dich und für Ina. Einer wie er, kann euch helfen, das Café wieder rentabel zu machen. Wenn nur die Hälfte dessen stimmt, was wir hier lesen dürfen, dann ist er dein Schlüssel zum Erfolg. Alles, liebe Lotte, was dir an Erfahrung mit der Führung eines Cafés fehlt, er weiß es."

So ganz gefällt mir nicht, was Petra von sich gibt. Es ist ja nicht so, dass ich alles in den letzten Monaten falsch gemacht habe. „Ina und ich haben auch schon viel an Erfahrungen sammeln können in den letzten Monaten. Immerhin wird unser Café sehr gut besucht." Karin nickt. „Trotzdem läuft in der Kostenrechnung einiges bei euch schief, warum sonst seid ihr inzwischen pleite?"

Petra ruft ein neues Foto von Vincenz auf. Interessiert blickt auch Karin wieder auf meinen Laptop. Im Anschluss fallen Kommentare zu Vincenz, die sein Äußeres betreffen. „Für sein Alter kann er sich noch gut sehen lassen", bemerkt Karin. „Und er ist nicht neu verheiratet?" Karin blickt mich neugierig an. Bevor ich antworten kann, meint Petra, Vincenz müsse dringend abnehmen, das sei auch für seine Gesundheit von Vorteil. „Gerade Männer in seinem Alter sind anfällig für einen Herzinfarkt." Meinen Laptop schlage ich zu, als die beiden anfangen, sich Vincenz als meinen Verehrer vorzustellen. „Jetzt ist aber wirklich Schluss! Ich bin froh, dass er mein virtueller Freund geworden ist und bin noch glücklicher, dass wir uns bald real sehen können.“

Petra schnappt sich noch das letzte Radieschen, das auf ihrem Teller liegt und knabbert versonnen daran, während meine Freundin Karin uns eine Tüte Chips aus meinem Küchenschrank holt. Petra schluckt kurz beim Anblick der neuerlichen Kalorienzufuhr, kann sich aber eine bissige Bemerkung bezüglich der Kalorien verkneifen.

„Und Johann gefällt dir, Lotte?“ Wie aus dem Nichts kommt Minuten später aus Petras Mund diese Frage. Ich unterbreche mein Kauen, blicke sie traurig an. „Das Thema kann ich mir abschminken. Johann ist von mir enttäuscht. Dank Hermann Josef hat er nicht gerade den besten Eindruck von mir erhalten.“

Johann

Dass ich mich so in Lotte täuschen konnte. Für mich war sie auf den ersten Blick die Traumfrau. Meine Mutter meinte sarkastisch, ich hätte mir ruhig die Zeit für einen zweiten Blick lassen können. Ich fand ihre Worte nicht fair. Ich bin auch ganz aufgeschlossen ihrem Freund gegenüber, obgleich mir eine neue Verbindung zu einem Mann, besonders in Anbetracht von Mutters Alter, doch komisch vorkam. Meine Devise *Leben und leben lassen,* habe ich aber einmal mehr über meine Vorurteile gestellt. Mutter, so meine Gedanken, sollte sich auch an diesen Vorsatz halten und mir gegenüber nicht immer mit dem erhobenen Zeigefinger urteilen.

Lotte hat mir wirklich gefallen. In meine Gedanken kommt ein Bild von Lotte, das mir unter die Haut geht, mich als Mann richtig aus der Reserve lockt. Ich durfte Lotte in einem roten Bikini sehen. Sie ist traumhaft schön. Nicht zu dünn, an den richtigen Stellen sind ausgeprägte Rundungen zu sehen. Am liebsten wäre ich ihr in diesem Moment ganz nahegekommen. Lotte hat mit ihrem Aussehen meine männliche Seite in Wallung gebracht. Eines Tages, so war mein Wunsch, würde ich neben dieser hübschen Frau in ihrem roten Bikini auf einem Liegestuhl liegen, mich mit ihr unterhalten und sie später sanft berühren. Ja, ich habe mir gewünscht, diese Frau zu berühren, ihre Lippen zu küssen, sie zu riechen und zu spüren. Sollte mein Traum nur in der Fantasie bestehen?

Beim gemeinsamen Abendessen mit Vincenz und Anton Wall kommt das Gespräch auch auf Lotte. Mutter zieht gleich einen Flunsch, was Vincenz direkt anspricht. „Die junge Frau hat doch niemandem von uns etwas Böses getan. Wieso sollten wir ihr nicht eine Chance geben? Nicht alle

Menschen haben das Glück, so privilegiert zu leben, wie wir es tun.“

Vincenz fängt an mir zu gefallen, so meine spontanen Gedanken nach seinen Worten. Seine hohe Meinung von Lotte jedoch, kann ich leider nicht mehr so uneingeschränkt teilen, was ich ihm auch sage. „Eine Frau, die es nötig hat, über eine Kontaktanzeige Männer in ihr Haus zu locken“, fing ich an zu sprechen, wurde jedoch barsch von Vincenz unterbrochen. „Heutzutage finden sehr viele Menschen auf diese Weise ihr Glück“, fällt er mir ins Wort. Im Anschluss spricht auch Anton Wall in den höchsten Tönen von Lotte und erzählt, dass er seine Villa von ihr gekauft habe und er berichtet von Lydia Lowere, Lottes verstorbener Tante. Mutter hört aufmerksam zu, als Vincenz betont, die Frau gekannt zu haben. „Daher habe ich das Gemälde auch gekauft“, schließt er seinen Bericht ab. Meine Mutter verhält sich bis dahin schweigend, an ihrem Gesicht aber konnte ich sehen, sie ist nachdenklich geworden. Vincenz scheint großen Einfluss auf meine Mutter zu haben. Überrascht bin ich den folgenden Satz aus Mutters Mund zu hören: „Wir können die junge Frau einmal einladen und uns dann bei einem Abendessen ein neues Bild von ihr machen. Mir scheint, lieber Vincenz, die junge Frau liegt dir am Herzen.“

Hermann Josef lässt sich erst nach dem Abendessen an unserem Tisch blicken. Er sieht schlecht aus. Wir erfahren, dass seine Freundin abgereist ist, bevor die Reise für beide losgehen sollte. „Mit den Frauen habe ich kein Glück“, blickt er seinen Onkel anschließend an. „Man kann es auch aus einer anderen Brille sehen“, zynisch kommen die Worte über Vincenz‘ Lippen. Hermann Josef ist nicht von den Worten seines Onkels begeistert. Sein Wunsch einen Wodka zu trinken, setzt er unvermittelt in die Tat um. Zwei weitere Gläser lässt er sich vom Kellner bringen, kurz nachdem er den ersten Wodka ausgetrunken hat. Im Verlauf des Abends fällt erneut der Name von Lydia Lowere. Vincenz und Anton Wall schwärmen immer wieder in den höchsten Tönen von dieser Frau. „Sie war auf jedem Parkett zu Hause. Sobald Lydia einen Raum betrat, hielten die Menschen die Luft an, alle Blicke waren nur auf sie gerichtet."

Hermann Josef hält sich zunächst mit einem Kommentar zurück, was sich jedoch nach dem dritten Wodka ändert. „Sie war die einzige Frau in meinem Leben, die mich verstanden hat. Lydia hat niemals versucht, mich zu ändern, niemals nur den Ansatz von Eifersucht gezeigt und großzügig war sie auch." Bei diesen Worten wird Vincenz hellhörig. Ich darf beobachten, wie meine Mutter beschwichtigend ihre Hand auf seine legt. Wir alle spüren, dass Vincenz etwas sagen möchte, doch er schweigt.

Gegen Mitternacht verabschiede ich mich von der kleinen Gesellschaft. In meiner Suite angekommen, habe ich den Wunsch, mehr über Lydia Lowere zu erfahren. Die wenigen Begegnungen mit dieser Frau habe ich noch in Erinnerung. Rasch angele ich meinen Laptop hervor und fange an zu googeln. Verwundert, was ich alles über Lydia Lowere lesen darf, schon nach den ersten Zeilen über ihr schillerndes Leben erfahren kann, komme ich nicht mehr vom PC weg. Zu interessant sind die Einträge über ihr Leben.

Lydia Lowere muss eine sehr schillernde Persönlichkeit gewesen sein. Jetzt verstehe ich auch, dass Vincenz so positiv aus seiner Erinnerung an diese Frau erzählt hat und ich kann zumindest ansatzweise nachvollziehen, was Hermann Josef bewegt hat, diese Verbindung einzugehen. Später gebe ich als Suchbegriff Lotte Wolke ein und stolpere sogleich über die Worte *Suche Mann zum Renovieren.* Mich kostet es Überwindung, den Text zu öffnen und alles zu lesen, was sich mir anschließend an Informationen bietet. Bis fast in den Morgen hinein versuche ich, auf diese Weise Informationen über Lotte zu finden und diese Frau etwas näher kennenzulernen. Um 5 Uhr in der Frühe spüre ich, dass meine Müdigkeit mich übermannt. Ich schalte den PC aus und lege mich in mein Bett. Vor dem Einschlafen wandern meine Gedanken immer wieder zu Lotte. Das, was ich über sie lesen durfte, hat mir zumeist gefallen. Viele Einträge von Kunden, die ihr Café schätzen und allem Anschein nach lieben, habe ich gelesen. Mein Wunsch, dieses Café kennenzulernen, ist dabei gewachsen. Lotte, ich schließe meine Augen und habe das Gefühl, diese Frau vor mir zu sehen. Sie ist interessant, nur habe ich das Gefühl, sie ist für mich mehr die Frau der Begierde als die Partnerin für mein Leben. Ich muss zugeben, das macht mich traurig, aber den Tatsachen kann und will ich nicht aus dem Weg gehen.

Aus den Berichten von Vincenz und Anton Wall habe ich erfahren, dass Lotte in bescheidenen Verhältnissen lebt. Ihr ganzes Geld hat sie in das Café gesteckt, das leider nicht den gewünschten Erfolg bringt. In diesem Zusammenhang hat Vincenz uns von den köstlichen Kuchen vorgeschwärmt. „Alle von Hausfrauen gebacken.“ Mir imponiert, wie sehr Lotte im Alltag kämpft, um erfolgreich zu sein, auch wenn es ihr bisher noch nicht gelungen ist. Hermann Josef fand leider auch am Abend keine positiven Worte zu Lotte oder zu dem Café. Vielmehr ließ er uns kritische Bemerkungen zu den wirtschaftlichen Unfähigkeiten von Lotte hören. „Nicht jeder Mensch ist ein geborener Kaufmann“, betonte Vincenz und ergänzte seine Ausführungen, indem er uns in Kenntnis darüber setzte, Lotte in absehbarer Zeit zu unterstützen.

„Von der Geschäftsidee und der ausgesuchten Lage in Limburg bin ich überzeugt, die Kuchen, wie schon erwähnt, schmecken köstlich, da sollte doch auch die finanzielle Seite zu regeln sein."

Sicherlich wäre Lotte gut beraten diesen Mann an ihrer Seite zu wissen. Für mich ist Vincenz ein Mann, der nicht nur clever ist, er hat auch den nötigen Sachverstand. Hermann Josef ist ein Glückspilz, ihn als Onkel zu haben. Mir würde es nicht in den Sinn kommen, diesem Mann, wenn er mein Onkel wäre, so wenig Beachtung zu schenken. Die wenigen Begegnungen zwischen beiden machen Hermann Josef nervös, das habe ich bemerkt. Jedoch von einer tiefen Bindung und wahrer Zuneigung ist nichts zu spüren. Für mich erscheint es so, als ginge es Hermann Josef nur um das Geld seines Onkels. Noch einmal schaue ich auf meine Uhr, bevor ich das Licht lösche. Jetzt ist es 5.42 Uhr.

Lotte

Der Abend mit Karin und Petra war richtig schön. Wie lange haben wir drei nicht mehr so harmonisch zusammengesessen und geplaudert. Richtig erleichtert bin ich, dass Petra und Karin ihren Streit beigelegt haben. „Kein Mann soll mehr zwischen uns stehen", haben wir uns am Abend geschworen und kräftig angestoßen. Karin war gegen Mitternacht richtig sentimental geworden, blickte immerzu auf ihr Handy und hoffte auf eine Nachricht von Hermann Josef, die aber ausblieb. „Ich fange an, Hermann Josef zu vermissen. Ob ich mich falsch verhalten habe, Lotte? Hätte ich auf dem Schiff bleiben müssen? Was muss nur sein Onkel Vincenz von mir denken? Hermann Josef wollte uns vorstellen, ein erstes Kennenlernen sollte harmonisch ablaufen", Karin schniefte, ich reichte ihr eine Packung mit Taschentücher.

In dieser Stimmung wollte ich sie nicht alleine in ihrer Wohnung wissen, zumal wir um Mitternacht auch kein Taxi mehr gefunden hätten, deshalb habe ich Karin angeboten, bei mir zu übernachten. Meinen Vorschlag hat sie gerne angenommen.

Petra wurde noch von Marc abgeholt, kaum, dass Karin in meinem Gästezimmer verschwunden war. Ich hatte Marc noch angeboten, auf ein Getränk reinzukommen. Er hatte aber höflich abgelehnt und gesagt, müde zu sein. Immerhin können wir uns inzwischen begegnen, ohne direkt zu streiten. Petra scheint eine beruhigende Wirkung auf ihn zu haben. Ein wenig beneide ich meine Freundin um ihr privates Glück.

Vor dem Einschlafen zücke ich noch einmal meinen Laptop hervor und nehme ihn mit in mein Bett. Mein Kopfkissen schüttele ich auf und mache es mir halbsitzend, halb liegend auf meinem Bett bequem. Auf meinem Schoß liegt mein Laptop. Ich verspüre plötzlich den Wunsch noch eine Mail zu schreiben.

Lieber Vincenz,

ich danke dir für deine zweite Mail, die mich nicht nur beruhigt, sondern auch glücklich gestimmt hat. Zunächst war ich irritiert und dachte schon, du kündigst mir unsere gerade erst begonnene Freundschaft. Sicherlich hast du Recht, wir sollten uns bald einmal persönlich treffen und dann kann ich dir alles erklären und das Chaos, das mich augenscheinlich umgibt, hoffentlich aufklären. Du sollst Gelegenheit haben, mich so kennenzulernen, wie ich wirklich bin (etwas chaotisch bin ich schon).

Anton Wall hat in wenigen Wochen eine kleine Vernissage in unserem Café. Es wird die letzte Ausstellung vor der Schließung sein … traurig, aber wahr! Sehr gerne möchte ich dich an diesem Abend als meinen persönlichen Gast begrüßen. Du kannst an diesem Abend auch meine Freundinnen kennenlernen, von denen ich dir schon viel berichtet habe.

Selbstverständlich gibt es im Vorfeld auch Gelegenheit, unsere leckeren Kuchen zu probieren. Kann ich dich mit dieser Aussicht nach Limburg locken? Deine Zusage zu kommen, würde mich sehr erfreuen und glücklich machen.

Am heutigen Abend waren Petra und Karin bei mir. Karin sollte eigentlich noch auf dem Schiff sein und Hermann Josef begleiten. Jetzt liegt sie aufgewühlt in meinem Gästezimmer. Sie hat sich am Abend auch Sorgen gemacht wie du, als Onkel von Hermann Josef, jetzt über sie denkst. Karin hat es schon bereut, so frühzeitig abgereist zu sein. Ich denke, sie hat es mir zuliebe getan. Es war ein Freundschaftsdienst. Du musst es Karin bitte nachsehen und darfst erst über sie urteilen, wenn du ihr persönlich begegnet bist. Es ist schwierig, alles zu schreiben, was mich bewegt. Mich würde es daher sehr glücklich machen, dich an dem Abend der Vernissage zu begrüßen und endlich persönlich zu treffen. Ein Hotelzimmer kann ich sehr gerne für dich vorbestellen. Mein doch sehr bescheidenes Gästezimmer möchte ich dir nicht anbieten. Ich würde mich schämen. Sicherlich wirst du im Anschluss an unsere Begegnung alles anders sehen, mich viel besser in meinem Handeln verstehen.

Lieber Vincenz, ich verabschiede mich nun zum Schlafen, wünsche auch dir eine gute Nacht,

Deine Lotte

Der nächste Morgen

Ungewohnt für mich, bin ich schon um 8 Uhr wach. Im Haus ist noch alles still, Karin scheint noch zu schlafen. Meine gute Laune schreibe ich dem Kontakt mit Vincenz zu. Er tut mir richtig gut, mein väterlicher Freund. Die Aussicht, ihn in wenigen Wochen zu treffen, lässt mich hoffnungsvoll nach vorne sehen.

Vielleicht kann Vincenz das Café noch retten, so mein Gedanke auf dem Weg in die Küche. Früher war ich dankbar, wenn Karin bei mir übernachtet und am Morgen das Frühstück zubereitet hatte. Seit ich jedoch in unserem Café arbeite, bin ich ein neuer Mensch, irgendwie auch fleißiger, geworden. Ich grinse über meine eigenen Gedanken. Das Leben, so meine neue Einstellung, ist viel schöner, prickelnder und aufregender, wenn man es nicht nur verstreichen lässt.

Dreißig Minuten später zieht ein Duft von Kaffee und Rührei durch das Haus. „Lotte? Bist du schon in der Küche?"

Karin erscheint, als ich die Aufbackbrötchen aus dem Herd hole. „Daran könnte ich mich gewöhnen", schenkt sie uns wenig später Kaffee ein. Karin sieht, das fällt mir sofort auf, sortierter aus. „Du hast gut geschlafen?" Sie nickt. „Aber es gibt noch einen Grund, weshalb es mir besser geht", Karin grinst und nippt an ihrem Kaffee. Ich muss mich in Geduld üben und warten. „Hermann Josef hat mir noch in der Nacht geschrieben", schiebt sie mir ihr Handy hin und angelt sich ein Brötchen. Rasch überfliege ich seine Nachricht. „Immerhin hat er sich bei dir entschuldigt", muss ich verwundert zugeben. „Jeder darf mal aus der Rolle fallen", füge ich nach. Karin lässt auf meine Worte ihr Messer fallen. „Du, Lotte? Ausgerechnet du sagst das? Dir hat Hermann Josef doch geschadet und dich hat er bis ins Mark verletzt."

Ich nicke, die Erinnerung an die Vernissage ist noch sehr gut in meinem Kopf. „Vincenz", kaue ich auf meinem Brötchen, „ich denke, er hat einen guten Einfluss auf mich." Lachend kaue ich weiter.

„Die Aussicht, Vincenz bald kennenzulernen, gefällt mir in zweifacher Sicht. Zum einen will ich deinen väterlichen Freund mal unter die Lupe nehmen und zweitens ist er der Onkel von Hermann Josef, was den Mann doppelt interessant macht."

Von Karin erfahre ich anschließend, dass Hermann Josef in vier Tagen zurückkommt. „Die Suite auf dem Schiff war schon ein Traum", setzt sie seufzend nach. Mein Vorschlag, im neuen Jahr mit Petra und Ina diese Fahrt zu viert zu buchen, lacht Karin weg. „Und von welchem Geld sollen wir vier Freundinnen diese Reise bezahlen? Oder denkst du darüber nach, uns als Küchenpersonal anzuheuern?" Diese Idee finde ich angebracht, möchte aber trotzdem davon Abstand nehmen. „Wir schaffen es, Karin! Jeder Mensch braucht Ziele. Mein neues Ziel ist, mit meinen Freundinnen im nächsten

Jahr eine Schiffsreise zu tätigen." Karin blickt mich skeptisch an.

„Es muss ja nicht dieses Luxusschiff sein, auf dem wir in See stechen." Meine nachgefügten Worte lassen Karin lachen.

„Ja, dann könnte dein Wunsch wahr werden."

Petra ruft an, als wir gerade die Rühreier kosten. Von Karin kommt die Bemerkung, für Petra wäre unser Frühstück der Horror, was ich nicht kommentiere. Karin hat selbst in den letzten Wochen viele Kilos abgenommen und sich dem Sport verschrieben. Zum Lästern gibt es keinen Grund. Petra erinnert mich an meine Arbeit. „Sendest du mir nachher deine neue Kolumne? Gestern am Abend haben wir nicht daran gedacht." Ich verspreche ihr, die Datei zu senden und widme mich nach dem Telefonat mit Freude wieder dem Rührei.

„So, es wird Zeit, mir ein Taxi zu rufen", greift Karin später zu ihrem Handy. Mein Angebot, sie nach Hause zu fahren, lehnt sie ab. „Kümmere dich um deine Kolumnen und dann wird dich Ina sicher auch schon sehnsüchtig im Café erwarten. Die neue Aushilfe, die sie engagiert hat, kann dir nicht das Wasser reichen. Mich wundert, dass Ina diese Frau überhaupt alleine im Café lässt."

12 Uhr

Ein Anruf im Café bringt mir die Gewissheit, nicht gebraucht zu werden. Die neue Aushilfe betont, alles im Griff zu haben und dass es reicht, wenn ich morgen wieder im Einsatz bin. Zunächst reagiere ich verwundert, noch habe ich die Worte von Karin über diese Aushilfe in meinem Kopf. Dann jedoch freue ich mich, noch Zeit zum Schreiben zu haben und sage mein Kommen für den morgigen Tag um 11 Uhr zu.

Zunächst räume ich meine Küche auf, kümmere mich um mein Schlafzimmer und ebenso um das Gästezimmer. Im Anschluss putze ich noch das Badezimmer. Die Arbeit lenkt mich ab, sie tut mir in gewisser Hinsicht gut. Erst, nachdem ich mit Aufräumen fertig bin und mir einen Tee zubereitet habe, denke ich erneut an Vincenz. Unverhofft kommt er mir wieder in den Sinn. Daher öffne ich meinen Laptop, allerdings auch mit dem Ziel, an meiner Kolumne weiterzuarbeiten. Ob meine Verlegerin mir schon eine Rückmeldung geschickt hat bezüglich der letzten Kolumne, die ich eingesendet habe?

Meine Neugier ist nicht auszuhalten. Tatsächlich hat Frau Krautwinkel schon geantwortet. Nervosität steigt in mir auf. Wie immer, wenn ich vor einer wichtigen Mitteilung sitze, traue ich mich zunächst nicht, diese zu öffnen. Zwei Tassen Tee und einen Muffin später, bin ich dazu bereit.

Liebe Lotte Wolke,

die von Ihnen eingereichte Kolumne ist ansprechend, wenn auch noch nicht ganz das, was ich erwartet habe. Eine Lebensgeschichte soll mehr Gefühl zum Ausdruck bringen. Trotzdem gefällt mir, was Sie erarbeitet haben und ich werde die eingereichte Kolumne abdrucken. Denken Sie aber daran, in den nächsten Tagen weiter-

zuschreiben. Ich erwarte noch für die Monate Oktober, November und Dezember eine Kolumne von Ihnen. Besonders für den Monat Dezember möchte ich spüren, dass Emotionen und Gefühle die Geschichte beherrschen. Meine Planungen für das neue Jahr sind angelaufen und ich kann Ihnen jetzt schon zusagen, liebe Frau Wolke, Sie gehören erneut zu meinem Team.

Mit federleichten Grüßen

Krautwinkel
Chefredakteurin

Glücklich und aufgedreht von der positiven Rückmeldung hält mich nichts mehr zu Hause, ich muss raus und unter Leute. Auch wenn die neue Aushilfe mir versichert hat, im Café werde ich nicht gebraucht, so führt mich mein Weg geradewegs dorthin. Unser Café, so stelle ich bei meiner Ankunft zufrieden fest, ist gut besucht. Mein Blick fällt auf das große Bild von Lydia Lowere, das mitten in unserem Café hängt. Dankbar sehe ich das Gesicht meiner verstorbenen Tante an. Lydia hat mein Leben verändert. Aus der langweiligen Landmaus ist eine junge und selbstbewusste Frau geworden, so mein eigenes Resümee über meine Wandlung. Alles, was ich an besonderen Highlights erleben durfte, ich habe es dieser Frau und ihrem Erbe zu verdanken. Jetzt brachte mir Lydia Lowere auf Umwegen auch noch Vincenz in mein Leben. Meine verstorbene Tante, so meine Vermutung, passt von dort, wo sie jetzt weilt, auf mich auf.

„Ist bei Ihnen alles in Ordnung? Ich sagte Ihnen doch am Telefon, ich habe alles im Griff", steht die neue Aushilfe vor mir. Mein starrer Blick auf das Gemälde meiner Tante scheint sie zu irritieren, mir ist es egal. „Zu zweit geht alles besser", schlüpfe ich in meine Schürze und packe beherzt zu. Mit einem Strahlen auf dem Gesicht bringe ich Kuchenteller und Kaffeetassen unter die Gäste. Jeder Gang, der mich an dem Gemälde meiner Tante vorbeibringt, ringt mir ein stummes Lächeln ab. Meine Zukunft wird sich gut gestalten, darauf vertraue ich von Herzen. Auch Vincenz kommt mir erneut und trotz der ganzen Arbeit in den Kopf. Sicherlich hat er Recht mit seinen Worten, unser Café kann, wenn es nur wirtschaftlich geführt wird, überleben.

Hermann Josef von Breggele

Mein Auftritt auf dem Schiff war nicht löblich. Ob Lotte mir verzeiht? Dankbar bin ich, dass Karin auf meine Nachrichten antwortet und ich sie gleich nach meiner Rückkehr besuchen darf. Der Alkohol hat mir übel mitgespielt. Ob ich Angst vor der Begegnung mit meinem Onkel Vincenz hatte, wie Karin meinen Ausrutscher entschuldigt? So ganz bin ich nicht davon überzeugt, aber ihr gegenüber schweige ich. Zu groß ist meine Dankbarkeit, dass sie überhaupt noch Kontakt mit mir will. Dass Karin ausgerechnet bei Lotte übernachtet hat, mir gefällt es nicht. Klugerweise habe ich meine Bedenken Karin gegenüber nicht geäußert. Mich wundert, dass alle Menschen in meinem Umfeld die Nähe von Lotte suchen. Gut, ich habe wirklich mit meinen Worten über diese Frau die Grenzen mehr als überschritten. Lotte ist für mich nun mal ein rotes Tuch. Doch mit dem, was ich über sie gesagt habe, war ich immer ganz nah an der Wahrheit geblieben.

Mein Kollege Johann fällt mir ein, er hat sehr schnell bei Lotte das Weite gesucht. Um ehrlich zu sein bin ich froh darüber. Mir hat es nicht gefallen zu hören, dass Johann Lotte umwirbt. Lotte passt nicht in unsere Welt. Sie ist so gewöhnlich und ihr fehlt es an dem passenden Auftritt in unserer Gesellschaft. Mit der Zeit werde ich auch Karin davon überzeugt bekommen, Abstand zu Lotte zu halten. Das Gewöhnliche passt nicht zu uns. Diese Worte habe ich bei meinem Onkel Vincenz benutzt, nachdem er wieder auf dem Schiff ankam.

„Ich verbiete dir, so von Lotte zu sprechen!", durfte ich seine belehrenden Worte hören, die mich nachdenklich werden ließen. Was hat Lotte nur mit meinem Onkel zu tun? Ob Karin mich über alles aufklären kann bei meiner Rückkehr? Die Vernissage von Anton Wall war zumindest für den Künstler ein

Erfolg. Bis heute ist mir nicht bewusst, warum er ausgerechnet ein Gemälde von Lydia Lowere als das beste Kunstwerk der Ausstellung bezeichnet hat. Mein Onkel Vincenz hatte das Gemälde auch noch gekauft. Er möchte es ausgerechnet mir schenken! In meinen Augen ist das eine Frechheit oder eine indirekte Ohrfeige für mich. Welch ein Hohn! Als ob er nicht wüsste, dass Lydia Lowere und ich einmal verbunden waren, um es vorsichtig auszudrücken. Will er mich auf diese Weise schikanieren? Mir zeigen, dass ich von ihm abhängig bin und schön brav sein muss, um an sein Erbe heranzukommen? Ich hasse es, ihm nach seinen Augen sehen zu müssen. Mein Onkel sollte froh sein, einen Neffen wie mich zu haben. Johann, mein Partner im Notariat, ist auch noch auf die Worte von Vincenz eingegangen und hat sogleich einen geeigneten Platz für das Gemälde vorgeschlagen. Direkt über dem Empfang, dort, wo es jeder Gast sehen kann und auch ich es täglich sehen muss.

„Somit wird der Geist von Lydia Lowere über dem Notariat schweben." Johann hätte ich nach seinen Worten am liebsten am Kragen gepackt und geschüttelt. Meine Wut und meine Entrüstung konnte ich nicht länger verbergen. „Im Eingangsbereich, wie einfallslos. So ein wunderschönes Gemälde gehört doch in eine prächtige Villa. Sicherlich möchte mein Onkel das Gemälde lieber bei sich behalten. Ich denke, lieber Johann, wir sollten meinem Onkel das Gemälde überlassen." Meine Worte erfüllten nicht den gewünschten Zweck. Johann fühlte sich sogleich dazu bewogen, mir zu wiedersprechen. „Wir können doch das Geschenk deines Onkels nicht abschlagen!" Seine Stimme wurde bestimmend. „Johann sagt die Wahrheit." Vincenz lächelte mich an, seine Augen waren trotzdem kalt und zornig. „Hermann Josef", mein Onkel blinzelte mich im Anschluss an, alle Freude war aus seinem Gesicht gewichen. „Das Gemälde hat seinen Platz gefunden!"

Das Klatschen von Johann war für mich sprichwörtlich wie überkochende Milch auf einem heißen Herd. Augenblicklich kam das Grinsen auf Vincenz' Gesicht zurück.

Johanns Idee, das Gemälde ausgerechnet über die Anmeldung zu hängen, damit werde ich nun leben müssen. Auch die anschließende Flasche Champagner ließ Vincenz sich nicht ausreden. „Schöne Momente müssen doch gefeiert werden!" Ich musste auch noch dankend mit ihm auf das Gemälde und den ausgesuchten Platz in unserem Notariat anstoßen.

„Somit habe ich noch einen Grund mehr, lieber Neffe, dich immer mal wieder in deinem Büro in Frankfurt aufzusuchen."

Die Gläser klirrten beim Anstoßen. Alle, bis auf meine Wenigkeit, lachten. Sobald sich eine Gelegenheit für mich ergab, verließ ich diese Runde. Johann hat mir gegenüber noch angemerkt, er wäre glücklich, wenn er so einen Onkel wie Vincenz haben würde. Erneut lächelte ich, obgleich mir nach Brechen zu Mute war.

In meiner Suite angekommen, habe ich noch meine Minibar geplündert und anschließend etwas ferngesehen. Irgendwann bin ich eingeschlafen, jedoch war mir kein ruhiger Schlaf vergönnt. Im Traum hat mich Lydia Lowere noch einmal verfolgt. Wieder habe ich uns beim gemeinsamen Zusammensein gesehen, wie so oft in den Träumen der letzten Wochen. Lydia und ich saßen mit den Champagnergläsern in den Händen an einem Tisch, wir haben angestoßen, den Kaviar anschießend löffelweise gegessen.

Ich werde wach, liege in meinem Bett und finde keinen erneuten Schlaf. Stattdessen fange ich an zu grübeln.

Ja, das Leben an der Seite dieser Frau hatte mich fasziniert und mir die Tür zu einer Welt geöffnet, die mir bis zu dem Tag unseres Kennenlernens verschlossen war. Mein klangvoller

Name und diese schillernde Frau waren das perfekte Duo für die ganz großen Auftritte, die ich so liebe. Trotz dieser schönen Erinnerungen will ich nicht täglich mit dem Antlitz von Lydia Lowere konfrontiert werden. Zu trübe sind die Erinnerungen an das Ende dieser Liaison. Nicht mich, nein, Lotte hatte sie als Erbin ihrer Villa eingesetzt. Dabei habe ich mich von der ersten Minute an in der alten Villa so wohlgefühlt. Mir war nie in den Sinn gekommen, dass Lydia jemand anderem außer mir diese Räumlichkeiten vererben könnte. So kann man sich in Menschen täuschen. Mit dem verpatzten Erbe, das ich erst einmal verdauen musste, kam Lotte in mein Leben. Ich kann nicht behaupten, sie habe mein Leben bereichert. Das Gemälde möchte ich wirklich nicht täglich ansehen. Mir wird sich noch ein Weg zeigen, um das zu verhindern. Lydia Lowere ist jetzt ein Teil meiner Vergangenheit!

Anton Wall hat mich zu sich nach Frankfurt in seine Villa eingeladen. Ein Abendessen im gemütlichen Rahmen möchte er organisieren und nur acht bis zehn Gäste einladen. Karin darf ich auch mitbringen. Richtig gewunden habe ich mich, diese Einladung zu umgehen, allerdings ohne Erfolg. Mein Onkel Vincenz besteht darauf, dass ich ihn zu dieser Einladung begleite. Natürlich weiß er ganz genau, dass ich an die Villa Erinnerungen habe, die tief sitzen. Noch immer tut es mir weh, dass Lydia Loewere nach ihrem Tod nicht mir die Villa vererbt hat. Mir ganz alleine hat die Villa zugstanden, nach allem, was ich für diese Frau getan habe. Lotte hat sich zu Lebzeiten nie um ihre Tante gekümmert. Um ehrlich zu sein, ich habe bis zu Lydias Tod nicht einmal von Lottes Existenz gewusst. All diese Gedanken schwirren mir durch den Kopf. Immer wieder blicke ich auf meinen Wecker, der auf dem Nachtisch steht. Das letzte Mal, als ich draufschaue, ist es 4.50 Uhr.

Am Morgen beim Frühstück kommt Johann und möchte von mir wissen, wie nah ich Lotte in der Zeit gekommen bin, als wir uns häufiger trafen. Mir hat gefallen mit anzusehen, wie Johann sich windet und schwertut, seine Frage in Worte zu fassen. Mein Kollege scheint doch noch Interesse an dieser Frau zu haben. Eine erste Reaktion, ein lautes Stöhnen, verkneife ich mir. Ich denke, es ist gewichtiger und für Johann irritierender, laut zu lachen. Mein Lachen fällt sehr laut aus. „Ein von Breggele hat seine Ansprüche", werfe ich ihm obendrein noch entgegen. Meine kleine schauspielerische Einlage fruchtet. Johann räuspert sich, dreht sich um und geht. Ob er sich in Lotte verliebt hat? Was hat diese Frau nur, dass sie die Männer reihenweise verrückt macht? Karin lässt sich auch immer wieder von Lotte in ihren Bann ziehen. Ihr tut das Zusammensein mit Lotte nicht gut. Wenn ich nur an das Essen denke, was Lotte immer zubereitet. Ungesund und voller Kalorien! Karin hat auf mein Anraten abgenommen, was ihr viel besser steht. Ich mag keine dicken Frauen. Leider hat meine Freundin nicht die Disziplin von Petra. Bei ihr scheinen die regelmäßigen Treffen mit Lotte nicht die Figur zu ruinieren. Lydia Lowere war bis ins hohe Alter eine sehr attraktive Frau geblieben. Kurz wandern meine Gedanken wieder zu dieser Frau. Ich sollte nicht unnötig oft an sie denken, ermahne ich mich selbst. Ich werde auch in der Zukunft zusehen müssen, dass ich nicht täglich von ihrem Anblick irritiert werde. Eines Tages, so meine Einstellung, gehe ich an dem Gemälde mit dem Konterfeit von Lydia vorbei, ohne über sie nachdenken zu müssen. Die Zeit heilt viele Wunden.

Lotte

Mein erster Einsatz im Café hat mir Spaß gemacht. Die neue Aushilfe hat so ihre Eigenheiten, trotzdem sind wir zwei ein gutes Team gewesen. Richtig gefreut habe ich mich auf die Leckereien in unserem Café, diese habe ich schon sehnsüchtig vermisst. Gleich zwei Stück Kuchen mit viel Sahne habe ich mir gegönnt, als es zwischendurch etwas ruhiger war. Für meinen ersten Tag fand ich das genau richtig. Ich mag es nicht, wenn es zu hektisch zugeht, wir nur von Tisch zu Tisch laufen und keine Zeit mehr finden, selbst mal etwas zu essen oder mit den Gästen zu plaudern.

Als gegen 17 Uhr noch eine Gruppe mit 32 Leuten kam, dachte ich zunächst, das schaffen wir nicht. Glücklicherweise kam die neue Aushilfe auf die Idee, Waffelteig anzurühren. Unser Bestand an Kuchen war zu diesem Zeitpunkt bereits so gut wie ausverkauft. Viele Kunden kommen inzwischen zu uns und nehmen sich Kuchen mit nach Hause, ein Service, den wir seit einigen Monaten anbieten und der inzwischen auch sehr gut angenommen wird. Die Waffeln hatte die neue Aushilfe rasch zubereitet und mit Zimt und Zucker sowie einem Bällchen Vanilleeis und Sahne angeboten, was gut angekommen war. Mir gefiel zu sehen, wie spontan sie handeln und reagieren konnte. In den nächsten Tagen muss ich mit Ina über diese Frau sprechen. Wir sollten sie in jedem Fall fest in unser Team aufnehmen.

Erst gegen 19 Uhr komme ich aus dem Café, zuvor habe ich mir noch die Abrechnungen der letzten Tage angesehen, die Ergebnisse lassen hoffen. Meine Gedanken wandern zu Vincenz und einmal mehr freue ich mich auf die Vernissage und die Begegnung mit diesem interessanten Mann.

Schon auf der Rückfahrt von Limburg nach Bremberg kommt mir eine Idee für eine weitere Kolumne. Wieder zu

Hause angekommen, fühle ich eine ungeahnte Energie in mir, die ich sogleich für mich nutzen möchte. Vorher bereite ich mir noch schnell ein Brot mit Käse zu sowie eine Tasse Tee. Beides stelle ich neben den Laptop auf meinen Schreibtisch.

Wie immer, wenn ich anfange meine Ideen zu Papier zu bringen, frage ich mich, wie Frau Krautwinkel später zu meiner neuen Arbeit stehen wird. Erst, als mein Brot aufgegessen ist, lege ich so richtig mit dem Schreiben los.

Bordverkauf

Für mich ist Fliegen etwas Tolles. Schon zu Beginn eines Fluges, beim Einreihen in die Schlange, die auf das Einchecken wartet, bin ich von den Menschen rund um mich herum begeistert. Wo sonst begegnet man so unterschiedlichen Menschen wie an einem Flughafen? Kinder zoppeln an den Hosen der Eltern, Männer, die bis zur letzten Minute ihr Handy ans Ohr pressen, Paare, die sich verliebt ansehen, Alleinreisende, die Anschluss suchen und mittendrin ich … Ich versuche dann gerne, mich in die Personen hineinzuversetzen, frage mich, was sie beruflich machen … schätze das Alter.

Etwas später frage ich mich dann, was die Anderen über mich denken. Wie sie mich sehen, was sie über mich reden. Die Frau mit den hohen Pumps, werden einige sagen … kann man darauf überhaupt laufen?

„Oh, ja! Ich liebe hohe Schuhe", würde ich antworten, wenn man mich direkt fragen würde, und ich kann darin laufen. "

Neulich war ich auf dem Rückflug von Spanien. Ein Mann, so um die fünfzig, setzte sich auf den Platz neben mir, sagte kein Wort. Eigentlich schade. Nun gut, ich griff nach meinem Buch und war Minuten später von der Geschichte gefesselt. Mein Nach-

bar war erst einmal wieder uninteressant. Jedenfalls so lange, bis die Flugbegleiterin mit dem Bordverkauf kam. „Möchte jemand etwas aus dem Bordverkauf? Heute ist das Parfum für die Damen im Angebot", sagte sie.

„Ich möchte das Swarovski-Armband für 49 Euro", erklang die Stimme neben mir. War es Neugier? Plötzlich hob ich meinen Kopf, sah auf meinen Nachbarn, dann lugte ich wieder in mein Buch. Er suchte bestimmt noch ein Mitbringsel für seine Frau, wie lieb! Oder nur etwas für die Freundin? Egal, hat mich nicht zu interessieren und doch … Ich blieb gespannt.

„Das Armband haben wir leider nicht mehr", die Flugbegleiterin hatte eine wirklich sehr hohe Stimme. „Wir haben noch ein anderes, das kostet aber 70 Euro. Ist das zu teuer für Sie?"

„Ich wollte aber genau dieses Armband", wedelte mein Nachbar mit dem Katalog. „Das haben Sie nicht mehr im Verkauf?"

Mein Nachbar gab nicht so leicht auf.

„Nein, leider nicht", die Stimme klang noch eine Oktave höher. „Aber hier ist ein Armband, das mir auch sehr gut gefällt", bot die Flugbegleiterin eine Alternative an. Der Mann beugte sich vor. Meine Aufmerksamkeit war geweckt, ich sah ebenfalls zu dem Armband, das die Flugbegleiterin nun in ihrer Hand hielt. „Wir könnten es eventuell ihrer Nachbarin anlegen, zur Probe."

Mein Blick traf den meines Sitznachbarn, ich nickte, streckte geduldig meinen Arm aus. „So, jetzt können Sie das tolle Teil bewundern." Die Flugbegleiterin hob meinen Arm und beugte ihn in alle Richtungen. Für eine Sekunde hatte ich Angst, sie verwechsle meinen Arm mit einer Puppe. „Darf ich auch mal sehen?", die Dame aus der Reihe hinter mir beugte sich über die Lehne. „Nicht schlecht, steht Ihnen gut. Das Armband möchte ich auch mal probieren. Schau mal, Lisbeth, das sieht nicht schlecht aus, kostet nur 49 Euro."

„Nein, das für 49 Euro ist ausverkauft. Dieses kostet 70 Euro“, korrigierte sofort die Flugbegleiterin.

„Und das andere Armband ist ausverkauft?“, mischte sich wieder mein Nachbar ein. Er ließ nicht locker, drehte und wendete derweil meinen Arm ... und Lisbeth kam dann noch hinzu, beugte sich über meinen Nachbarn und begutachtete mit großen wachen Augen hinter einer lila Brille mein Handgelenk. „Nicht schlecht, aber das für 49 Euro sieht im Katalog noch schöner aus. Haben Sie das nicht mehr?“ Ihr Blick suchte die Flugbegleiterin, die immer noch lächelnd mit „Leider nein“, antwortete.

„Dann nehme ich das jetzt“, brummte mein Nachbar.

„Bezahlen Sie mit Kreditkarte oder bar?“, nestelte die Flugbegleiterin derweil unter den Blicken einiger Passagiere an meinem Arm. „Kreditkarte“, hielt mein Nachbar ihr sogleich eine Scheckkarte entgegen. Es dauerte eine Weile, die Scheckkarte wurde durch einen kleinen Apparat zur Kartenzahlung gezogen. „Warum geht die jetzt nicht? Haben Sie noch eine andere Karte?“, rief die Flugbegleiterin. Für meinen Geschmack war die Stimme etwas zu laut. Mein Nachbar kam ins Schwitzen, die Passagiere um uns herum fanden die Szene interessant, hörten aufmerksam zu und beobachteten, wie mein Nachbar die goldene Kreditkarte zückte und stolz hochhielt.

„Bestimmt im Urlaub schon das Konto geplündert“, meinte Lisbeth, die keine Andeutungen machte, ihren Platz wieder aufzusuchen. Ich wollte die Situation umgehen und vertiefte mich wieder in mein Buch.

„Dann wollen wir mal sehen, ob es jetzt funktioniert“, die junge Flugbegleiterin tippte in den kleinen Computer den Betrag ein und zog die Karte durch den dafür vorgesehenen Schlitz. Und ... Nichts! „Dann noch einmal, das kann schon mal vorkommen.“

Lisbeth behielt alles im Auge. „Bargeld haben Sie keins mehr?“

Ich konnte riechen, dass Lisbeth ein Lakritz im Mund hatte. Mein Nachbar fühlte sich unterdessen immer unwohler und rutschte in seinem Sessel hin und her. Zugegeben, meine Konzentration auf mein Buch war nicht mehr wirklich groß. Das Spektakel um das Armband, die Kreditkarte und Lisbeth waren deutlich interessanter.

„Na prima! Hat ja jetzt geklappt! Gratuliere! Aller guten Dinge sind drei!" Lisbeth klatschte und unterstrich damit die Worte der Flugbegleiterin, bevor sie ihren Platz aufsuchte, gerade so, als habe mein Sitznachbar erst vor wenigen Minuten einen Marathon bestanden und nicht mal eben seine Karte gezückt. Na, dann würde es jetzt ja gleich wieder ruhig werden, ich vertiefte mich erneut in mein Buch. Lange blieb mir dafür aber keine Gelegenheit.

„Was haben wir denn da?" Die Stewardess war entzückt, in ihren Händen hielt sie das zuvor gewünschte Armband für 49 Euro. „Das habe ich vorhin wohl übersehen."

Mein Nachbar beugte sich vor, Lisbeth eilte von hinten wieder heran, ihre Freundin stand derweil gebeugt über meine Lehne und beobachtete alles aus dem Hintergrund. „Das nehme ich dann, der Herr ist ja bedient!" Lisbeth griff beherzt zu, zückte einen Fünfziger aus der Hosentasche und hielt das Armband wie eine Trophäe in die Luft. Die Freundin klatschte und tatsächlich noch drei weitere Frauen mit ihr.

„Ich wollte dieses Armband haben!", nörgelte mein Nachbar. Jetzt konnte er ja richtig viel reden … Mein Buch fiel auf meinen Schoss, das hier war doch spannender. Ein anderer Flugbegleiter eilte hinzu. „Wir sollten das andere Armband eventuell nicht verkaufen?", riet er. Schade, seine Stimme war zu unsicher. Mit der dazugehörigen Portion Selbstbewusstsein hätte er eine Chance gegen Lisbeth gehabt, doch so?

„Den Euro können Sie behalten", marschierte Lisbeth mit ihrem neuen Armband davon. Von hinten hielt uns die Frau eine Tüte mit Lakritz hin. „Probieren Sie mal, ist lecker."

*Ist das nicht schön? So mitten im Leben zu sein? In vier Wochen
bin ich wieder im Flieger, vielleicht sehen wir uns mal?
Es würde mich freuen!
Bis dahin, alles Liebe und Gute,*

Ihre Lotte

Mit dieser Kolumne, so mein Bestreben, treffe ich den Geschmack meiner Chefredakteurin. Die Taste Senden drücke
ich in der Hoffnung, einen neuen Schritt in Sachen feste An-
stellung, gegangen zu sein. Bis jetzt kommen die Aufträge noch
schleppend an. Frau Krautwinkel lässt mich jeden Monat meine Kolumne schreiben, in wenigen Fällen darf ich zwei oder
drei zusätzliche Arbeiten einreichen, die auch gedruckt werden. Mir fehlen trotzdem feste Einnahmen, von denen ich gut
leben kann. Für die beiden Kolumnen zum Thema Lebensgeschichten habe ich noch keine richtige Idee. Frau Krautwinkel
möchte für die Dezemberausgabe etwas besonders Rührendes
von mir haben, grübele ich. Mein Blick fällt aus dem Fenster
auf meinen geliebten Garten. Noch wenige Minuten bleibe
ich andächtig vor meinem Laptop sitzen. „Hoffentlich ist meine Kolumne gut genug und wird abgedruckt." Beschwöre ich
meinen PC. Mein Handy klingelt und holt mich aus meiner
Litanei heraus. Johanns Mutter ruft mich an, als ich den Laptop zuklappe und lädt mich zum Frühstück am kommenden
Sonntag ein. Ich bin verwundert, weiß auch zunächst nicht,
was ich sagen soll.

„Sie möchten, dass ich zu Ihnen nach Hause komme? Aber,
ich dachte …", jetzt fange ich auch noch an zu stottern. Was
muss Johanns Mutter nur von mir denken?

„Wir sollten uns noch einmal in Ruhe kennenlernen", ihre
Stimme klingt sanft. Die Frau ist wirklich herzlich zu mir, so
mein spontaner Gedanke.

„Sie sind vielleicht etwas eigen, liebe Lotte", diese Worte jedoch haben mich zunächst erschrocken, dann aber darf ich hören: „aber ich habe Sie von der ersten Sekunde an in mein Herz geschlossen." Ja, was sollte ich nun tun? Mir war nicht nach neuem Ärger und die Aussicht, Johann vielleicht wiederzutreffen, fing an, mir zu gefallen. „Vielen Dank, ich komme sehr gerne zu Ihnen." Die Anschrift ist rasch notiert. Johanns Mutter gibt mir auch eine Telefonnummer, für den Notfall. „Bis zum Sonntag, wir freuen uns auf Sie, Lotte!"

Nach dem Telefonat bin ich aufgewühlt, laufe durch mein Wohnzimmer und versuche, meine teils wirren Gedanken zu ordnen. Wenn ich mich mit der Mutter von Johann treffe, werde ich auch ihn wiedersehen. Dies ist eine Tatsache, an die ich mich sehr gut gewöhnen kann. Sogleich sehe ich mich schon mit einem kleinen Strauß Blumen vor Rosalinde, Johanns Mutter, stehen. Meine Fantasie fängt an, Achterbahn mit mir zu fahren. Ich stelle mir vor, gemeinsam mit Johann und seiner Mutter an einem gedeckten Tisch zu sitzen. Wir trinken Kaffee, unterhalten uns, ich lache und Johann lächelt mir immer wieder zu. Seine Hände liegen auf meinen, alles scheint perfekt zu sein. Als es dann klingelt und ein weiterer Gast zu uns kommt, wache ich aus meinem Tagtraum auf. Hermann Josef war in meiner Fantasie auch zu dem Frühstück eingeladen. Rasch bin ich zurück in der Realität.

Für problematisch halte ich die Tatsache, wenn ich Johann treffe, ihm eventuell näherkomme, dass ich dann die Gewissheit habe, nun wieder öfter mit Hermann Josef zusammenzutreffen. Dieser Gedanke macht mir zunächst Angst, gefällt mir überhaupt nicht.

„Hermann Josef und ich sind Kollegen und ein gutes Miteinander liegt mir am Herzen", habe ich noch die Worte von Johann in Erinnerung. So oder ähnlich hat er seine Worte an Bord des Schiffes gewählt. Ich stehe vom Stuhl auf, laufe durch mein kleines Haus. Mitten in meiner Küche komme ich zum Stehen. In all diesen düsteren Vorstellungen, die ich mit Hermann Josef verbinde, kommt Karin in meinen Sinn. Auf sie würde ich mich immer freuen. Vielleicht sollte ich auch Hermann Josef noch einmal Gelegenheit lassen, mich neu kennen- und schätze zu lernen.

Mit einer frischen Tasse Tee setze ich mich wieder an meinen Laptop.

Petra

Beim Aufräumen meiner kleinen Wohnung kam mir der Ordner in die Hände. Eine Ansammlung von Erinnerungen an das letzte Jahr. Sauber abgeheftet von mir und mit Datum versehen, zeigen sie die Ideen meiner Freundinnen und meine Beigaben für die Kontaktanzeigen, die wir aufgegeben hatten. Für wenige Minuten blättere ich in dem Ordner, kann mir ein Lachen an der einen oder anderen Stelle, die ich lese, nicht verkneifen. Suche Mann zum Renovieren, diesen Text hatten wir tatsächlich abgesandt. Mit ihm kamen gleich zwei Männer in Lottes Haus. Gemeinsam mit Karin fing die Suche nach Mister Right an. *Einsames Herz möchte erobert werden,* diese Zeilen brachten nicht den erhofften Erfolg. *Suche Mann zum Reden,* brachte Lotte einen verkappten Professor. Ich sehe den Mann noch vor mir, wie er eines Abends an Lottes Tür klingelte und Lotte ihn dann mit ins Wohnzimmer brachte, wo wir Freundinnen bei Chips, Pizza und Sekt zusammensaßen. Das Männlein hielt eine Aktentasche unter dem Arm und blickte uns nervös an. Karin prustete unvermittelt los, was den armen Kerl komplett durcheinanderbrachte. Wenig später suchte er das Weite. Lotte schien zunächst enttäuscht zu sein.

„So werde ich noch als alte Jungfrau hier auf dem Land enden."

Diese und ähnliche Sätze waren oft aus ihrem Mund zu hören. Nein, dieser klägliche Mann wäre gewiss nicht die männliche Lösung für Lottes Einsamkeit gewesen, was ich ihr auch sagte. Mein Entschluss, diesen Ordner Lotte zu übergeben, ist rasch gefasst. Mir fehlt der nötige Platz in der kleinen Wohnung, um alles aufzubewahren und letztlich ist es auch Lotte, die entscheiden soll, was sie mit den Erinnerungen anstellt.

Marc hat schon vor längerer Zeit gemeckert und mich beschworen, diese Ansammlung von Peinlichkeiten, wie er den Ordner nannte, zu entsorgen. Männer verstehen uns Frauen in vielen Lebenssituationen nicht. Das ist mir inzwischen bekannt und ich sehe darüber hinweg. Mit Marc bin ich glücklich und in jeder Hinsicht erfüllt. Er befriedigt meine Bedürfnisse als Frau, macht mich so glücklich, wie vor ihm kein anderer Mann. Darüber hinaus können wir uns prima unterhalten und selbst, wenn wir einmal streiten, geht es nie unter die Gürtellinie. Verletzungen des anderen sind für uns tabu.

Richtig neugierig bin ich auf den neuen Bekannten von Lotte, Vincenz. Ihr väterlicher Freund, wie sie selbst ihn nennt. Auf die Ausstellung am Samstag im Café freue ich mich daher aus vielerlei Hinsicht. Die Gemälde von Anton Wall sind ansprechend und beeindruckend. Leider, das ist die Wahrheit, nichts für unsere kleine Dachgeschosswohnung. Anton Wall malt nur großflächige Bilder, dafür fehlt mir der Platz. Um ehrlich zu sein, das Café ist auch nicht wirklich geeignet, um seine Kunstobjekte zu präsentieren. Für meinen Geschmack müssten die Räumlichkeiten größer sein.

Heute kam eine Nachricht von Franz, was mich doch verwundert hat. Nun gut, er und Marc sehen sich noch regelmäßig, trinken ab und zu ein Bier zusammen oder schauen Fußball. Wann immer ich Franz begegne, ist er sehr nett zu mir. Überrascht hat mich, dass er sich nach Lotte erkundigt hat. Erst später kommt mir in den Sinn, Lotte hat in den letzten Tagen erwähnt, Franz habe ihr immer wieder neue SMS gesendet und sie zum Essen eingeladen.

Lotte

Heute ist wieder eine Nachricht von Franz auf meinem Handy eingegangen. Er beklagt, dass ich ihm nicht antworte. Ob ich ungerecht bin? Durch seine Nachrichten schafft er es zumindest, dass ich mich gedanklich immer wieder mit ihm und unserer gemeinsamen Zeit beschäftige.

Happy bin ich über die Tatsache, dass meine beiden zuletzt eingereichten Kolumnen beide abgedruckt werden. Es ist immer ein erhabenes Gefühl für mich, besonders, wenn ich die erste Zeitschrift aufschlage und meine Zeilen abgedruckt sehen darf. Nicht vergessen darf ich aber die warnenden Worte meiner Chefredakteurin nun doch etwas besinnlicher und gefühlvoller in meinen Texten zu werden. „Die bisher eingereichten Manuskripte sind gelungen, jedoch nicht annähernd das, was ich mir für die Monate November und Dezember vorstelle. Liebe Frau Wolke, kehren Sie in sich, entdecken Sie den weichen Kern in Ihrem Inneren.“

Ja, diese Zeilen haben mich nachdenklich werden lassen. Überhaupt glaube ich in den letzten Tagen sehr viel über mein Leben nachgedacht zu haben. Die Vernissage von Anton Wall findet schon in dieser Woche statt, am Samstag. Die Zeit scheint nur so zu verfliegen. Zu meiner großen Freude hat mein neuer Bekannter und väterlicher Freund, Vincenz, sein Kommen zugesagt. Seinen ausdrücklichen Wunsch, in meinem Haus zu übernachten, konnte ich ihm ausreden. Lachen kann ich bei dem Gedanken, Vincenz hier durch mein Haus zu führen. Nein, diese kleine Welt passt sicherlich nicht zu ihm. Die Vorstellung, wir zwei müssen uns eine Toilette teilen, ich kann nur lachen. Für mich wäre dies kein Problem, aber ein Mensch wie es Vincenz zu sein scheint, ist doch etwas Besseres gewöhnt.

Ebenfalls sein Kommen zu der Vernissage zugesagt, hat Johann. Karin hat das neue Treffen eingefädelt. Sie ist einfach klasse. Mit ihr und Hermann Josef läuft es wieder gut, wie ich hören durfte. Leider hat Karin seither wieder weniger Zeit für mich und unsere Mädelsabende. Pizza und Co. müssen erst einmal wieder hintenanstehen. Petra hat mich in den letzten vier Wochen regelmäßig besucht. Ihr Marc kam letztes Mal tatsächlich mit in mein Haus und hat ein Glas Wasser getrunken … Ich war verwundert bis erstaunt. Ob sich doch noch alles in meinem Leben zum Positiven ändert?

Meine Mutter habe ich gestern im Altersheim besucht. Nach langem Zögern habe ich ihr von Vincenz erzählt. Wie immer bei meiner Ankunft in ihrem Zimmer saß Mutter mit dem Rücken zur Tür in ihrem Rollstuhl. Ihr Blick fiel noch nach draußen als ich sie begrüßte. Auch bei meinen ersten Worten, die ich, wohlgewählt, zur Beschreibung meiner Freundschaft zu Vincenz fand, blickte sie mich nicht an. Es tut immer noch weh, so abgelehnt zu werden. An diese Situation kann ich mich nicht gewöhnen, auch wenn ich es versuche.

„Er ist wie eine Familie für mich", trällere ich begeistert, als Mutter barsch ruft: „Der Mann ist nicht deine Familie." Ruckartig, wie sie gesprochen und mich angesehen hat, wendet sie erneut ihren Blick von mir weg und starrt aus dem Fenster.

„Vincenz hört mir zu, ihm kann ich all meine Sorgen und Ängste anvertrauen." Mein neuerlicher Versuch, mit Mutter ins Gespräch zu kommen, scheitert an der Schwester, die ins Zimmer kommt. „Meine Tochter möchte wieder gehen." Meine eigene Mutter hat diese Worte ausgesprochen, anschließend hatte die Schwester mich mitleidig angesehen. Vor dem Altersheim habe ich mich wieder wie ein kleines Kind gefühlt, eines, das nicht geliebt wird.

Jetzt ärgert mich, dass ich schon wieder an gestern denke und an meinen Besuch im Altersheim. Um Abwechslung zu erhalten, fange ich an zu schreiben und tauche ein in meine Welt der Fantasie.

Die Familie

Es ist sehr kalt geworden. Regen liegt in der Luft. Die Straßen wirken wie ausgestorben, kein Mensch scheint mehr unterwegs zu sein. Kein Wunder, bei diesem Wetter. Die meisten Menschen werden mit Freunden oder der Familie zusammensitzen, lecker zu Abendessen, oder sind noch gemeinsam beim Kochen.

Dieser Streit musste nicht sein, das ist mir inzwischen bewusst. Ob ich zu stur bin? Ist es wahr, was mein Freund mir gesagt hat? Bin ich ein Dickkopf? Ich sei ein Mensch, der immer seinen Willen durchsetzen möchte, sagte er.

Tief luftholend bleibe ich stehen. Immer wieder fällt mein Blick voller Sehnsucht auf die beleuchteten Häuser in den Straßen, durch die mich meine Schritte führen. Viel Zeit zum Nachdenken habe ich. Seit gut einer Stunde irre ich durch die Straßen unserer Kleinstadt. Als ich vor einer roten Ampel warten muss, kommt es mir wie ein Zeichen vor. Stehen wir nicht alle ab und zu vor einer roten Ampel? Auch in unserem Leben, im Umgang mit Freunden und unserer Familie? Situationen, in denen ich egoistisch und herrisch war, fallen mir ein. Ebenso Gespräche, denen ich aus dem Weg gegangen bin. Wann immer es unangenehm war, ich lief weg. So wie auch jetzt. Anstatt sich einem klärenden Gespräch zu stellen, suche ich die Flucht. In der Hoffnung, nach meiner Rückkehr ist alles wieder gut, werden alle Sorgen unter den Teppich gekehrt.

Wieder schaue ich auf die Ampel, noch immer ist sie rot. Einige Autos fahren an mir vorbei, niemand nimmt Notiz von mir. Menschen sind nur noch vereinzelt unterwegs, hetzen über die Straßen, niemand grüßt oder bleibt für ein paar Worte stehen. Wieso auch? Ich kenne diese Menschen nicht und bin somit wie

Luft für sie. Erneut überdenke ich mein Verhalten. Achte ich auf meine Mitmenschen? Bin ich nicht selbst immer mit Scheuklappen unterwegs und komplett nur auf mich und meine Sorgen gepolt?

Die Ampel springt auf Grün und ich setze mich wieder in Bewegung. Dass ich endlich wieder weitergehen kann, wirkt beruhigend auf mich. Wo, so überlege ich, ist in meinem Leben die Ampel, die auf Grün springt und mich wieder in Bewegung bringt? Die mir zeigt, ich muss mich einbringen und handeln. Meine Selbstverständlichkeit, der Gleichmut gegenüber meinen Lieben darf nicht länger Bestand haben, sonst bin ich bald ganz alleine. Tränen laufen über meine Wangen, die Kälte setzt mir zu. Der leichte Nieselregen dringt unaufhaltsam unter meine Jacke. Mit einem Mal weiß ich, was zu tun ist. Rasch drehe ich mich um und eile zurück in die Richtung, aus der ich fortgelaufen bin, wo alles angefangen hat.

Es ist schon dunkel, als ich meine Wohnung wieder erreiche. Meine Nase läuft, ich krame ein Taschentuch heraus. Sorgenvoll blicke ich auf das beleuchtete Fenster im ersten Stockwerk. Schon von Weitem habe ich das Licht gesehen, das im Schlafzimmer brennt. Ist es ein gutes Zeichen? Was, so frage ich mich, wird mich erwarten? Eine Aussprache mit dem Resultat, ab morgen alleine leben zu müssen? Darf ich auf eine Versöhnung hoffen?

Den Schlüssel drehe ich im Türschloss herum, öffne mit leichtem Griff die Eingangstür und atme tief durch. Das, was ich noch vor wenigen Stunden so verachtet habe, jetzt scheint es mir wertvoll und erhaltenswert. Beim Hinaufsteigen der Treppenstufen zu meinem Schlafzimmer muss ich wieder an die Ampel denken. Ich ermahne mich selbst, bevor ich die Schlafzimmertür öffne, an Grün zu denken. Daran, dass ich handeln muss, sich sonst nichts in meinem Leben ändern wird.

Schon beim Öffnen der Tür sage ich: „Es tut mir leid.“

Nur vier Worte, trotzdem kosten sie mich Überwindung. In meinem Job bin ich in leitender Position, gebe Anweisungen, die befolgt werden müssen. Im Privatleben vergesse ich oft, meine Arbeit abzustreifen, wieder einmal nur Frau zu sein.

Eine Woche später

Dankbar spüre ich, wie mein Leben sich verändert. Zum Positiven, wie ich betonen darf. Es war noch früh genug, zu erkennen, dass ich handeln und mich auf meinen Partner zubewegen muss. „In wenigen Tagen wäre ich ausgezogen", diese Worte habe ich an jenem Abend von meinem Partner gehört. Auch er empfand unser Leben als Einbahnstraße, ohne Zukunft. In dieser Nacht haben wir noch sehr lange geredet. Ich habe meinem Partner zugehört, obgleich ich den inneren Drang verspürte, wieder wegzulaufen. Nicht alles, was ich hören musste, gefiel mir. Glücklicherweise habe ich mich an diesem Abend der Wahrheit gestellt und auch von meinen Wünschen und Bedürfnissen berichtet. Wann immer ich seit diesem Tag an einer Ampel stehe oder an einer vorbeifahre, ich lächele in mich hinein, besonders wenn die Ampel auf Grün steht. Freie Fahrt ins Glück, denke ich inzwischen. Mit offenen Augen durch das Leben zu gehen, ist viel leichter als ich dachte.

Ihre Lotte

Meine Zeilen lese ich erneut, um dann den Entschluss zu fassen, diese an die Redaktion zu senden. Jetzt habe ich so viele Lebensgeschichten geschrieben. Das hat auch in meinem Inneren etwas bewirkt. Zum ersten Mal seit Jahren freue ich mich, immer aktiver durch das Leben zu gehen.

Karin steht später ganz unverhofft vor meiner Türe. „Überraschung!" Sie hält mir eine Schüssel unter die Nase, es duftet köstlich. „Kartoffelsalat?“ Karin strahlt. „Ja! Und Ina wird auch gleich zu dir kommen. Sie bringt noch Bockwürstchen mit.“

Ich bin begeistert. Ein spontaner Mädelsabend, wie schön, denke ich mir und hole eine Flasche Sekt aus dem Kühlschrank. Bis Ina erscheint, decken Karin und ich den kleinen Küchentisch. „Du hast ein Gedeck zu viel aufgelegt“, Karin schüttelt grinsend ihren Kopf. „Petra kommt auch“, klärt Karin mich auf. „Sie hat von deiner Kolumne geschwärmt.“ Karins Worte erfreuen mich. „Sie sagte: Unsere Lotte hat noch verborgene Seiten und Talente, die unbedingt zum Vorschein kommen müssen. Auch davon, dass du sehr sensibel bist, hat Petra gesprochen. Deine Kolumnen möchte ich später auch lesen, ich bin schon ganz neugierig geworden.“

Zufrieden denke ich an Petra. Mir wird bei dem Anblick des Kartoffelsalates bewusst, dass ist kein Abendessen für die Freundin. Ein Blick in meinen Kühlschrank lässt hoffen. Ich bringe das Glas mit Gurken zum Vorschein sowie zwei Tomaten und eine Scheibe Vollkornbrot.

„Petra soll sich auch wohlfühlen“, kommentiere ich mein Handeln. Zu meiner Überraschung schweigt Karin. Sie sieht heute klasse aus, hat rote Wangen, obgleich sie kaum geschminkt ist. Ob diese Veränderung an der Versöhnung mit Hermann Josef liegt?

Eine Stunde später

„Du hast aber guten Appetit, Karin." Ausgerechnet aus Petras Mund kommt dieser Kommentar. Ich erwarte sogleich einen Schlagabtausch zwischen den Freundinnen. Weit gefehlt! Karin lächelt versonnen und greift erneut nach dem Kartoffelsalat. „Mir mundet das Essen nun mal, liebe Petra. Außerdem", Karin macht eine Pause, sieht uns grinsend an: „Ich werde Mutter!"

Die Überraschung ist Karin gelungen. „Das erklärt auch, warum du so eine tolle Ausstrahlung hast, Karin. Mir ist heute Abend gleich aufgefallen, wie fantastisch du aussiehst!"

Ich stehe auf und umarme die Freundin. Ina muss natürlich sogleich auf Karins Alter eingehen und ihr vor Augen halten, was für eine Verantwortung nun auf sie zukommen wird.

„Du bist im letzten Sommer auch noch mit Anfang vierzig Mutter geworden", keift Karin zurück.

„Ich freue mich für euch!" Meine Worte gehen im Wortgefecht zwischen Ina und Karin unter. Ebenso mein Versuch, mit den Freundinnen anzustoßen. Niemand achtet auf mich. Petras Blick trifft meinen, sie sieht sogleich wieder besorgt zu Ina und Karin.

„So ein Kind bedeutet Verantwortung. Du hast weniger Freizeit, ständig musst du nachts aufstehen, dein Liebesleben kommt ins Wanken. Wenn es überhaupt nochmal Sex gibt, dann nur einen Quickie, zu mehr fehlen dir ab der Geburt Zeit und Kraft." Ina redet sich richtig in dieses Thema rein.

Petra und ich fangen an, den Tisch abzuräumen und verziehen uns an meine Spüle. Während wir spülen, keift Ina immer weiter, redet ununterbrochen auf Karin ein. „Deine Figur wird leiden, deine Brüste schwellen erst an, du siehst sexy aus, um nach der Geburt zwei erschlaffte, hängende Teile als ständige Partner an deiner Seite zu wissen."

Petra sieht mich nach Inas Worten an. Ich beobachte, wie sie das Spültuch faltet, zur Seite legt und sich umdreht.

„Es reicht jetzt, Ina! Immer musst du jammern und alles pessimistisch sehen. Karin ist schwanger, das ist doch ein Geschenk, so ein Kind. Wir sollten uns freuen!"

Mir gefällt das Verhalten von Petra. Die Tatsache, dass sie Karin zur Seite steht, zeigt, der Streit vom letzten Jahr ist vergessen. Ina springt nach Petras Worten auf und greift nach ihrer Tasche. „Ihr habt ja keine Ahnung von der Verantwortung. Weder du, Petra, noch Lotte sind Mutter." Ina blinzelt uns an und verschwindet so schnell aus meinem Haus, dass ich nicht in der Lage bin, ihr nachzulaufen.

„Was ist nur mit Ina los?" Karin löffelt den letzten Eisbecher, den mein Kühlfach bereithielt. Petra hat freiwillig verzichtet und ich möchte der werdenden Mutter nichts wegessen.

„Sie müsste doch glücklich mit ihrem Wolfi sein." Petras Worte verhallen. Jede von uns hängt ihren Gedanken nach. Als es an meiner Tür klingelt, reagieren wir zunächst nicht. Erst, als jemand an meinem Küchenfenster klopft, erschrecke ich und springe auf.

„Du siehst schrecklich aus. Setz dich!" Ich habe, nachdem ich Ina durch das Fenster erkannt habe, rasch die Türe von der Küche zum Garten geöffnet und die Freundin reingeholt. Ein Häufchen Elend sitzt nun in meiner Küche. „Was ist nur los mit dir, Ina?" Ich sehe die Freundin besorgt an. Ina fängt an zu weinen, berichtet, wie abgekämpft sie seit Wochen schon sei. „Als Lotte dann noch von der Reise erzählt hat, ich dachte mir, alleine schaffe ich es nicht mit dem Café und dem Kind." Inas Worte stimmen mich traurig. „Die Aushilfe ist nicht schlecht. Um die Wahrheit zu sagen, diese Frau hat mich begeistert. Sie ist spontan, schlagfertig, kann anpacken und sich gleichzeitig noch freundlich um unsere Gäste kümmern. Wo liegt das Problem? Bist du neidisch, dass ich im Urlaub war?", meine Worte bringen Ina erneut zum Weinen. Es dauert noch gut zehn Minuten, in denen wir abwechselnd auf Ina einreden. Karin schiebt ihr den Eisbecher hin und fordert sie auf mitzuessen. Karins Taktik fruchtet. Ina wird mit jedem Löffel, den sie in ihrem Mund verschwinden lässt, ruhiger.

„Ich möchte dir von Vincenz erzählen", fange ich anschließend an zu berichten. „Er wird versuchen, uns im Café zu helfen. Nicht als Mitarbeiter", ich lache. Mein Lachen bleibt jedoch unbeachtet, daher rede ich sogleich weiter. „Vincenz ist ein sehr guter und cleverer Geschäftsmann. Wenn er Recht behält und uns tatsächlich zu mehr Geld verhelfen kann, dann stellen wir die Aushilfe fest ein. Dann kannst du zu Hause die Buchführung machen, dich mehr um Wolfi kümmern und ich übernehme ein paar Stunden von dir im Café."

Ina reibt sich ihre Augen. Zunächst möchte sie noch mehr über Vincenz wissen. Was er beruflich macht, wie ich ihn kennengelernt habe, seine Verbindung zu Hermann Josef wird von ihr hinterfragt. Ina ist plötzlich wieder ganz in ihrer Rolle. Die Aussicht, dass uns Vincenz hilft, wirkt beruhigend auf Ina. Das, was wir schon längst vermutet hatten, erfahren wir im Anschluss aus Inas Mund. „Ich bin wieder alleine. Meine Versuche, eine neue Beziehung zu führen, sind gescheitert. Ich denke, deshalb bin ich so unausgeglichen und leidig. Verzeih mir bitte, Karin!"

Karin reagiert gelassen. Ich frage mich, ob es an den Hormonen einer werdenden Mutter liegt. „Hermann Josef habe ich sozusagen über die Aktion Kontaktanzeige bekommen", Karin schaut uns verschwörerisch an. „Was mir geholfen hat, kann doch auch Ina helfen. Außerdem müssen wir auch noch einen Mann für Lotte finden.“

An dieser Stelle winke ich energisch ab. „Danke! Mein Bedarf ist gedeckt. Außerdem bin ich von Johanns Mutter für kommenden Sonntag zum Frühstück eingeladen.“

Ein augenblickliches „Oooohhhh“ höre ich gleich aus drei Richtungen. „Ja, ich mag Johann. Das Frühstück warte ich noch ab. Meine Hoffnung ist groß, dass er mir verzeihen kann. Warum sonst sollte seine Mutter mich einladen.“ An dieser Stelle bringt Petra sich wieder ein. Sie holt aus meinem Flur eine große Tasche und zieht einen Ordner zum Vorschein. „Das sind die gesammelten Eindrücke von mir aus dem letzten Jahr. Ich habe versucht, alles rund um das Thema Kontaktanzeige aufzuschreiben. Auch die späteren Erfahrungen mit den Männern habe ich festgehalten.“

Petra überreicht mir den Ordner, den ich sogleich öffne. Meine Neugier lässt sich nicht mehr zurückhalten. Verzückt blättere ich in dem Ordner. Einige der Einträge von Petra finde ich schon daneben, was ich auch sage.

„Es ist das, was ich empfunden und gesehen habe.“

Aus der Zeit, als sie Marc näherkam, finde ich auch Einträge. Rasch schließe ich den Ordner wieder. Unter keinen Umständen soll Ina das jetzt zu lesen bekommen. Karin, die über meine Schulter mit in den Ordner gelinst hat, grinst mich an. „Der Ordner gehört zum Altpapier. Ab heute fängt das Leben noch einmal neu an.“ Sie hebt ihr Glas mit Saft und prostet uns Freundinnen zu. Das nächste wichtige Thema ist die Frage, ob ich schon weiß, was ich zu dem Frühstück anziehen werde.

„Unter keinen Umständen darfst du zu sexy erscheinen. Die Meinung der Mutter ist nicht zu unterschätzen“, soviel an Rat von Karin. Ina bemerkt, dass meine Garderobe sowieso nicht geeignet sei für diese Einladung. Ich blicke sie unvermittelt an, meine Gedanken behalte ich zum Glück für mich. Ausgerechnet Ina, die immer wie eine alte Frau rumrennt möchte mir sagen, wie ich mich kleiden soll. Ina legt sogar noch mit weiteren bissigen Bemerkungen nach, woraufhin Petra ihr den Mund mit ihrer Hand verschließt. „Keine bissigen oder unüberlegten Kommentare mehr. Dein Vorrat an Gehässigkeiten ist schon für das nächste Jahr mit aufgebraucht."

Ein Kichern kann ich mir nicht verkneifen. Für Ina, Petra und mich schenke ich Sekt nach. Karin bekommt ihr Glas mit Saft gefüllt. Die Wogen glätten sich und wir reden angeregt über meine Einladung, die alle spannend finden.

Gegen 21 Uhr verlässt Ina uns, wir lassen die Freundin ziehen. Ihr geht es wieder besser und wir brauchen noch ein paar Minütchen zum Freuen. Immerhin hat Karin uns erst verkündet, Mutter zu werden. Ausführlich lassen Petra und ich uns alles berichten. Wir erfahren von dem Schwangerschaftstest am Morgen, dem Ausbleiben der Blutung, Karins Vermutung und Vorahnung auf eine Schwangerschaft. „Meine Brüste spannen seit Tagen, mein Hunger ist unzügelbar. Für mich waren dies die ersten Anzeichen, schwanger zu sein."

Nach diesen Worten von Karin gibt Petra mir unter dem Tisch einen kleinen Schubs mit ihrem Fuß. Ich weiß genau, was sie denkt. Karin hat schon immer Hunger gehabt und dass sie kurz auf Diät war, immerhin auch deutlich abgenommen hat, war nur Hermann Josef und seiner Kontrolle zu verdanken.

„Ihr werdet mir doch zur Seite stehen, so wie damals Ina? Mein Kind braucht verlässliche Patentanten. Zwar halte ich euch für sehr eigen, doch das kann bei der Erziehung zu einem lebenstüchtigen Menschen nur von Nutzen sein."

Petra und ich verfallen ins Lachen, nachdem wir Karins Worte gehört haben. „Mit uns an deiner Seite wird dein Kind eine grandiose Entwicklung haben“, Petra kichert. Ihr ist anzusehen, sie freut sich wirklich für Karin.

„Wie können wir Ina helfen?“ Karin greift das Thema etwas später auf. Ich finde es lieb von ihr. Sie hat heute einiges von Ina einstecken müssen.

„Lasst uns eine erneute Kontaktanzeige schreiben.“ Meine Idee kam wie von alleine über meine Lippen. Wieso auch immer, wir drei planen plötzlich, als gäbe es keinen Morgen. Die uns bekannte Plattform für Partnervermittlung ist schon geöffnet. Rasch sind Worte gefunden, ein Text verfasst und letztlich auch abgesendet. Innerhalb von nur einer Stunde haben wir dem Schicksal einmal mehr versucht, auf seine Sprünge zu helfen. Erschöpft lehnen wir uns zurück. Zunächst herrscht Schweigen.

„Was haben wir nur getan?“ Petra hält auf einmal die Hände vor ihr Gesicht, unterbricht die allgemeine Ruhe. „Wir haben versucht, Einfluss auf das Schicksal von Ina zu nehmen.“

Ich nicke. „Es ist nicht das erste Mal.“ Erneut bleiben wir minutenlang schweigend am Tisch sitzen. Jede von uns hängt ihren Gedanken nach. Erst jetzt ist uns bewusst, wir haben wieder einmal voreilig gehandelt. „Ina wird uns den Kopf abreißen“, greift Petra nach ihrer Tasche. „Aber es war lustig mit euch. Außerdem müssen wir nicht auf die Antworten, die eingehen, reagieren. Ina wird niemals davon erfahren, vorausgesetzt, wir drei schweigen.“ Wie zu Teenagerzeiten heben wir zum Schwur die Finger. Ein Hauch von Jugend schwebt über unseren Köpfen.

Karin und Petra verlassen fast zeitgleich mein Haus. Mit einem Mal ist es ruhig und ich fühle mich ganz einsam. Mein Blick fällt auf die Zeitschrift, die noch immer auf meinem

Wohnzimmertisch liegt. Mit dieser Zeitschrift fing die erneute Wende in meinem Leben an. Das Kreuzworträtsel hatte ich nur so zum Zeitvertreib ausgefüllt. Dass ich tatsächlich diese Traumreise auf dem Schiff gewinnen würde, daran habe ich nicht geglaubt. Ob ich mir morgen eine neue Zeitschrift am Kiosk kaufen soll, mein Glück noch einmal herausfordern kann? Beim Durchblättern der alten Zeitschrift richtet sich meine Aufmerksamkeit auf die gut gekleideten Frauen. Mir fällt meine Einladung bei Johanns Mutter ein. Wie von Petra vorgeschlagen, fange ich an, mir Gedanken über meine Garderobe für die Einladung zum Frühstück, zu machen. Etwas ratlos öffne ich meinen Kleiderschrank und suche nach einem Outfit, das passend sein kann.

Johann hat sich bisher nicht mehr bei mir gemeldet. Ob er noch enttäuscht von mir ist? Ich wünsche mir, die Worte von Hermann Josef, bezüglich meiner Vorliebe für Kontaktanzeigen und Männer mit handwerklichem Geschick, kann Johann vergessen. Natürlich hat es mir damals Freude gemacht, auf die eingegangenen Kontaktanzeigen zu reagieren. Zu Beginn war auch alles gut und ich durfte viele lustige Momente erleben. Wenn ich an das Ende und all das entstandene Chaos denke, nein, dann gibt es nichts mehr toll zu finden. Obgleich, Karin und Hermann Josef wären niemals ein Paar geworden, hätte er nicht auf eine unserer Kontaktanzeigen geantwortet. Dass ein Mann wie Hermann Josef so etwas tut, darüber habe ich mir oft den Kopf zerbrochen. Er sieht, das muss ich zugeben, sehr attraktiv aus. Und dass Hermann Josef von Breggele ein klangvoller Name ist, steht außer Frage. Hinzukommt, er hat einen guten Beruf und, das finde ich auch interessant, er war niemals verheiratet und bringt keine Kinder mit. Dieser Mann hat alle Voraussetzungen, um auf normalem Wege eine Frau zu finden und doch liebt er es, über Kontaktanzeigen seinen Weg zu finden. Erst jetzt, mit etwas Abstand, wird mir bewusst, ich hätte Hermann Josef an dem Abend der Vernissage sein eigenes Verhalten vor Augen halten müssen. Ich war jedoch zu überrascht und gleichzeitig geschockt, wie barsch und gemein Hermann Josef sich über mich geäußert hat, so dass ich nicht in der Lage war, mich zu verteidigen. Ob es Sinn macht, Johann im Nachgang davon zu erzählen? Oder ist es klüger zu schweigen, in der Hoffnung, dass Gras über das ganze Thema wächst? Mein Kopf ist wie benebelt. Die Fragen beschäftigen mich, ohne dass ich eine Lösung finde. Die passende Garderobe für die Einladung finde ich in meinen Kleiderschrank auch nicht. Ich nehme mir vor, das Vorhaben morgen Früh in Ruhe anzugehen.

Vor dem Einschlafen denke ich an Ina. Sie ist eine Pessimistin, das wissen wir. Heute jedoch ist sie ziemlich über das Ziel hinausgeschossen. Dass es Karin vergönnt ist, noch Mutter zu werden, finde ich fantastisch. Sie hat nicht erwähnt, wie Hermann Josef auf die Neuigkeit reagiert hat. Ich wünsche meiner Freundin, dass alles gut wird. Für mich persönlich, das weiß ich schon länger, ist das Thema Kind kein Thema mehr. Ich werde aber eine liebevolle Tante für Karins Kind sein, davon bin ich überzeugt. Über diese Gedanken schlafe ich ein.

Johann

Meine Mutter hat mir gestern am Abend mitgeteilt, sie habe Lotte zum Frühstück für kommenden Sonntag eingeladen. Meine erste Reaktion, ich war einfach nur verwundert, konnte zunächst nichts sagen. Mutter hat auch gleich das Wort wieder übernommen. „Vincenz hat mich um eine Versöhnung gebeten. Er schätzt diese junge Frau."

Auf diese Neuigkeit habe ich mir erst einmal ein Glas Wein gegönnt. Mutter hat sich zu meiner Freude zunächst zurückgezogen, mir Zeit zum Nachdenken gelassen.

„Die Vernissage am Samstag, in dem kleinen Café von Lotte …", stand sie eine halbe Stunde später vor mir. „Begleitest du Vincenz und mich nach Limburg?"

Wieso Mutter unbedingt zu der Vernissage von Anton Wall möchte, ist schnell erklärt. Sie mag seine Gemälde. Die Tatsache jedoch, dass die Vernissage im Café von Lotte und ihrer Freundin stattfinden wird, ist noch einmal anzusprechen. „Wieso möchtest du alles versuchen, um mit Lotte in Kontakt zu kommen? Deine Ablehnung ihr gegenüber habe ich noch gut in Erinnerung. Machst du das alles nur wegen Vincenz? Um ihm zu gefallen? Mutter! Du hast das nicht nötig!"

Was ich auf meine Worte erfahre, verwundert mich. Mutter gibt offen zu, sich zunächst nur Vincenz zuliebe mit dem Gedanken angefreundet zu haben, dieser jungen Frau eine Chance zu geben. „Je mehr ich mich mit Lotte auseinandergesetzt und über sie Erkundigungen eingeholt habe, umso sympathischer ist sie mir geworden. Außerdem", Mutter macht eine Pause, windet sich mit dem, was ihr auf der Zunge liegt, „Hermann Josef ist in meinen Augen ein Mann mit einem sehr klangvollen Namen, leider ist das keine Garantie für gutes

Benehmen." Ich hole tief Luft, trinke meinen Wein zu Ende und gehe. Hermann Josef ist mein Kollege. Was soll ich auf die Bemerkung meiner Mutter antworten?

Mutter ruft später noch einmal an, um nach meinem Kommen zur Vernissage zu fragen. Ich verspreche ihr, zu der Vernissage zu kommen. „Und das gemeinsame Frühstück am Sonntag? Wirst du anwesend sein, Johann?" Diese Frage kann ich meiner Mutter noch nicht beantworten. Mir liegt am Herzen abzuwarten, was mir die neuerliche Begegnung mit Lotte bei der Vernissage bringen wird. Schon in zwei Tagen ist es soweit.

Hermann Josef habe ich heute auf den Termin der Ausstellung angesprochen, er hat ruppig reagiert. „Was soll ich in dem Café von Lotte? Seit ich dieser Frau begegnet bin", er hält mitten im Satz inne, überlegt kurz und beginnt den Satz von Neuem. „Mein Onkel legt sehr viel Wert darauf, dass ich mich mit meinen Bemerkungen zurückhalte. Meine Freundin Karin ermahnt mich auch ständig, nicht nur negativ von Lotte zu sprechen." Mir gefiel, was ich hören durfte.

„Dann geben wir Lotte noch eine zweite Chance", strahlte ich in mich hinein.

Das Gemälde von Lydia Lowere wurde am Morgen in unserem Notariat aufgehängt. Vincenz hat wirklich keine unnötige Zeit verstreichen lassen, seine Idee in die Tat umzusetzen. Gleich über der Anmeldung thront nun ihr Konterfeit. Innerlich kann ich nicht glauben, dass Hermann Josef mit dieser Frau befreundet war, jedes Wochenende bei ihr verbracht hat. Über diese Gedanken komme ich zu dem Entschluss, wenn ich schon das Verhalten von Hermann Josef nicht richtig nachvollziehen kann, wieso sollen seine Worte über Lotte mich beeinflussen? Beim Zurückgehen in mein Büro weiß ich allerdings, Lotte ist niemals die passende Frau für mich, auch wenn ich von ihrem Äußeren angetan bin.

Vincenz

Lotte ist mir ans Herz gewachsen. Bereits morgen findet die Vernissage statt. Ich übernachte heute schon in Frankfurt, treffe mich mit Anton Wall und werde morgen gemeinsam mit ihm zu der Vernissage nach Limburg fahren. Seine Bilder habe er aufgehängt, sei mit den ausgesuchten Platzierungen zufrieden, teilte er mir mit. „Der verfügbare Platz in dem Café ist sehr beschränkt", gab er lächelnd zu. „Eigentlich sind der Aufwand und Ihr Erscheinen viel zu viel der Ehre für diese bescheidenen Räumlichkeiten und diese kleine Ausstellung." Überrascht war Anton Wall, als ich ihm im Anschluss erklärt habe, die Räumlichkeit zu kennen. „Mich erfreut Ihr Entgegenkommen. Es soll nicht zu Ihrem Schaden sein." Meine Worte haben dem Künstler gefallen.

Inzwischen habe ich Fotos von Lotte gesehen. Einige Aufnahmen haben mich zum Lachen verleitet. Diese Frau ist einmalig. Sie ist so ganz anders als alle jungen Frauen, die ich in den letzten Jahren eingestellt habe. Gerade diese Tatsache macht mich neugierig ihr zu helfen. Oder liegt es daran, dass ich kein Kind mehr habe? Meine einzige Tochter habe ich zusammen mit meiner Frau bei einem Autounfall verloren. Sie hatte Ähnlichkeit mit Lotte. Sie war genauso eigensinnig und anders als die Mädchen in ihrem Alter. Ihre Lebensfreude und Leichtigkeit, die Dinge zu verdrehen, geradeso wie es ihr passte, fehlen mir. Ebenso meine Frau. Nein, klagen darf ich nicht. Mein Leben ist ausgefüllt. Noch ist es mir vergönnt, mich an vielen Annehmlichkeiten zu erfreuen und noch immer kann ich verreisen, neue Länder und Menschen kennenlernen.

Trotz meiner sehr positiven Ansicht, die ich jetzt schon von Lotte gewonnen habe, bin ich ein vorsichtiger Mensch geblieben. Einer, der lieber auf Nummer Sicher geht. Nennen wir den Mann, den ich zu Rate gezogen habe, was Lotte anbetrifft, einen Bekannten aus Kindertagen. Er hat schon des Öfteren für mich Auskünfte über Menschen gesammelt, was mir oft sehr behilflich war. Lotte verwundert mich schon wieder. Von meinem Bekannten durfte ich erfahren, dass Lotte eine erneute Kontaktanzeige gestartet hat. Sie hat sich bei der Plattform angemeldet, wo sie schon zuvor aktiv war. Komisch finde ich jedoch, sie spielt mit den Namen. Angemeldet ist sie unter ihrer Anschrift, in dem Text geht es aber um ihre Freundin Ina. Meine Erinnerung an einige Passagen von Lottes Nachrichten lassen mich wissen, Ina ist die Partnerin von Lotte im Café. Lotte ist eine Frau, die man so leicht nicht durchschauen kann.

Mit einem Grinsen im Gesicht kommt mir sogleich die Idee, Johann solle sich auf die neuerliche Kontaktanzeige melden. Wie Lotte reagieren würde, stünde er plötzlich vor ihrem Haus? Am Ende aber glaubt Lotte noch, Johann habe sich bewusst auf die Kontaktanzeige gemeldet und findet Gefallen an ihrer Freundin Ina. Ich denke nach, komme zu dem Entschluss, dem Schicksal seinen Lauf zu lassen und nur ein kleines bisschen nachzuhelfen. Rasch wähle ich die Nummer von Johanns Mutter und berichte ihr, was mir in den Sinn gekommen ist.

Karin

Dass ich noch schwanger werden würde, das habe ich nicht mehr erwartet, nicht mehr für möglich gehalten. Jetzt muss ich nur den richtigen Zeitpunkt finden und Hermann Josef von der Tatsache, dass er bald Vater wird, berichten. In den letzten Tagen war alles so kompliziert, so chaotisch, um ehrlich zu sein. Meine übereilte Rückkehr von der Reise schiebe ich auf meine Hormone. Das werde ich auch Hermann Josef sagen. In der Zukunft wird er mehr Rücksicht auf mich nehmen müssen. Seine neuesten Ambitionen mich zum Langstreckenläufer zu trainieren, muss er auch in die Zukunft verlegen. Mir wird der Sport nicht fehlen. Seit ich Lotte wiedergesehen und mit ihr wieder eine nette Zeit verbringen konnte, spüre ich, wie ich unsere Mädelsabende vermisst habe. Hermann Josef ist kein Freund von diesen Treffen. Er sagt immer, Lotte habe einen schlechten Einfluss auf mich. Die Tatsache, dass wir vor den Treffen und noch im Anschluss streiten, hatte mich bewogen, immer öfter bei Lotte abzusagen. Mit scheinheiligen Ausreden hatte ich mich rargemacht. Tief in meinem Herzen weiß ich jedoch, diese Treffen fehlten mir. Jede Frau braucht das Gespräch mit der besten Freundin. Nur bei Lotte, Ina und inzwischen gehört auch Petra dazu, kann ich sein wie ich bin. Gut, wir streiten auch mal, jedoch hält diese Phase nie lange an. Es tut so gut, einmal nicht perfekt aussehen zu müssen, auch mal die Pommes mit den Fingern zum Mund zu führen, ohne dafür gerügt zu werden. Hermann Josef achtet sehr auf die Etikette. Zu Anfang hat er mich damit sehr beeindruckt. Ja, ich war fasziniert von diesem Mann, der so ganz anders ist als die Männer, denen ich zuvor begegnet war.

Samstag

Schon heute Abend ist die Vernissage von Anton Wall in Limburg im Café von Ina und Lotte. Ich freue mich auf das kleine Kulturevent vor der Haustüre. Hermann Josef hat schon beim Frühstück betont, keine Lust zu haben, mich am Abend zu begleiten. Erst der Anruf von Vincenz, seinem Onkel, hat ihn dazu gebracht, doch mitzukommen. „Er lässt auch nicht locker", knurrte Hermann Josef anschließend. Mir war es lieb so. Hermann Josef weiß noch nichts von der Schwangerschaft. Vielleicht kann ich ihn am späten Abend mit der Neuigkeit überraschen. Sollte das Zusammentreffen mit seinem Onkel harmonisch verlaufen, ist der Zeitpunkt für mich perfekt. Ansonsten werde ich noch die nächsten Tage abwarten.

„Du musst dich mit dem Essen zurückhalten, Karin! Sicherlich gab es bei Lotte wieder nur Pizza und Nudeln zum Essen." Diese Bemerkung durfte ich mir am Morgen anhören, kaum, dass ich aus der Dusche gekommen war und Hermann Josef mich nackt sah. Eine spontane Antwort lag mir auf den Lippen, dann jedoch hielt ich es für besser zu schweigen.

Für den Abend habe ich mir schon etwas Schönes zum Anziehen rausgelegt. Neugierig bin ich auf die Begegnung mit Vincenz, ebenso bin ich gespannt, ob Johann kommen wird. Arme Lotte, für sie muss der heutige Abend erst richtig aufregend sein.

Eine Nachricht von Lotte kommt auf mein Handy, gerade habe ich noch an sie gedacht. „Eine erste Reaktion auf die Kontaktanzeige ist eingegangen. Was sollen wir nun tun?" Einen Augenblick halte ich inne, dann wähle ich Lottes Nummer. „Kannst du mir die Antwort vorlesen?" Ich höre, wie Lotte ihren Laptop hochfährt und dann vorliest: „Liebe Unbekannte. Auch mir liegt eine gemeinsame Zukunft mit einem lieben Menschen am Herzen. Die Tatsache, dass Sie in Ihrer Kontaktanzeige einen Mann für die ‚*wertvollsten Stunden des Lebens*‘ suchen, hat mich zunächst verhalten gemacht. Meine Neugier hat dann jedoch über meine Skrupel gesiegt. Ich hoffe doch, Sie suchen keinen Mann nur für die gewissen Stunden? Nur für Sex? Falls Sie an einer ernsthaften Beziehung interessiert sind, melden Sie sich. Als Kunstliebhaber hat es mich besonders gefreut, zu lesen, dass Sie die gleiche Vorliebe haben und ebenso gerne zu Ausstellungen gehen, wie ich es tue. Am heutigen Abend gehe ich in Limburg zu einer Ausstellung und mich würde es freuen, Sie dort zu treffen. Darf ich auf Ihr Kommen hoffen? In Erwartung auf einen ereignisreichen Abend, J.“

Ich lache zunächst. „Wir haben den Text sektgeschwängert geschrieben.“ Lotte unterbricht mich. „Du hattest nur Saft getrunken!“ Oh, sie hat Recht. „Und damit legst du jetzt die ganze Verantwortung auf meine Schultern? Das wäre doch zu einfach.“ Meine Stimme klingt keinesfalls vorwurfsvoll, ich albere mit Lotte. „Was machen wir jetzt? Soll ich diesem J. im Namen von Ina antworten? Wird sie uns das jemals verzeihen?“

Lotte und ich grübeln noch eine Weile über die Vor- und Nachteile, entscheiden uns dann für einen anderen Weg.

„So, jetzt müsste der Text prima sein. Somit sind wir aus der Geschichte raus und Ina wird hoffentlich nie von unserer Aktion erfahren.“ Lotte gibt mir Recht. Meinem Vorschlag, diesem J. einfach mitzuteilen, die Kontaktanzeige sei schon nicht mehr aktuell, kommt Lotte nach. Noch während wir telefonieren, tippt sie die Antwort für den Mann ein und drückt auf Senden. „Jetzt dürfte das Thema Kontaktanzeige auch erledigt sein. Falls sich noch mehr Männer melden schreibe ich ihnen den gleichen Text. Aber ich versuche, auch die Anzeige jetzt rauszunehmen."

Lotte und ich plaudern im Anschluss noch über die Vernissage am Abend. „Ich werde ein schwarzes Kleid anziehen. Ich bin so aufgeregt, Karin. Vincenz kommt schon um fünf Uhr ins Café. Er möchte mich unbedingt in aller Ruhe treffen." Meine Versuche, die Freundin zu beruhigen, fruchten nur bedingt. „Ich muss noch Einkaufen fahren, wir sehen uns am Abend. Ich freue mich auf dich!", beende ich das Telefonat. In der Tat bin ich spät dran. Meine Garderobe habe ich gut gewählt, passend für die Vernissage am Abend. Alles, was ich später brauche, habe ich in meinem Schlafzimmer rausgelegt. Nach meinen Einkäufen kann ich rasch ins Badezimmer hüpfen und mich umziehen. Selbst an eine passende Strumpfhose zu meinem Kleid habe ich gedacht. Beim Verlassen meiner Wohnung gehe ich noch einmal die Einkaufsliste durch. Unter der Woche arbeite ich und komme erst gegen Abend nach Hause, dann fehlt mir die Lust für Einkäufe.

Johann

Lotte ist wirklich einmalig, von stressig bis interessant ist alles dabei. Diese Frau kostet mich Nerven! Ihre Vorliebe für Kontaktanzeigen muss sie fallenlassen, falls sie mit mir eine Freundschaft eingehen möchte. Verwundert war ich über die Antwort von ihr. Lotte gibt eine Kontaktanzeige auf, angeblich für eine Freundin und plötzlich ist diese Anzeige nicht mehr aktuell, wie sie mir schreibt. Werde einer aus dieser sprunghaften Frau schlau. Eigentlich war ich anfangs nicht wirklich gewillt, bei diesem Spielchen mitzumachen. Vincenz hatte meine Mutter und mich angerufen und uns von der neuen Kontaktanzeige berichtet, die Lotte aufgegeben hat. Schleierhaft ist mir auch, warum Vincenz Informationen über Lotte eingeholt hat. Sie muss ihm sehr wichtig sein. Beruhigend habe ich zur Kenntnis genommen, diese Frau hat keine wirklich dunklen Seiten in ihrem Leben. Das hätte auch nicht zu mir gepasst. Eigentlich wollte ich Lotte ärgern, sie mit den eigenen Waffen schlagen. Wäre Lotte auf mein Schreiben eingegangen, hätte ein Treffen mit ihrer Freundin vereinbart, ich hätte sie für einige Tage an der Nase herumgeführt, mit Freuden! Sie muss mal lernen, wo die Grenzen sind. Ich brauche an meiner Seite eine Frau, die gradlinig ist.

Vincenz war von Lottes Antwort ebenso überrascht wie ich. „Trotzdem gefällt mir ihre Wandlung“, er lachte. „Mit dieser Frau wird es sicherlich keinem Mann langweilig werden.“

So ganz haben mir seine Worte nicht gefallen.

„Du kommst am Abend? Ich erwarte dich um 18 Uhr im Café. Deine Mutter hat mir ebenfalls zugesagt.“ Vincenz hat eine Art Fragen zu stellen, die keine Wiederrede duldet. Er ist ein sehr sympathischer Mann, daher sehe ich ihm sein

Verhalten nach. Mir liegt am Herzen, noch einmal mit Hermann Josef in Kontakt zu kommen. Unter keinen Umständen möchte ich ein Déjà-vu der letzten Vernissage erleben. Auch Anton Wall hat solch eine Szene nicht verdient. Zu meiner Freude erreiche ich meinen Kollegen sogleich. Samstags, das ist eine stille Übereinkunft von Hermann Josef und mir, treffen wir uns für zwei Stunden im Notariat und gehen gemeinsam die kommende Woche durch. Hermann Josef ist heute nicht in unser Notariat gekommen, er hat Auswärtstermine, so seine Mitteilung in einer SMS an mich.

Hallo Johann,
*wie ich zu einem neuerlichen Treffen mit Lotte stehe, muss ich nicht noch einmal betonen. Mein Onkel lässt mir jedoch keine Wahl. Meine Freundin Karin lässt auch nicht locker. Ich **möchte** meinen Frieden, daher komme ich zu der Vernissage.*
HJvB

Rasch habe ich eine Antwort an ihn verfasst:

Lieber Hermann Josef,
deine Entscheidung, zu der Vernissage zu kommen, ist sicherlich richtig. Ich bitte dich nur, trinke am heutigen Abend nicht so viel Champagner. Anton Wall hat sich mit den Vorbereitungen zu seiner Ausstellung sehr viel Mühe gemacht. Es soll alles stimmig sein.
Johann

Meine Worte bezüglich des Trinkens werden Hermann Josef nicht gefallen, ich drücke trotzdem die Taste Senden. Eine Antwort erhalte ich nicht. Das passt zu Hermann Josef, wie ich ihn kenne. Sobald es Probleme gibt, sieht er gerne weg. Aber ich kann Hermann Josef auch verstehen. Ohne das

Drängen meiner Mutter und ohne Vincenz wäre ich selbst niemals auf die Idee gekommen, heute nach Limburg zu fahren, um die Vernissage zu besuchen. Viellicht hätte ich Lotte niemals wiedergesehen. Jetzt warte ich ab, was der heutige Abend mir bringen wird. Hoffentlich keine allzu großen Ereignisse.

Lotte

Ununterbrochen habe ich auf die Uhr geschaut. Jetzt ist es fünf vor fünf. Meine Kniee sind weich, ich schwitze und habe das Gefühl, ich muss alle zwei Minuten auf die Toilette gehen. „Jetzt bleib doch mal ruhig!" Ina versteht mein Verhalten nicht. Sie ist heute die Ruhe in Person, organisiert, wo die Stehtische hinkommen und bereitet Platten mit Gebäck aus Blätterteig vor. Eine wirkliche Hilfe bin ich ihr heute nicht.

Einmal wäre ich fast schwach geworden und hätte Ina um ein Haar von der Aktion rund um die Kontaktanzeige berichtet. Mein schlechtes Gewissen ihr gegenüber drohte überhand zu nehmen. Zu meiner eigenen Freude habe ich mich doch zurückhalten können. Meine Beichte wäre sicherlich in einem Theater geendet. Unter keinen Umständen möchte ich das Gelingen der Vernissage gefährden. Ich schweige weiterhin, auch wenn es mir schwerfällt.

Anton Wall scheint zufrieden mit den ausgewählten Plätzen für seine Gemälde zu sein. Viel Platz können wir dem Künstler nicht bieten. Seine großflächigen Gemälde nehmen unsere Wände ein, ich muss zugeben, jetzt sieht unser Café bunt und einladend aus. *Farbenrausch,* hat er auch sinnigerweise seine Vernissage getauft.

„Lotte?" Eine sonore Männerstimme holt mich aus meinen Gedanken heraus. Einmal mehr fällt mein Blick auf meine Armbanduhr, es ist Punkt 17 Uhr. Im Umdrehen weiß ich schon, zu wem diese Stimme gehören muss, Vincenz. Das nächste, das ich wahrnehme, sind zwei hellblaue Augen, die mich lustig anblinzeln. Die Fältchen, die seine Augen einrahmen, zeigen, Vincenz hat intensiv gelebt. Er ist kleiner als ich ihn mir vorgestellt habe. Sein perfekt sitzender Anzug passt zu meinen Vorstellungen. Genauso habe ich mir Vincenz immer vorgestellt. Sein lichtes Haar ist gefärbt, somit scheint er sehr eitel zu sein. Als nächstes fallen mir seine glänzenden Schuhe auf. Wenn ich auf meine Schuhe blicke, ich schäme mich. Das Putzen meiner Schuhe vernachlässige ich zu sehr, wie mir gerade bewusst wird.

„Zufrieden?“ Ich verharre einen Augenblick. Vincenz war nicht entgangen, dass ich ihn betrachtet, fast schon gemustert, habe. Sein Lachen lässt mich lockerer werden.

„Es gibt keinen Grund aufgeregt zu sein, liebe Lotte. Wie sehr ich mich auf unser Treffen gefreut habe!“ Er kommt auf mich zu mit ausgestreckten Armen und wir umarmen uns. Mit einem Mal habe ich das Gefühl, Vincenz schon seit einer halben Ewigkeit zu kennen. In den nächsten dreißig Minuten reden wir ununterbrochen, kümmern uns nur um uns. Vincenz lobt das Café, er findet ebenfalls lobende Worte für mein Kleid. Mir tun sein Verhalten und die kleinen Aufmerksamkeiten sehr gut. Vincenz spricht später auch kurz mit Ina. Sie scheint, so kann ich erkennen, von ihm angetan zu sein. Voller Vertrauen überlässt sie seinem Sekretär unsere schriftlichen Unterlagen über Einnahmen und Ausgaben.

Später verwickelt Vincenz mich in ein Gespräch. Ina eilt zurück zu den Gästen, die jetzt scharenweise das Café betreten. An Johann denke ich, während Vincenz ein Telefonat führt. Die Vernissage fängt gleich an und weder Johann noch Rosalinde sind zu sehen. Als ich Vincenz kurz vor der Eröffnung frage, ob er wisse, wo Johann und Rosalinde sind, lächelt er versonnen. „Deine Freundin Ina war so nett und hat den beiden das Café gezeigt.“ Vincenz hat seine Worte noch nicht beendet, da bringt Ina die beiden an unseren Tisch. Mir missfällt zu sehen, wie vertraut Ina sich mit Johann unterhält. Erleichtert bin ich erst, als sie die kleine Runde wieder verlässt. Gehemmt stehen Johann und seine Mutter nun an unserem

Tisch. Ina, die eigentlich jetzt für die anderen Gäste da sein soll, kommt auffallend oft und gerne an unseren Tisch und blinzelt immer wieder Johann zu. Mir gefällt nicht, was ich da beobachten muss. Johann, so meine Gedanken, gehört mir! Nicht entgangen sind mir auch die Blicke von Johann an Ina. Wie er sie auffallend gemustert hat. Unüberhörbar laut hat er kurze Zeit später das Gebäck gelobt, das Ina ihm gereicht hatte. Selten habe ich meine Freundin so aufgedreht erlebt. Richtig albern benimmt sich Ina. Meine Blicke wandern zwischen den beiden hin und her.

Anton Wall eröffnet die Vernissage, nachdem auch Karin und Hermann Josef zu uns gestoßen sind, ebenso viele unserer Stammkunden und Kunstinteressierten. Das Café ist gut besucht, kein Stuhl ist mehr frei, auch die Stehtische, die wir extra aufgestellt haben, sind belegt. In einem günstigen Moment eile ich zu Ina, ziehe sie mit in die Küche. „Wieso bist so aufgedreht?", keife ich die Freundin an. Sie lächelt verlegen. „Der Mann an eurem Tisch, ich meine natürlich nicht Vincenz", sie strahlt mich an und natürlich ist mir unvermittelt bewusst, sie spricht von Johann. „Dieser Mann gefällt mir! Er hat so eine wunderbare Ausstrahlung und dann seine Lachfalten rund um seine Augen, richtig sympathisch. Woher kennst du diesen Mann? Gehört er zu Vincenz?"

„Das ist Johann. Der Mann, mit dem ich mich anfreunden möchte." Meine Worte kommen rasch über meine Lippen. Ina geht unvermittelt einen Schritt zurück. „Das wusste ich nicht. Bisher hast du von Vincenz gesprochen und was ich von der Begegnung mit dem Mann auf dem Schiff hören durfte, so verlief das Kennenlernen nicht glücklich." Ina nestelt an ihrer Schürze und wirkt verlegen.

„Johann und ich gehören zusammen. Ich finde diesen Mann großartig." Nach meinen Worten lasse ich Ina in der Küche stehen. Bevor ich mich wieder in die kleine Runde am Tisch einreihe, hole ich tief Luft. Vincenz scheint mich beobachtet zu haben.

„Auf ein Wort", zieht er mich mit nach draußen. Es ist kühl, trotzdem tut mir die frische Luft gerade sehr gut. „Nicht immer kommt alles so, wie wir es wollen, Lotte. Man kann nichts erzwingen, schon gar nicht Gefühle." Vincenz steckt sich eine Zigarre an. Ich beobachte, wie er mehrmals daran zieht und anschließend kleine Wölkchen in die Luft pustet. Der Anblick wirkt beruhigend auf mich. „In der Ruhe liegt die Kraft", darf ich anschließend von ihm hören. Mir gefallen solche Standartsätze nicht. Ich grummele vor mich hin. „Die liebe Ina meint, mir in den Weg kommen zu müssen, das ist ungerecht." Wie ein kleines trotziges Mädchen stampfe ich mit einem Fuß auf den Boden. Vincenz legt seinen Arm auf meine Schulter, ich fühle mich sogleich besser. „Möchtest du mir nicht etwas sagen, Lotte?" Ich schüttele meinen Kopf. „Keine Ahnung, was du meinst." Vincenz zieht erneut genüsslich an seiner Zigarre. „Wolltest du nicht deine Freundin Ina verkuppeln?" Jetzt bin ich total verwundert, nehme spontan etwas Abstand zu Vincenz und suche mir eine Position, von der ich ihm in seine Augen sehen kann. Leider blicken sie mich noch immer freundlich und liebevoll an, was meinen Entschluss, ihn zurechtzuweisen, in Luft auflösen lässt.

„Bevor ich zu dir gekommen bin, Lotte, habe ich über dich Erkundigungen eingeholt. Du hast erst kürzlich eine neue Kontaktanzeige aufgegeben, für Ina. Für sie hast du einen Mann gesucht. Einen, der Kunst liebt, der geradlinig und gebildet ist. Über gute Umgangsformen verfügt, sich gewählt ausdrücken kann und Kinder liebt." Auf die Worte von Vincenz weiß ich keine Antwort. Es passt mir überhaupt nicht, wie er sich in mein Leben einmischt.

„Du hast kein Recht, hinter mir her zu schnüffeln.“ Eine kurze Pause entsteht, die Vincenz zum Rauchen nutzt. Fasziniert beobachte ich wieder die kleinen Wölkchen, die sich beim Auspusten bilden. „Ja, in dem Punkt hast du Recht, Lotte. Es war nicht die feine Art, dir zu begegnen. Mein Alter sei Entschuldigung genug für dich. Mir fehlt die nötige Zeit, Menschen richtig kennenzulernen. Ich möchte keine Fehler mehr machen, keine Unnötigen zumindest.“ So ganz kann ich die Worte von Vincenz nicht einordnen. „Du bist noch sehr lebendig“, sage ich kleinlaut.

„Lotte, erkläre mir bitte, wieso du glaubst, dass Johann der richtige Mann für dich ist.“ Aufgebracht sehe ich Vincenz erneut in seine immer noch sanften Augen. Verdammt, damit bringt er mich aus dem Konzept. Wie kann ich einen Menschen anbrüllen, der mich so lieb ansieht.

„Sie kann nicht glauben, dass sie immer alles haben kann.“ Meine Worte lassen Vincenz zucken. Eine Antwort bleibt aus. „Wieso soll ich jetzt wieder in die zweite Reihe? Die liebe, arme Ina darf sich die Männer nehmen und aussuchen, wie sie möchte und Lotte muss einmal mehr nachgeben? Stellst du dir meine Zukunft so vor?“ Ich bin laut geworden. Als peinlich empfinde ich die Situation. Immerhin sind wir alleine. Alle anderen Gäste widmen sich dem Ansehen der Gemälde und der Verkostung der Köstlichkeiten, die von Ina vorbereitet wurden. Ina! Ich blicke durch ein Fenster in das Innere unseres Cafés und sehe Ina. Sie hat meinen Platz an dem Stehtisch eingenommen und lacht mit Johann und seiner Mutter. Beide scheinen von Ina begeistert zu sein.

„Wieso hat die Mutter von Johann mich für morgen zum Frühstück eingeladen?“ Meine aufsteigenden Tränen will ich nicht zeigen. „Daran bin ich schuld, Lotte. Ja, das passiert, wenn sich Freunde einmischen und glauben, etwas Gutes zu tun. In diesem Fall habe ich einen Fehler gemacht.“

Ein lautes Geräusch lässt mich wieder in das Fenster blicken. Ich sehe, dass Karin erschrocken vor Hermann Josef steht, die anderen Gäste blicken zu ihnen. Das nächste, was ich sehe, ist Hermann Josef, der einfach Richtung Ausgang läuft. Karin, so beobachte ich, wird von Petra zur Seite genommen.

„Lotte? Hörst du mir noch zu?“ Vincenz fordert wieder meine Aufmerksamkeit. Mein Kopf schmerzt, ich fühle mich nicht wohl. Die Frage, ob ich morgen mit Vincenz in seinem Hotel frühstücken möchte, somit für uns beide mehr Gelegenheit besteht, uns besser kennenzulernen, kann ich nicht direkt beantworten. Hermann Josef steht plötzlich neben uns. „Diese Frau will mir einen Balg andrehen!“ Entrüstet fingert er eine Packung mit Zigaretten heraus. Vincenz versteht schnell, was Hermann Josef sagen möchte. „Du kannst froh sein, solch eine patente Partnerin an deiner Seite zu haben, mein Neffe. Es ist an der Zeit, endlich erwachsen zu werden. Dein bisheriges Verhalten ist nicht mehr zu tragen. Ich verlange von dir, dich bei Karin zu entschuldigen.“ Hermann Josef lacht Vincenz ins Gesicht. „Armer alter Mann.“
Wir blicken ihm nach, sehen und hören anschließend, wie er mit quietschenden Reifen davonfährt. „Ich muss zu Karin.“ Mit diesen Worten will ich mich dem Gespräch entziehen. „Unsere Verabredung für morgen steht?“ Vincenz hält mich am Arm fest. „Lotte! Verhalte dich jetzt bitte wie eine erwachsene Frau. Du willst doch nicht an der Einladung von Rosalinde festhalten? Sieh den Tatsachen ins Auge! Johann zeigt Interesse an Ina.“

Ich entziehe mich Vincenz' Griff und eile auf den Eingang zu. Mit dem Türgriff in der Hand drehe ich mich noch einmal um. „Wieso muss immer ich auf der Strecke bleiben? Das ist so ungerecht." Erneut kämpfe ich gegen meine Tränen an.

„Du hast doch jetzt einen väterlichen Freund gefunden, Lotte. Niemand bekommt alles auf einmal, das gibt es nur im Märchen." Ohne noch einen Ton zu sagen, betrete ich das Café. Die Stimmung ist sehr gut, die Gäste reden, lachen und einige winken mir zu. Mir fällt es schwer, ein Pokerface aufzusetzen. Bemüht zu lächeln, bahne ich mir einen Weg durch die Räume. Anton Wall steht mir plötzlich im Weg. „Es ist so schön hier. Meine Bedenken, diese Ausstellung hier, in der Provinz zu machen, alles war falsch. Selten habe ich so ein interessiertes und Kunst begeistertes Publikum gesehen. Bis jetzt sind schon vier Gemälde verkauft. Danke dir, Lotte!" Der anschließende Schmatzer auf meiner Wange kommt schneller als ich reagieren und ihm aus dem Weg gehen kann. Nun gut, so denke ich mir, immerhin ein homosexueller Künstler sucht noch meine Nähe. „Du wirkst rastlos, liebste Lotte, das ist nicht gesund. Außerdem sind deine Gesichtszüge verbissen. Entspann dich, alles läuft doch bestens", fügt Anton Wall nach. Ja, so kenne ich den Künstler, immer geradeaus und immer eine Spur schneller als meine Gedanken arbeiten. „Gefällt dir der Abend nicht? Oder liegt es an deiner Freundin? Sie scheint gefallen an Johann zu finden." Anton Wall fängt an mich zu nerven. „Ich gehe dann mal und sehe nach den anderen Leuten", versuche ich, mich ihm zu entziehen. Weit gefehlt! Anton Wall zieht mich mit nach draußen, dorthin zurück, wo ich gerade erst mit Vincenz stand.

„Lotte, ich bin in den letzten Tagen zu dem Entschluss gekommen, du bist ein sehr wertvoller Mensch. Wirklich, Lotte, manchmal müssen die Männer zweimal hinsehen, um deine wahren und inneren Werte zu sehen." Mein Magen fängt an zu rebellieren. „Willst du mir damit sagen, ich bin nicht so einfach an den Mann zu bringen?" Meine Stimme ist laut, Anton legt seinen Zeigefinger auf meinen Mund. „Kein Aufsehen, Prinzessin. Wer krampfhaft einen Partner sucht, bleibt immer alleine. Alles wird so kommen, wie es sein soll." Anton macht eine Pause und zieht seine Stirn kraus. Er scheint angestrengt nachzudenken. „Dass Vincenz in dein Leben gekommen ist, ich empfinde es als Glück für dich. Dieser Mann wird dein Leben positiv verändern und wenn du ein kluges Mädchen bist, dann lerne von ihm. Euer Café darf nicht schließen, schau dich doch nur mal um. Die Menschen fühlen sich wohl in diesen Räumlichkeiten. Eure Kuchen sind grandios, was sage ich, sie sind das Köstlichste, was mir bisher zwischen die Zähne kam." Anton fängt an zu lachen, leise aber es wirkt ansteckend auf mich. Wenn ich es richtig bedenke, Anton hat Recht. Ich bin jetzt nicht mehr ganz alleine. Vincenz nimmt sich meiner Sorgen um das Café an. Er will mir zeigen, wie wir kaufmännisch richtig und erfolgreich durchstarten können. „Die Liebe will ich trotzdem nicht ganz aufgeben", mehr trotzig stoße ich diese Worte aus. Die anschließende Umarmung von Anton Wall ist mir zunächst befremdend, dann aber fange ich an, sie zu genießen. „Und mich hast du als Freund auch gewonnen."

Beim neuerlichen Betreten des Cafés stoße ich mit Ina zusammen. Sie sieht mich verstohlen an. Hinter ihr entdecke ich Johann. Allem Anschein nach möchten die zwei das Lokal verlassen. „Ich bin in wenigen Minuten zurück und helfe wieder", Ina eilt an mir vorbei. Johann versucht nicht einmal, sich zu entschuldigen und sein Verhalten zu erklären. Habe ich mir alles nur eingebildet? Oder darf ich mich bei Hermann Josef bedanken? Sein Auftritt bei der Vernissage auf dem Schiff hat Johann wahrscheinlich nicht verkraftet. Meine Vorliebe zu Kontaktanzeigen hat er mir nie verziehen, das ist mir jetzt bewusst. Ich blicke den beiden nach. Um mich herum wird noch immer laut geredet und über die ausgestellten Gemälde diskutiert. Unsere neue Aushilfe eilt mit Tabletts, die mit Getränken vollgefüllt sind, an mir vorbei. „Ihre Freundin sitzt in der Küche und heult", flüstert sie mir zu. Karin! Ich habe sie völlig vergessen. Rasch eile ich in die Küche. Der Anblick, den Karin mir bietet, ist erschütternd. Sie sitzt zusammengekauert auf der Eckbank und schnäuzt ihre Nase, die Augen sind rot verheult. „Ich dachte, es sei der richtige Zeitpunkt, Hermann Josef von der Schwangerschaft zu erzählen", sie schnäuzt erneut. „Er ist richtig ausgerastet und hat böse Worte für mich gefunden, die ich nicht wiederholen möchte."

Hermann Josef, so meine Gedanken, er hat es erneut geschafft, alles zu zerstören, nur war dieses Mal nicht ich die Zielscheibe.

Ina

Wahnsinn, das Leben hat mich wieder umarmt und ich bin wieder richtig glücklich. Johann zu begegnen, ist das Beste, das mir passieren konnte. Seine Mutter ist auch reizend. Er findet es so passend, dass ich bei einem Notar gearbeitet habe, wo er doch selbst Notar ist. Wir haben uns grandios unterhalten. Natürlich habe ich auch von meinem Sohn, von Wolfi, berichtet. Alles verlief traumhaft gut für mich. Viel zu gut? Nein, ich war lange genug die Pessimistin. Es ist an der Zeit, einmal nach vorne zu schauen und zwar positiv. Wieso soll sich das Blatt für mich nicht zum Guten wenden? Mit meinem ersten Mann hatte ich viele gute Jahre, zumindest die ersten. Ob ich zu weit denke? Johann kenne ich erst seit wenigen Stunden und schon sehe ich in ihm meinen neuen Lebenspartner. Ob ich mal wieder zu voreilig bin? Dieses Verhalten passt mehr zu Lotte. Mit gemischten Gefühlen muss ich an die Freundin denken. Noch vor dem Einschlafen nehme ich mir ganz fest vor, die Freundin zeitnah aufzusuchen, um mit ihr zu reden.

Johanns Mutter hat mich für morgen zum Frühstück eingeladen. Ob ich Lotte auch antreffen werde? Sie hat mir vor Tagen von der Einladung erzählt, sie war ganz aufgeregt und hat sich auf das Wiedersehen mit Johann gefreut, sich irgendwie auch Hoffnungen gemacht. Mein schlechtes Gewissen kommt zum Vorschein. Dann aber denke ich mir, eigentlich kann ich mir nicht vorstellen, dass Lotte wirklich Gefallen an Johann gefunden hat oder er an ihr. Er ist so ganz anders als sie. Johann plant gerne, das hat er mir gleich erzählt. Ich habe darauf nur gelächelt. Seine Frage, ob ich das albern finden würde, konnte ich schnell aufklären. Nein, ich finde es gut, seine Tage zu planen. Mir sind spontane Besuche und Ausflüge immer schon ein Greul gewesen. Wie schön, dass es Johann genauso geht.

„Bringen Sie doch zum Frühstück Ihren Sohn mit!" Johanns Mutter sagte mir, sie möchte mit ihm spazieren gehen. Sie habe sich immer ein Enkelkind gewünscht. Wie schön es für mich war, diese Worte zu hören. Wieder meldet sich in meinem Kopf der Bereich, der für die pessimistischen Einwände zuständig ist. Ob alles zu gut läuft? Im Bett denke ich immer noch an Johann. Er hat mir von seiner Zeit erzählt, als er in Berlin in einer großen Kanzlei tätig war. Ich könnte diesem Mann stundenlang zuhören. Seit Jahren habe ich das nicht mehr erleben dürfen. Als ich ihn in das Café kommen sah, sogleich fand ich diesen Mann anziehend. Er hat mich bewegt, ich musste ihn beobachten. Zunächst war ich enttäuscht zu hören, er ist der Mann auf den Lotte gewartet hat, mit dem sie verabredet war. Zuvor war ihr neuer Bekannter Vincenz gekommen. Ein sehr netter Mann, was ich Lotte auch sogleich gesagt habe. Den beiden habe ich Kaffee gebracht und dafür gesorgt, dass sie in Ruhe reden konnten. Unsere Finanzunterlagen habe ich auch rausgerückt. Vincenz kann uns hoffentlich helfen. Ich möchte das Café sehr gerne behalten. Die ganze Aufregung der letzten Wochen, mein ständiges Jammern, ich sei überfordert, alles scheint vergessen. Nein, jetzt freue ich mich auf meine nächste Schicht und spüre in mir eine ungeahnte Kraft.

In Gedanken, lasse ich den Abend noch einmal im Detail Revue passieren.

Johann kam geradewegs zu mir, kaum, dass er das Café betreten hatte. Er erkundigte sich nach Lotte, nannte mir im Anschluss seinen Namen. In diesem Moment wusste ich schon, wer er ist, wollte es aber verdrängen. Für mich war mit seinem

Erscheinen alles auf den Kopf gestellt. Es gibt sie, die Liebe auf den ersten Blick, davon bin ich überzeugt. „Vielleicht kann ich Ihnen zunächst die Gemälde zeigen? Lotte ist noch in einer Unterhaltung", zog ich ihn mit. Rasch kamen wir ins Gespräch, konnten über die gleichen Dinge lachen. Ein Gemälde von Anton Wall hatte es uns besonders angetan. Der Künstler hat das Gemälde ‚Die Einheit‘ genannt. Wie gebannt standen wir davor, ließen das Gemälde auf uns wirken, achteten nicht auf die Menschen, die um uns herumstanden. Das Café füllte sich zu diesem Zeitpunkt rasch. Meine Aushilfe kam, brachte uns Getränke und bot meine selbstgebackenen Köstlichkeiten an. Johann war hin und weg, ihm schmeckte es sehr gut. „Die hat meine Chefin alle selbst gebacken", warf meine Aushilfe mir verschwörerisch einen Blick zu und eilte dann zu den nächsten Gästen. Johann erkundigte sich anschließend nach meinen Hobbys, später nach meiner Ausbildung, zwischendurch erzählte er von sich. Meine Gäste habe ich zu diesem Zeitpunkt vernachlässigt. Alle Bedenken, über die neue Aushilfe, die ich bis zu diesem Tag in meinem Kopf hatte, sie sind jetzt weg. Unterbrochen wurden Johann und ich von seiner Mutter. Sie stand unvermittelt hinter uns, als wir gerade das Gemälde interpretierten. „Sehr schön! Diese Einigkeit bei der Auslegung des Gemäldes, fantastisch. Wenn ich mich vorstellen darf, ich bin Johanns Mutter, Rosalinde."

Die Frau hat mir gleich gefallen. Ihr Lachen war so natürlich und herzlich, auch das, was sie sagte, alles war positiv und wirkte nicht gestellt. In dieser Situation war ich so zufrieden und glücklich, dass ich Lotte komplett vergessen hatte. Als ich die Freundin per Zufall im Augenwinkel entdeckte, wurde mir jedoch schlagartig bewusst, ich muss Johann und seine Mutter zu ihr an den Tisch bringen. „Sie wollten zu Lotte", zog ich die beiden mit. „Aber vielleicht interessiert sie zunächst, ein paar Einblicke hinter die Fassade unseres Cafés zu erlangen?"

Unvermittelt kam mir diese Idee. Jetzt ist mir auch bewusst, es war nicht fair von mir, zunächst noch den Vorschlag zu machen, Johann und seiner Mutter unsere Kühlräume für die Kuchen zu zeigen. Die kleine Führung mit ausführlichen Gesprächen, zunächst rund um die Kuchen, später über private Dinge, nahm noch mal gut 20 Minuten in Anspruch.

„Johann! Ich habe schon geglaubt, wir sehen uns nicht mehr. Gab es Probleme, unser Café zu finden?" Lotte sah mich bissig an, nachdem ich Johann und Rosalinde an ihren Stehtisch brachte. Die Mutter von Johann bestand darauf, dass ich noch mit an den Tisch komme. Glücklicherweise konnte ich ihr aber glaubhaft erklären, dass ich unserer Aushilfe zur Hand gehen muss. Rasch habe ich mich vom Tisch entfernt. In der nächsten Stunde fiel mein Augenmerk immer wieder auf die kleine Gruppe rund um den Tisch. Lotte, so konnte ich sehen, unterhielt sich mit Johann. Er wirkte jedoch desinteressiert, blickte auch immer wieder zu mir. Verlegen lächelte ich ihn an, immer in der Angst, Lotte würde etwas merken. Als plötzlich die Mutter von Johann neben mir stand, wäre mir beinahe das Tablett aus den Händen gefallen. Unsere kurze Unterhaltung wurde später von Johann unterbrochen. „Auf ein Wort, Ina." Er zog mich mit in einen anderen Raum unseres Cafés. „Bist du nicht mit Lotte verabredet?" Mir ließ der Gedanke keine Ruhe. Johann sah mir lange in meine Augen, dann nahm er meine Hände. „Lotte ist mit Vincenz im Gespräch. Er scheint ein väterliches Interesse an ihr zu haben." Johanns Augen blinzelten, mir gefiel, was ich sah. Lotte war mit einem Mal so weit weg und wir redeten und lachten, ohne auf die Menschen um uns herum zu achten.

Ich muss ständig an diese Stunden denken, finde keine Ruhe zum Einschlafen. Das Licht habe ich gelöscht in der

Hoffnung, jetzt noch etwas Schlaf zu finden, um morgen fit auszusehen, wenn ich Johann erneut begegnen darf. Auch er hat mich gebeten, die Einladung seiner Mutter anzunehmen. Was mit Lotte ist, ich habe meine Frage für mich behalten. Meine Angst, durch Lotte einen Keil zwischen unsere gerade aufkeimende Harmonie zu bringen, war zu groß.

Als mein Handy piept, erschrecke ich zunächst. Ein Blick auf meine Uhr zeigt, es ist ein Uhr in der Nacht. Ich hege schon die Sorge, Lotte habe mir geschrieben, was zu meiner Freude nicht der Fall ist. Eine Nachricht von Johann ist eingegangen. Aufgeregt öffne ich die WhatsApp.

„Mir ist, liebste Ina, als sei ich in den letzten Jahren immer nur im Kreis gelaufen. Die Begegnung mit dir, die angeregte Unterhaltung, deine Art, dich zu bewegen, alles hat mir gezeigt, wie schön das Leben sein kann und dass ich ab heute wieder einen Weg gefunden habe, der geradeaus ins Glück zu weisen scheint! Dein Johann"

Aufgedreht wie ein Teenager umklammere ich mein Handy, küsse das Display und spüre, wie gut mir dieser Mann tut. Wie schön Liebe sein kann. Noch bevor mein Wecker am nächsten Morgen seinen Zweck erfüllt, werde ich wach. Meine Aufregung zu dem Frühstück nicht pünktlich zu erscheinen, ist groß. Zum Glück habe ich schon gestern Abend, als ich zu Hause angekommen war, das Thema Garderobe für mich geklärt. Wolfi hole ich bei meinen Eltern ab, die gleich bemerken, dass ihre Tochter verändert wirkt.

„Hast du einen Mann kennengelernt?", will meine Mutter wissen. Ich grinse und betone, es eilig zu haben, was meine Eltern kommentarlos hinnehmen. Meine Mutter begleitet Wolfi und mich noch bis zu meinem Auto. „Du siehst glücklich aus, Ina!", lässt sie mich nach einer Umarmung losfahren.

Mit meinem Sohn und einem kleinen Blumenstrauß, den ich unterwegs noch besorgt habe, stehe ich pünktlich um 10 Uhr vor Johanns Mutter, die mir euphorisch die Tür geöffnet hat. Wolfi wechselt von meinem Arm zu ihr. „Ist der Kleine süß", erscheint auch Johann hinter seiner Mutter. Von Lotte ist nichts zu sehen. Mein Blick huscht über den gedeckten Esstisch, es sind nur drei Gedeckte aufgelegt, also scheint Lotte nicht zu kommen. Kurz nagt das schlechte Gewissen an mir, dann jedoch lasse ich diese Gedanken fallen und fange an, mich zu entspannen. Nur eine Tasse Kaffee trinkt Johanns Mutter mit uns, dann geht sie mit Wolfi spazieren. Was ich erlebe, ist wie in einem Märchen. Johann entpuppt sich auch jetzt als charmanter Mann. Seinen Worten folge ich noch genauso gerne wie am gestrigen Abend. Immer wieder lachen wir beide. Ich fühle mich wie ein Teenager bei seinem ersten Date. Das eigentliche Frühstück wird für uns zur Nebensache. Vor lauter Aufregung knabbere ich nur so nebenbei an einem halben Brötchen. Johann, so kann ich sehen, ist auch aufgeregt.

Vincenz

Als Lotte auch um zehn nach zehn noch nicht erschienen ist, werde ich unruhig und mache mir Sorgen um sie. Viertel nach zehn lasse ich den Kellner meine Tasse mit Kaffee füllen und angele mir ein Brötchen aus dem Korb. Meinen Frühstückstisch habe ich reichlich eindecken lassen. Traurig frage ich nach einer Tageszeitung zur Ablenkung, als ich Lotte über den Rand meiner Tasse erblicke. Sie sieht blass aus.

„Ich habe nicht viel geschlafen", gibt sie mir gleich Auskunft. „Danke für deine Einladung."

Meine Freude sie zu sehen, ist wahrhaft groß. „Wie lange bist du gestern noch im Café geblieben?" Mein Versuch, ein lockeres Gespräch zu starten, ist nicht so einfach. Lotte, lehnt sich zurück und hält inne. „Ich bin erst gegen halb drei am Morgen nach Hause gekommen. Zum einen musste ich noch der Aushilfe beim Aufräumen helfen, da Ina ja plötzlich verschwunden war. Außerdem habe ich mich um Karin gekümmert, die sichtlich aufgelöst war nach dem Streit mit Hermann Josef." Nach den Worten von Lotte wird mir bewusst, die Situation hat sich schneller zugespitzt als ich erwartet habe. Liegt es an meinem Alter? Früher haben sich die jungen Leute mehr Zeit gelassen und über eine Trennung zumindest einige Nächte geschlafen. Über meine Gedanken schmiere ich Butter auf mein Brötchen, lege Schinken obenauf. „Ich werde noch einmal ein Gespräch mit Hermann Josef suchen. Es ist lieb von dir, dass du dich um Karin kümmerst. Wie geht es dir?" Von Lotte höre ich, sie knabbert noch an dem gestrigen Abend und dem Erlebnis mit Ina und Johann. „Das war nicht fair von Ina." Lotte greift nach ihren Worten zum Brötchenkorb. Ich warte und beobachte, wie sie sich ihr Brötchen mit Marmelade bestreicht. Erst, nachdem Lotte zwei Bissen im Mund hat, nehme ich das Gespräch wieder auf.

„Johann passt nicht zu dir, Lotte. Ich möchte auch noch einmal betonen, du hast die Kontaktanzeige verfasst und alles eingefädelt." Lotte reagiert aufgebracht, greift nach ihrer Tasche. Ich glaube, sie möchte einfach weglaufen. Ich kann sie beruhigen und bin erleichtert, als sie ihre Tasche wieder neben sich abstellt und an ihrem Kaffee nippt. Die nächsten Minuten sprechen wir über so belanglose Themen wie das Wetter, den Geschmack der Marmelade, die Kleidung der Bedienung und dem Auftreten des Kellners. Mir liegt daran, Lotte Gelegenheit zu geben, sich innerlich wieder zu fassen.

„Vincenz", Lotte sieht mich mit einem Male fordernd an. „Ich habe nur versucht, für Ina einen Mann zu finden, aber ich wollte nicht, dass sie Johann näherkommt. Alles, wirklich alles ist schiefgelaufen. Und wieso reagiert Johann plötzlich auf Kontaktanzeigen? Hat er nicht zuvor an mir und meiner Angewohnheit, auf diesem Weg einen Partner zu finden, gezweifelt? Mich sogar für mein Verhalten verurteilt? Kannst du mir sein Verhalten erklären?"

Ja, so meine Gedanken, das kann ich, aber ich möchte es nicht. „Jetzt ist es doch auch egal, Lotte. Hinterfragen musst du das Verhalten von Johann nicht mehr. Er hat sich verliebt und deiner Freundin geht es genauso. Somit ist dein Versuch, Ina glücklich zu machen, gelungen. Du kannst zufrieden sein." Wie erwartet blickt Lotte mich skeptisch an. Ich sehe, wie sie ein weiteres Brötchen aus dem Korb nimmt. „Gut, dann bemühe ich mich zu akzeptieren, dass Johann sich in meine Freundin Ina verliebt hat. Ihr Verhalten muss ich aber nicht für gutheißen? Ina hat gewusst, dass wir verabredet waren. Du willst jetzt nicht von mir verlangen, heilig zu werden und jedem sein Fehlverhalten durchgehen zu lassen."

Auf Lottes Worte muss ich lachen. Zu meiner Freude kaut sie unentwegt auf ihrem Brötchen weiter und nimmt meine kleine Einlage sportlich. Ich erfahre von Lotte, dass Karin letzte Nacht noch lange mit Lotte geredet und dann bei ihr im Haus übernachtet hat. Meinen Neffen, so meine Überlegung, muss ich unbedingt aufsuchen und mit ihm sprechen. Sein Benehmen schockiert mich und zeigt mir, dass er noch immer kein erwachsenes Verhalten an den Tag legt. Ich stöhne leise, was Lotte sogleich erschrickt.

„Geht es dir nicht gut, Vincenz?" Ich beziehe Lotte in meine Gedanken mit ein. „Das klingt gut. Ich habe auch schon überlegt, ihn aufzusuchen, jedoch legt er auf meine Anwesenheit und meinen Rat sicherlich keinen Wert."

Ich sehe, wie traurig Lotte noch immer ist und bemühe mich, das Thema zu wechseln. Ich berichte daher Lotte, bereits einen ersten Blick in die schriftlichen Unterlagen des Cafés geworfen zu haben. „Mit eurem Vermieter werde ich ein Treffen vereinbaren, soweit Ina und du mir die Erlaubnis geben. Mir kommt eure Miete zu hoch vor. Natürlich müsst ihr auch im Gegenzug die Preise anheben. Es ist vom Grunde her ganz leicht, euren Gewinn etwas zu steigern. Lass mir ein paar Tage Zeit, dann reden wir wieder. Was ich unbedingt brauche, ist eine Karte von euch, auf der alle Angebote mit Preisen draufstehen." Lotte sagt mir zu, alles schon am Nachmittag im Hotel abzugeben. „Ich bin dir wirklich dankbar, lieber Vincenz, dass du uns hilfst. Trotzdem sehe ich die Zukunft als ungewiss an. Jetzt, da sich Ina mit Johann trifft." An dieser Stelle unterbreche ich Lotte. „Keine Wiederholungen mehr. Schau nur noch nach vorne, Lotte. Wenn Ina mit Johann glücklich werden sollte, dann ist es Schicksal. Wir kümmern uns jetzt um das Café und um deine Freundin Karin. Außerdem möchte ich mehr über deine Tätigkeit als Autorin erfahren."

Zunächst ist Lotte zögerlich. Meine Bitte, einige ihrer Kolumnen zu lesen, stimmt sie unruhig. Erst auf mein Drängen gibt sie nach. „Ich lege dir am Nachmittag einige Kopien zu den Unterlagen des Cafés." Dann blickt Lotte auf ihre Uhr und verabschiedet sich, was mir leidtut. Sie muss zu ihrer Schicht in das Café. „Ina hat sich für heute abgemeldet", diesen Kommentar kann sie sich nicht verkneifen.

Franz

Heute hat die Ungeduld Überhand gewonnen und ich habe eine erneute Nachricht an Lotte geschrieben.

Liebe Lotte,

ich kann nicht aufhören, dir zu schreiben und an dich zu denken. Wenn es für dich auch gerade nicht in Frage kommt, mir gänzlich zu verzeihen, mit mir wieder eine neue Beziehung anzufangen, so bitte ich dich doch, lass uns in Kontakt bleiben. Darf ich dich einmal zum Abendessen einladen? Wir können einfach nur reden und einen schönen Abend zusammen verbringen. Ich hoffe immer noch auf eine Antwort von dir. Muss ich mich ängstigen? Gibt es einen neuen Mann an deiner Seite?
In Erinnerung an eine gute Zeit mit dir, dein Franz

Zu meiner großen Freude kommt schon Minuten später eine SMS zurück. Lotte hat dieses Mal auf meine Nachricht geantwortet!

Hallo Franz,

ich bin verwundert, wie hartnäckig du sein kannst. Deine Einladung zu einem Abendessen werde ich annehmen. Bitte lass mir aber noch etwas Zeit. Im Augenblick bin ich durcheinander, das Leben hat mir einmal mehr gezeigt, wie schwierig es sein kann. Deine Frage, ob ich einen neuen Mann an meiner Seite habe, finde ich für eine SMS nicht passend. Aber ich verrate dir, es gibt zumindest einen Menschen, dem ich meine innersten Gefühle anvertrauen kann, der sich wie ein Vater verhält.

Bis bald, Lotte

So ganz zufrieden hat mich Lottes Antwort nicht gestimmt. Jedoch bin ich happy, weil sie geantwortet hat. Lange genug sind meine Bemühungen, mich ihr wieder zu nähern, komplett fruchtlos geblieben. Wer dieser ominöse väterliche Freund sein mag, diese Frage beschäftigt mich. Vielleicht, so meine Überlegung, sollte ich mit einer von Lottes Freundinnen in Kontakt kommen. Wenigstens scheint der Mann keine Konkurrenz für mich zu sein. In mir ist auch schon die Idee gewachsen, Lottes Mutter im Altersheim aufzusuchen. Von diesem Vorhaben habe ich aber doch Abstand genommen, zu gut habe ich noch die kurze Begegnung mit der Frau in Erinnerung. Sie kann sehr hart sein und ich weiß nach diesem Treffen auch, wieso Lotte nach jedem Besuch bei ihrer Mutter so aufgewühlt ist.

Selbst meine Kumpels haben eine Veränderung an mir bemerkt. Endlich würde ich doch noch erwachsen werden und mich meinen Gefühlen stellen, so ihre Worte beim gestrigen Treffen. Die meisten meiner Kumpels sind verheiratet. Wieso ich immer so eine Angst vor Nähe habe, keine Ahnung. Hätte Lotte zum Ende unserer Beziehung nicht so geklammert, wir wären noch heute zusammen. Zugeben muss ich aber, ich war sehr egoistisch und es hat mir gutgetan, in meine Schranken gewiesen zu werden. Erst durch die lange Zeit ohne Lotte ist mir bewusstgeworden, wie sehr ich diese Frau noch immer liebe und vermisse. Für Lotte bin ich bereit, mich und mein Verhalten zu ändern, so, wie sie damals auch versucht hat, alles für mich zu tun. Meine Augen waren so blind. Heute schäme ich mich dafür, wie egoistisch ich war.

Petra

Der gestrige Abend war schon außergewöhnlich, in vielerlei Hinsicht. Dass so viele Menschen zu der Vernissage kommen würden, das habe ich niemals geglaubt. Anton Wall schien auch sehr glücklich zu sein. Einige Gemälde, so durfte ich sehen, hatten am Ende des Abends einen roten Punkt, waren also verkauft. Gespannt war ich auf Lottes neue Bekanntschaften. Zunächst durfte ich Vincenz kennenlernen, der so ganz anders ist als ich es mir in meiner Fantasie ausgemalt habe, trotz der Fotos, die ich im Internet zuvor sehen durfte. Gemeinsam mit meinem Freund Marc bin ich zu Lotte an den Tisch gegangen und wir wurden vorgestellt. Marc und Vincenz haben sich prächtig unterhalten. Vincenz ist ein aufmerksamer Mensch, gebildet und belesen. Mit ihm kann man sich stundenlang unterhalten, ohne dass es langweilig wird. Dieser Mann hat zu jedem Thema etwas zu sagen. Auf der Heimfahrt hat sich Marc noch gewundert, warum Vincenz so großen Gefallen an Lotte findet. „Er passt nicht zu Lotte. Sie ist im Verhältnis zu Vincenz so ungebildet und naiv", an dieser Stelle habe ich Marc gebremst. „Mich freut es zu sehen, dass Lotte in Vincenz einen väterlichen Freund gefunden hat, der ihr guttut. Sie hat wirklich eine turbulente Zeit hinter sich und aus diesem Grund etwas Ruhe und einen ausgeglichenen Menschen an ihrer Seite verdient." Marc hat zunächst nichts gesagt auf meine Worte.

„Auch zu Johann hat Lotte nicht wirklich gepasst. Die zwei wären ein komisches Paar geworden mit einem geringen Haltbarkeitsdatum", warf er wenig später ein. Durch Johann fanden wir den Bogen zu Ina. Wir sprachen anschließend, für meinen Geschmack viel zu lange, über Ina und ihre Beziehung zu Johann. „Sie scheint sich verknallt zu haben", hörte ich Marc sagen.

„Ist das ein Problem für dich? Sie ist deine Ex? Vielleicht denkst du ja jetzt, es war ein Fehler, dich für mich von Ina zu trennen?“ Meine Stimme, das gebe ich nun zu, war hoch. Ich war innerlich unausgeglichen. Außerdem war ich den Tränen nahe. Mich ärgerte es, dass Marc und ich stritten.

„Nicht eine Minute möchte ich mehr auf dich verzichten, Petra“, Marc hielt den Wagen kurz an, um mich zu küssen. „Mir liegt aber am Herzen, dass auch Ina ihren Weg findet. Für unseren Sohn ist es wichtig, in einer guten Umgebung aufzuwachsen. Alles dürfte leichter werden, wenn auch Ina ihren Weg gefunden hat.“

Da musste ich Marc Recht geben. Hoffentlich hält diese Beziehung länger als … Ich unterbrach meine Gedanken. Ina sollte nicht abendfüllend in meinem Kopf sein, so mein Entschluss. Zu meiner eigenen Freude konnte ich auch daran festhalten. Mit Marc hatte ich noch einen wundervollen gemeinsamen Abschluss des Abends in unserem Bett gefunden. Der Mann liebt mich wirklich, war mein letzter Gedanke vor dem Einschlafen.

Heute Morgen beim Frühstück kam eine kurze Nachricht von Karin. Sie hat bei Lotte übernachtet. Mich hatte schon gewundert, warum ich sie plötzlich nicht mehr gesehen hatte, gestern am Abend. Karin schreibt, Lotte und auch sie wären am Abend sehr durcheinander gewesen. Sie haben sich in der Küche des Cafés verkrochen und lange geredet, bis die letzten Gäste gegangen waren und sie endlich zu Lotte nach Hause fahren konnten. Lotte war sehr aufgewühlt wegen Ina und Johann, wie ich aus der Nachricht erfahren durfte. Für 14 Uhr habe ich mein Kommen in Lottes Haus zugesagt. Von Karin kommt der Vorschlag, dass wir uns im Café treffen. Lotte, so erfahre ich, hat Dienst im Café. Einen Augenblick zweifle ich, habe keine Lust, im Café schon wieder auf Ina zu treffen. Dann aber gebe ich mir einen Ruck und schreibe Karin, dass ich kommen werde. Karin, das wunderte mich zunächst, hatte nicht wirklich viel von sich und ihrem Befinden geschrieben. Das jedoch ist typisch für die Freundin. Bei mir hält sie gerne mit ihren eigenen Empfindungen hinter dem Berg. Trotzdem weiß ich, Karin geht es im Moment nicht gut. Vielleicht bekomme ich am Nachmittag eine Gelegenheit, ihr im Gespräch näherzukommen.

Hermann Josef von Breggele

Nie war die Rede von einem Kind. Mein Leben habe ich gerade erst wieder geordnet und angefangen zu leben, da möchte ich keine Vaterrolle einnehmen. Wieso hat Karin nicht verhütet? Diese Frage fand sie irrwitzig. „Du hättest auch an die Verhütung denken können", warf sie mir gestern an den Kopf. Peinlich war ihr Verhalten. Mein Onkel Vincenz hat natürlich auch alles mitbekommen. Seinen Anruf vor einer halben Stunde mit dem Hinweis, er möchte mich sprechen, hatte ich schon gestern am Abend erwartet. In den letzten Wochen habe ich schon gespürt, mein Leben ist festgefahren. Im Notariat ist alles in Monotonie, besonders seit Johann mit an Bord ist. Lydia Lowere, so mein nächster Gedanke. Unsere Verbindung war verrückt, sie war verboten und trotzdem war die Zeit mit ihr die Beste meines Lebens. Mir hat gefallen, wie sie sich gegeben hat. Ihre Erscheinung in der Öffentlichkeit war atemberaubend. Wo Lydia Lowere erschien, hielten die Menschen die Luft an. Sie war geachtet und gleichzeitig lieferte sie immer wieder Munition für neuen Tratsch. Die Klatschzeitungen waren regelmäßig mit ihr gefüllt. Schade, dass Lydia nicht mehr lebt. Mir wäre auch die Begegnung mit Lotte erspart geblieben. Mein Onkel will mich knebeln, mir seine Art zu leben aufzwingen. Ich bin nun einmal anders. Meine innersten Wünsche sehe ich noch nicht als erfüllt an. Mein Leben, so mein Wunsch, soll noch viele Überraschungen bereithalten. Nicht vorgesehen ist dabei für mich, auf einem Spielplatz mit den lieben Kleinen zu sitzen und mich mit anderen Vätern auszutauschen, über Windpocken und andere Kinderkrankheiten. Mein Wunsch ist es, noch einmal neu anzufangen, weit weg von hier. Mir fällt der Artikel ein, den ich letzte Woche mit großem Interesse gelesen habe. In Dresden wird ein Notar gesucht. Mit meinem Abschluss kann ich überall anfangen. Ich war einer der Jahrgangsbesten.

Ein Blick auf meine Uhr zeigt, bis zu dem Gespräch mit meinem Onkel ist noch Zeit, nach diesem Artikel zu suchen.

„Dein Verhalten gestern, lieber Neffe, war unmöglich. Mir fallen noch ganz andere Worte ein aber die möchte ich nicht aussprechen. So kann es nicht weitergehen", mein Onkel Vincenz steht noch in der Tür und hält mir schon eine Standpauke. Ich bitte ihn trotzdem höflich herein, um mir anschließend weitere Belehrungen anhören zu müssen. „Verantwortung zu übernehmen, dazu gehört eine Portion Reife", da gebe ich Vincenz Recht.

„Dazu bin ich aber nicht bereit. Vincenz, ich bin nicht der Neffe, den du dir gewünscht hast. Kannst du mich nicht leben lassen, wie ich es möchte? Nicht alle Menschen sind so perfekt wie du." Zu meiner Freude hört Vincenz mir zu und ich spreche weiter. „Vom Grunde her kannst du doch stolz auf mich sein. Meinen Abschluss habe ich mit Prädikat gemacht. Beruflich kann ich glänzen und du könntest mir endlich Aufträge vermitteln. Darauf, lieber Onkel, warte ich schon sehr lange."

Vincenz hat nicht mit meinen Worten gerechnet. Er schweigt, denkt nach, was ich ihm ansehe. Um die Zeit zu überbrücken, koche ich uns einen Kaffee, das heißt ich bediene die Tasten meines Kaffeeautomaten.

„In diesem Punkt muss ich mir eingestehen, dich nicht wirklich eingebunden zu haben. Ab heute werde ich für neue Aufträge sorgen, meine Kontakte spielen lassen", mein Onkel schaut mich betroffen an. „Natürlich war ich über deinen grandiosen Abschluss stolz, habe bei meinen Freunden von meinem Neffen geschwärmt. Als dann aber in den Medien von deiner Verbindung mit Lydia Lowere zu lesen war, war ich entsetzt. Das hatte zwei Gründe", mein Onkel nippt an seinem Kaffee während ich schweige. „Mit Lydia war ich eine Weile befreundet. Nie war sie mir so nah wie meine verstorbene Frau, das muss ich betonen. Dennoch war ich schockiert, als ich erfuhr, sie trifft sich mit dir, meinem Neffen.“

Mir ist klar was Vincenz sagen möchte. „Du warst entsetzt. Das verstehe ich. Ich war noch so jung und Lydia eine reife attraktive Frau.“ Vincenz schüttelt seinen Kopf. „Das alleine war es nicht. Ich habe mich verletzt und benutzt gefühlt, ausgetauscht von Lydia gegen einen Jüngeren. Ohne mich hätte sie die Villa nie kaufen können. Lydia war aber, das muss ich zugeben, eine Bereicherung für mein Leben. Sie hat mich nie um etwas gebeten. Alles was sie von mir bekommen hatte, war freiwillig von mir auf sie übertragen worden. Zunächst dachte ich, wir beide, Lydia und ich, könnten zusammen alt werden. Jeder in seiner Villa. Wir gingen gemeinsam Essen, ins Theater.“

Die Stimme von Vincenz ist schwach geworden. So habe ich meinen Onkel nie kennengelernt, so verletzlich und offen in seinen Worten. Vincenz sieht mich an, er ist blass geworden. Ich stehe auf und öffne ein Fenster. Mir ist nicht entgangen, dass Vincenz den obersten Knopf seines Hemdes geöffnet hat. „Wie stellst du dir deine weitere Zukunft vor, lieber Neffe?“ Ich bin mir nicht sicher, ob mein Onkel wieder zur altgewohnten Kraft gefunden und mir jetzt doch noch weitere Vorwürfe machen möchte, oder ob er ernsthaft Interesse an mir findet. Ich schweige erst einmal. „Du zweifelst an mir? Gut, ich habe dich in den letzten Jahren hart rangenommen, oft Kritik an dir und deinem Handeln geübt. Jetzt aber will ich, dass wir offen reden und einen Weg finden, mit dem alle leben können.“

Ich kann vor lauter Anspannung nicht mehr länger auf meinem Stuhl sitzen und laufe durch das Zimmer. Gehe zum Fenster und schließe es wieder, ohne Worte darauf zu finden, was mein Onkel mir gerade gesagt hat. „Hermann Josef! Du machst mich ganz nervös. Muss ich mir auf meine alten Tage noch so ein Theater antun? Rede mit mir, Junge. Sag mir, was du planst. Und teile mir mit, wie du dich Karin und eurem zukünftigen Kind gegenüber verhalten wirst."

Wie ein nasser Sack lasse ich mich wieder in meinen Stuhl fallen. Vincenz hat ja Recht. Ich muss einen Weg finden. Einfach die ganze Angelegenheit aussitzen, wird in diesem Fall zu keiner Lösung führen. „Ich fühle mich noch nicht reif, um Vater zu werden. Das war auch niemals ein Thema für mich." Nach einer kurzen Pause füge ich nach: „Mit Lotte kam das Chaos in mein Leben." Ich habe eigentlich mit einer heftigen Gegenwehr meines Onkels auf meine Worte gerechnet. Seine neue Vaterliebe zu Lotte, die er gerade mit Vergnügen auslebt, lässt eigentlich keine Kritik an ihr zu. Ich wechsle rasch das Thema. „In Dresden wird ein Notar gesucht. Ich möchte weggehen von hier. Noch einmal neu anfangen, beruflich und auch privat."

Mein Onkel windet sich, meine Worte scheinen ihm nicht zu passen. „Du entziehst dich in meinen Augen deiner Verantwortung." Vincenz blickt mich an und ich erkenne in ihm einen alten Mann, der an Kraft verliert. Mich schaudert bei dem Gedanken, wie geliehen unser Leben und jedes Glück ist, wie zerbrechlich und schützenswert. In meine eigenen Gedanken hinein, höre ich meinen Onkel sagen: „Für Karin werde ich sorgen. Sie bekommt das Kind meines einzigen Neffen, ihr soll es gut gehen. Da ich keine eigenen Kinder mehr habe, lag mein Augenmerk in den letzten Jahren auf dir, Hermann Josef. Heute sehe ich ein, dir mit meinen Erwartungen, möglicherweise zu viel Last aufgetragen zu haben. Ich wollte dich so formen, wie ich gerne selbst gewesen wäre. Alle Voraussetzungen dafür bringst du mit." Mein Onkel steht mühsam auf, ich will ihm helfen aber er winkt ab. „Solltest du nach Dresden gehen, kaufe ich dir in der Stadt eine Wohnung oder ein Haus, das deinen Erwartungen entspricht. Mir bleibt vielleicht nicht mehr viel Zeit und mir liegt nicht daran, dich zu gängeln oder dir das Leben so schwer zu machen, dass du meiner Nähe entfliehst. Einen Wunsch aber habe ich an dich", Vincenz dreht sich langsam zu mir um, „Kümmere dich um Karin und euer Kind. Melde dich regelmäßig bei ihr und sei bemüht, als Vater für dein Kind da zu sein, wenn es älter ist und deine Nähe sucht."

Kaum, dass mein Onkel gegangen ist, setze ich mich an meinen Schreibtisch und versuche, meine Gedanken zu ordnen. Mein Onkel möchte Karin unterstützen, das ist sehr großzügig. Karin hat mein Herz erobert mit ihrem fröhlichen Naturell. Sie wird sicherlich eine liebevolle Mutter werden. An meiner Seite wünsche ich mir eine Frau, die nicht nur fröhlich, sondern auch sportlich und schlank ist. Eine Vorliebe zur Kunst sollte ebenfalls vorhanden sein. Dresden, so sinniere ich, dürfte die ideale Stadt für mich sein. Mein Kollege Johann kommt mir in den Kopf. Mit ihm werde ich gleich morgen reden und ihm von meinem Entschluss, hier wegzugehen, berichten. Zuvor muss ich mich bei Karin melden, in diesem Punkt gebe ich Vincenz Recht. Mein Verhalten am gestrigen Abend war keine Meisterleistung und für eine Frau wie Karin sicherlich verletzend.

Fünf Wochen später

Lotte

Meine heutige Schicht im Café war anstrengend aber auch sehr beglückend. Es tut so gut zu spüren, dass ich gebraucht werde. Die Leute, die unser Café besuchen, genießen die kleine Auszeit zum Alltag. Sie lieben nach wie vor unsere selbstgebackenen Kuchen und die verschiedenen Sorten an Tee und Kaffee, die wir im Angebot haben. Seit einer Woche haben wir eine neue Karte mit neuen Preisen. Auf Anraten von Vincenz haben wir die Preise angehoben und alles neu kalkuliert. Meine ersten Bedenken, die Gäste würden schimpfen, wenn sie die neuen Preise lesen, war weitestgehend unbegründet. Leid tut mir eine alte Dame, die jeden Freitag zu uns kommt, seitdem wir geöffnet haben. Jetzt, so hat sie mir gesagt, werde sie nicht mehr so regelmäßig zu uns kommen können. Ihre Rente würde das nicht ermöglichen. „Für Sie gibt es jeden Freitag ein Stück Kuchen gratis, nur das Getränk geht auf Ihre Kosten", habe ich der Frau gesagt. Ihr Lächeln, das ich anschließend sehen durfte, war Belohnung genug für mich.

Vincenz, dem ich davon gebeichtet habe, hat lieb reagiert. „Du hast zwar nicht wie eine richtige Kauffrau gehandelt, dafür aber wie ein liebevoller Mensch." Seine Worte haben mir gutgetan. Ich bin in den letzten Jahren auch mit wenig Geld ausgekommen, so meine Überlegung. Wenn wir es schaffen, mit den angehobenen Preisen und der neuen Mietpauschale, die wir auch Vincenz zu verdanken haben, zu überleben, bin ich zufrieden.

„Wir werden uns ab jetzt die Aushilfe und jedes Jahr einen Urlaub leisten können." Ina war ganz aufgedreht als Vincenz uns von der neuen Miete berichtet hat. „Wie hast du das nur hinbekommen?" Meine Frage wurde mit einem Lächeln beantwortet. Niemand in der Nachbarschaft bezahlt so wenig, habe ich zu Ina gesagt. Sie hatte nur abgewunken. Ina scheint gerade auf einem Glückstripp zu sein. So unbekümmert habe ich sie selten erlebt. Weniger schön finde ich die Tatsache, dass Johann sie regelmäßig im Café abholt, ich ihn also alle paar Tage sehen muss.

Dank Vincenz habe ich viel gelernt. Nicht nur, was das Berechnen von Preisen angeht. „Er hat nicht zu dir gepasst, glaube es mir.“ Diese Worte wollte ich zunächst nicht hören. Vincenz, so glaube ich, hat gerne die Fäden in der Hand. Vor drei Tagen kam er mit dem netten Italiener aus der Pizzeria von nebenan in unser Café und meinte, er wolle dem Nachbarn die Räumlichkeiten zeigen. So ganz habe ich ihm nicht geglaubt. Sein anschließender Wunsch, ihn am Abend zum Essen in die Pizzeria zu begleiten, war sicherlich auch schon lange geplant. Pepe, das gebe ich gerne zu, ist ein amüsanter Mensch. „Wie oft habe ich Lotte schon gesagt, ihr müsst die Preise anheben“, seine Worte fanden bei Vincenz natürlich offene Ohren.

„Pepe ist ein netter Mann.“ Kaum, dass wir an jenem Abend das Restaurant verlassen hatten, kamen diese Worte über Vincenz Lippen. „Du willst mich verkuppeln?“, fragte ich. Ein Lachen konnte ich nicht unterdrücken.

„Du bist für mich wie die Tochter, die ich viel zu früh verloren habe. Dein Wohl liegt mir am Herzen.“ An diesem Abend habe ich Vincenz von meiner Beziehung zu Franz erzählt.

„Er schreibt dir noch immer? Wieso nimmst du seine Einladung zu einem Abendessen nicht an?“ Plausibel konnte ich Vincenz dann erklären, dass ich Angst habe, nochmals von Franz enttäuscht zu werden, wenn ich mich erneut auf ihn einlasse. „Ich bin leider keine Frau, die Glück in der Liebe hat.“

Mein Versuch, zum Abschluss des Treffens lustig zu klingen, blieb erfolglos. Vincenz kann ich nichts vormachen.

Gestern stand Pepe mit einer Rose vor dem Café und holte mich nach meiner Schicht ab, um mich in sein Lokal zum Essen einzuladen. „Woher weißt du, wann ich Feierabend habe?" Meine Frage blieb unbeantwortet. „Wenn ich jetzt jede Woche zwei oder drei Mal zum Essen hierherkomme, werden meine Hüften niemals schlank." Pepe servierte mir die beste Pizza, die ich bis dato gegessen hatte. Es sei seine eigene Kreation, betonte er stolz. So ganz wollte ich ihm nicht glauben. Für mich war die Pizza geschmacklich grandios, die Zusammensetzung jedoch nicht neu. Da ich keine Spaßverderberin sein wollte, behielt ich diese Gedanken schön für mich. Gegen Mitternacht habe ich mich von meinem Italiener, wie ich ihn in Gedanken nenne, verabschiedet. Pepe ließ es sich nicht nehmen, mich bis zu meinem Auto zu begleiten. Die Umarmung zum Abschied war freundlich aber kurz, ganz Gentlemen hat er sich danach verabschiedet. Auf meiner Fahrt nach Hause kam ich ins Grübeln. Morgen, so mein Entschluss, muss ich Pepe sagen, er soll sich nicht in mich verlieben. Für mich ist er ein lieber Nachbar und ein Mensch, den ich mag, mehr leider nicht.

In meinem Haus brennt noch Licht, was mir sogleich auffällt als ich in meinen Carport fahre. Ob es Karin nicht gut geht? Eilig laufe ich zum Haus, schließe hektisch die Tür auf und stoße im Flur mit Karin zusammen. „Ich habe schon Angst gehabt, es geht dir nicht gut!" Meine Tasche lasse ich auf den Boden gleiten. „Ja, Mami und gleich bringst du mich ins Bett." Karin blickt mich säuerlich an, dann gibt sie mir einen freundschaftlichen Klapps. „Ich habe alles im Griff. Hermann Josef war bei mir. Hast du Lust, noch etwas mit mir zu reden?" Was für ein Abschluss dieses langen Tages, überlege ich. Karin aber sage ich, noch fit genug zu sein, um mit ihr zu reden, was Karin, nachdem wir es uns auf dem Sofa gemütlich gemacht haben, auch ausführlich tut. Ich höre ihr aufmerksam zu, ohne meine Freundin zu unterbrechen, obgleich ich nicht alles direkt verstehe. Karin ist sehr aufgeregt. Als meine Freundin endlich einmal nach Luft schnappt, nutze ich die Gelegenheit für Fragen. „Du sollst das Kind alleine großziehen? Hermann Josef hat vor, nach Dresden zu ziehen? Habe ich das alles richtig verstanden?" Bevor Karin mir antwortet, geht sie zu meinem Eisfach, holt eine Packung mit Eis heraus und kommt mit zwei Löffeln zu mir zurück. „Das muss jetzt sein", sie lacht, aber es wirkt verkrampft. „Hermann Josef hat nie von Kindern gesprochen, das ist die Wahrheit. Ich habe mit meinem Glück gespielt und verloren. So einfach ist das, Lotte."

Karin blinzele ich von der Seite an. So leicht kann die Erklärung für ihre ungewisse Zukunft als alleinerziehende Mutter auch nicht ausfallen. „Finanziell wird er dich aber unterstützen?" Karin kratzt den Rest vom Eis aus der Packung. Ich lasse ihr die Zeit, die sie jetzt benötigt. Um die ungewisse Stille zu überbrücken, koche ich für uns Tee. Die Zeit, als wir abends Sekt getrunken haben, muss jetzt vorbei sein, zumindest für Karin.

„Hermann Josef sagte mir, sein Onkel Vincenz würde alles regeln, was auch immer er damit meinte. Versprochen hat er mir, sich regelmäßig zu melden. Jedoch bleibt die Verantwortung letztendlich auf meinen Schultern liegen. Es wird nicht leicht und ich habe Angst, Lotte. Ich bin jetzt Anfang vierzig und werde plötzlich Mutter. Das ängstigt mich. Besonders vor dem Hintergrund, alles alleine meistern zu müssen. Wie soll ich das schaffen? Ganz alleine mit einem Kind zu leben, bedeutet doch, ich kann nicht arbeiten gehen." Karin wirkt verzweifelt. Wir reden noch eine Weile, trinken den Tee zusammen. Erst als mir die Augen sprichwörtlich zufallen, gehen wir schlafen. Ich fühle mich durcheinander, als ich endlich in meinem Bett

liege. Die vor wenigen Minuten noch bleischwere Müdigkeit
scheint verflogen. Mein Kopf läuft auf Hochtouren. Mit jedem Gedanken wird mir bewusster, was zu tun ist. Karin kann
ich nicht alleine lassen in dieser Situation. Das Leben, so mein
letzter Gedanke vor dem Schlaf, ist wie eine Achterbahn.

Ina

Ich könnte Luftsprünge machen vor Freude. Mein Leben ist so facettenreich geworden, seit ich Johann begegnet bin. Mit ihm kann ich wieder lachen und stundenlang reden. Wir haben so viele gemeinsame Ansichten und Vorlieben. Seine Mutter ist liebevoll zu mir, auch zu meinem Sohn. Inzwischen habe ich ihr auch meine Eltern vorgestellt. In den letzten Tagen hat sich wirklich Vieles in meinem täglichen Ablauf verändert. Johanns Mutter hat darum gebeten, einen festen Tag in der Woche auf Wolfi aufpassen zu dürfen und von Johann kam der Vorschlag, ich könne ihm in seinem Notariat helfen. Mein Zögern war mir zunächst unangenehm.

„Ich muss doch im Café arbeiten." Johann hat an diesem Tag keinen Druck auf mich ausgeübt. Das war sehr lieb und verständnisvoll von ihm. In den letzten Tagen habe ich Johann täglich in seinem Büro besucht. Hermann Josef, so durfte ich hören, will die Gegend und das Notariat verlassen. Gestern war die wichtigste Mitarbeiterin kurzfristig wegen einer Grippe ausgefallen. Ich bin für fünf Stunden eingesprungen und muss zugeben, diese Arbeit hat mir gefehlt. Mein Traum mit dem Café war wohl auch der Wunsch nach einem anderen Leben. Meine erste Trennung war so für mich leichter zu verarbeiten. Dankbar bin ich Lotte noch immer dafür, dass sie mir damals Geld für unser Projekt geliehen hat. Sie hat mir vertraut, das darf ich nie vergessen. Lotte! Mir ist bewusst, ich muss in den nächsten Tagen mit ihr reden, über Johann. So selbstverständlich, wie ich in den letzten Tagen und Wochen meine Schicht im Café übernommen und versucht habe locker zu wirken, war es nicht für mich. Eigentlich war alles nur gespielt. Johann machte mir den Vorschlag, dass er das Gespräch mit Lotte sucht, was ich aber abgelehnt habe. Lotte und ich kennen uns so lange und ich habe die Pflicht, mit Lotte ehrlich zu reden. Unter keinen Umständen möchte ich das Band, das all die Jahre zwischen uns hielt, zerbrechen lassen. Meine innere Veränderung und die Tatsache, dass ich mich ausgerechnet in Johann verliebt habe, dafür kann ich auch nichts. Lotte muss mich verstehen und lernen, damit zu leben, dass Johann mein neuer Partner und vielleicht zukünftiger Ehemann ist. Petra hat sich ihren Weg damals auch nicht ausreden lassen und kontinuierlich alles getan, um meinen ersten Mann zu bekommen. Heute, nach einem gewissen Abstand, kann ich Petra verstehen. Mir geht es mit Johann gerade ähnlich. Ihn möchte ich auch nicht mehr ziehen lassen. Johann wirkt auf mich beschwingend, aufmunternd und lebensbejahend. Ich fange wieder an, positiv zu denken und spüre, mir tut der Mann richtig gut. Die Liebe ist wirklich ein zartes Pflänzchen, das immer gehegt und gepflegt werden muss. Ich wundere mich über meine Gedanken. Vielleicht sehe ich heute Vieles anders, da ich etwas älter bin. Mit Zwanzig geht man lockerer an eine Beziehung und denkt nicht unweigerlich an Konsequenzen und an die Haltbarkeit der Liebe. Trotzdem muss ich so fair sein und mit Lotte sprechen. Ohne sie hätte ich Johann niemals getroffen, nie die Chance bekommen, mich in diesen Mann zu verlieben. Mein Handy ziehe ich automatisch hervor, tippe die Nummer von Lotte und höre aufgeregt, wie sie angewählt wird.

Karin

Heute war ich bei meiner Frauenärztin. Sie hat mir zu der Schwangerschaft gratuliert und mir die Angst genommen zu alt zu sein. Heutzutage sei eine späte Schwangerschaft nicht ungewöhnlich. Wenn ich alle Untersuchungen wahrnehme, bin ich auf der sicheren Seite. Beschwingt habe ich die Praxis verlassen. Der Katzenjammer kam mit leichter Verspätung. Ich stand an einer Ampel und Hermann Josef rauschte mit seinem Porsche an mir vorbei, ohne Notiz von mir zu nehmen. Sicherlich, so meine spontanen Gedanken, wird es leichter für mich sein, wenn er den Job in Dresden bekommt und ich ihn nicht immer wieder zufällig sehen muss. Ob mein Kind nach ihm kommen wird oder mehr nach mir? Bis jetzt ist noch ungewiss, ob ich ein Mädchen oder einen Jungen austrage. Die Ärztin sagt, ich müsse mich noch gedulden. Bei der nächsten oder übernächsten Untersuchung könne sie mir aber vielleicht schon das Geschlecht des Babys verraten.

Zurück in meiner Wohnung in Bad Ems fällt mir sprichwörtlich die Decke auf den Kopf. Meine Ärztin hat mich für zwei Wochen krankgeschrieben. Ich solle jetzt langsam machen, um der Gefahr einer Fehlgeburt zu entgehen. Nach dem dritten Monat wird es mir auch wieder besser gehen und meine Übelkeit werde ich dann auch überwunden haben. Zurzeit behalte ich wenig in meinem Magen. Meiner Figur sollte diese Tatsache nicht schaden. Nur jetzt, da ich ein Baby erwarte, brauche ich nicht mit einer Diät anzufangen, so meine Ärztin. Momentan wechseln sich Übelkeit und Heißhungerattacken ab. Meine Lust auf Gurken ist allerdings nicht angestiegen. Vielleicht ist dies nur ein Märchen, was meine Großmutter schon von ihrer Mutter erzählt bekam. Lottes Anruf holt mich aus den Gedanken. Ich bin froh, als ich ihre Nummer im

Display sehe. „Schön, dass du anrufst", trällere ich in mein Handy. „Stell dir vor, ich war bei meiner Frauenärztin. Sie hat mir schon die ersten Ultraschallbilder von dem Baby mitgegeben. Möchtest du sie sehen, Lotte?" Meiner Freundin lasse ich nicht wirklich Gelegenheit zu sprechen. Ein leises „Natürlich, ich freue mich", kommt als Antwort, das genügt mir, um Lotte mitzuteilen, ich sei in dreißig Minuten bei ihr. Gut gelaunt beende ich das Telefonat und fange an, ein paar Sachen in meine Tasche zu packen. Ich wünsche mir geradezu von Lotte gefragt zu werden, ob ich für zwei oder drei Tage bei ihr im Haus schlafen möchte. Für mich ist gerade alles neu. Jetzt muss ich die ganze Schwangerschaft alleine durchstehen, muss überlegen, wie ich später dem Kind und meinem Wunsch, wieder arbeiten zu gehen, gerecht werden kann, ohne mein Kind oder meine Bedürfnisse zu vernachlässigen. Männer sind wie ein Stück Sahnetorte, überlege ich beim Einsteigen in meinen Wagen. Zunächst verführerisch und lecker, später wie von Luft aufgelöst und nicht mehr sichtbar. Als Ergebnis der zarten Verführung landen ein paar Speckröllchen mehr auf den Hüften, in wenigen Fällen folgt die Aussicht auf neun Monate mit Übelkeit, dickem Bauch, Tagen, an denen man nah am Wasser gebaut ist, und wenn man wieder stabil ist, platzt die Fruchtblase und nach etlichen Stunden voller Schmerzen ist man Mutter.

Mein Radio mache ich an, um mich selbst von meinen trüben Gedanken zu befreien. Die Aussicht Lotte zu sehen, tut mir gut. Von Petra habe ich am Morgen eine WhatsApp erhalten. Sie hat sich lieb nach meinem Zustand erkundigt. Traurig stimmt mich, dass ich leider nichts mehr von Ina gehört habe. Seit ich sie bei der Vernissage gesehen habe, ist sie nicht erreichbar. Johann kommt mir in den Sinn. Mit Sicherheit ist er der Grund, warum Ina sich nicht mehr meldet oder blicken lässt. Als ich den Supermarkt auf meinem Weg zu Lotte sehe, habe ich eine Idee und halte kurz an.

„Du warst einkaufen?“ Mit zwei Tüten bepackt, stehe ich vor Lottes Tür. Sie ergreift sogleich die Tüten. „Du sollst doch jetzt nicht schwer tragen. Das kann deinem Baby schaden.“ Sie eilt in ihre Küche voraus. Lotte sieht schlecht aus, verweint.

„Ich habe wieder an einer neuen Kolumne geschrieben“, höre ich Lotte aus der Küche sagen. Ich ziehe mir noch rasch im Flur meine Schuhe aus. „Darf ich deine Kolumne lesen?“ Der Küchentisch ist schon hübsch gedeckt für uns zwei, ich freue mich über den Anblick. „Meine Geschichte ist sehr traurig. Sie passt zu meiner Verfassung.“ Geduldig warte ich, bis Lotte sich zu mir an den Tisch setzt. Sie hat Tee gekocht.

„Ich glaube, das ist für eine werdende Mutter gesünder als Kaffee.“ Einen kleinen Schluck trinke ich, dann fordere ich Lotte auf zu erzählen. Die nächsten Minuten redet Lotte ununterbrochen. Eine Pause macht sie nur, wenn sie zwischendurch in ihr Taschentuch schnieft. Ich erfahre von Inas Anruf. „Sie hat gesagt, ich solle mich jetzt an die Tatsachen gewöhnen. Wenn wir zwei befreundet bleiben möchten, muss ich unweigerlich auch Johann wiedersehen und zwar mit ihr. Ina war so bestimmend. Sie hat nicht gefragt, wie es mir geht oder wie ich mich fühle. Nichts in dieser Richtung kam aus ihrem Mund. Niemals hätte ich gedacht, dass Ina so kühl mit mir umgeht.“

Für Lotte und mich hole ich Eis aus dem Kühlfach. Ich habe extra für Lotte ihre Lieblingssorte, Schokolade, gekauft. Das Eis tut uns gut. Ich kann sehen, dass auch Lottes Geschichtszüge sich langsam entspannen. Mit jedem Löffel kommt ein Stück Zufriedenheit zurück.

„Willst du nicht ins Badezimmer gehen und dich frisch machen? Ich räume in der Zeit die Küche auf“, überrede ich Lotte, nachdem wir unser Eis gelöffelt und erneut von Ina und Johann geredet haben. Lotte hat rote Augen, ihre Haut wirkt fahl. „Leg dir etwas Rouge auf!“, rufe ich ihr nach, als sie endlich meinen Rat befolgt.

Als es an der Türe klingelt, ist die Küche gerade wieder auf Hochglanz gebracht und die Spülmaschine surrt gemütlich vor sich hin. Wie selbstverständlich öffne ich die Tür und erschrecke im nächsten Augenblick. Vor mir steht Ina. Sie sieht im Gegensatz zu Lotte fantastisch aus. „Ich habe dein Auto gesehen“, eilt sie an mir vorbei. „Lotte hat sich bestimmt schon bei dir ausgeweint?“

Meine Vorwürfe, dass ausgerechnet Ina jetzt glaubt, ein Anrecht zu haben, hart gegenüber Lotte aufzutreten, wird von ihr überhört. „Dein Gejammer, als Petra auftauchte, habe ich noch gut in Erinnerung. Glaubst du, liebe Ina, unsere Freundin Lotte hat nicht den gleichen Liebeskummer wie du damals?“ Ein hohles Lachen erklingt aus Inas Mund. „Du kannst das nicht miteinander vergleichen. Ich war jahrelang mit Marc verheiratet, als Petra in unser Leben trat. Lotte hat nicht einmal ein intimes Verhältnis mit Johann vorzuweisen, geschweige denn ein gemeinsames Kind oder eine jahrelange gemeinsame Vergangenheit!“ Ina wurde laut. Meine Sorge, Lotte würde das Gespräch hören, ist begründet. Ich höre, dass sie die Treppe hinunterkommt.

„In einigen Punkten hast du Recht, Ina“, taucht Lotte kurz darauf im Türrahmen zur Küche auf. Sie lehnt sich gegen den Rahmen, verschränkt ihre Arme und blinzelt Ina an. Zu meiner inneren Freude sieht Lotte nicht mehr so mitgenommen aus, wie noch vor dreißig Minuten. Die Zeit im Badezimmer hat sich gelohnt.

„Natürlich ist meine Situation eine völlig andere als bei dir damals. Tatsache aber ist, du bist meine Freundin und du versuchst gerade, mir den Mann wegzunehmen, in den ich mich angefangen habe zu verlieben.“

Ina bebt innerlich, das ist nicht zu übersehen. Also hat Lotte doch ihr schlechtes Gewissen erreicht. „Johann passt nun einmal viel besser zu mir. Außerdem hat er sich auch in mich verliebt. Seine Mutter hat Wolfi gleich in ihr Herz geschlossen und wir“, einige Sekunden schweigt Ina, dann stößt sie hervor: „wir sind inzwischen intim geworden. Johann und ich haben miteinander geschlafen, es war sehr schön.“

Meine Blicke wandern zwischen Ina, die mir gegenübersitzt, und Lotte, die noch immer am Türrahmen lehnt, hin und her. „Dann gratuliere ich dir und Johann und wünsche euch eine strahlende Zukunft.“ Die Süffisanz aus Lottes Mund ist nicht zu überhören. „Mir lag am Herzen, mit dir persönlich zu reden. Am Telefon warst du so schweigsam.“ Lotte, das sehe ich, kämpft nach Inas Worten mit den Tränen. Zu meiner Erleichterung fängt sie sich jedoch, kommt zu uns an den Tisch und setzt sich.

„Wir haben immer zu dir gehalten, als du alleine warst. Karin und ich haben auf Wolfi aufgepasst, als du ein erstes Date nach deiner Trennung hattest.“

Ina nickt. „Ja, Lotte, ihr seid großartige Freundinnen. Es ist jetzt noch nicht für dich zu verstehen, was mich bewogen hat, so zu handeln. Einmal nur an mich zu denken und meinen Gefühlen zu folgen.“

Lotte lacht bitter, stößt den kleinen Tisch etwas nach vorn. „Ich gehe jetzt besser.“ Im Weggehen dreht sich Ina noch einmal um. „Seit Vincenz uns mit der Miete und den neu kalkulierten Preisen geholfen hat, läuft das Café viel besser. Trotzdem werde ich mich zurückziehen. Hermann Josef kann in

Ruhe nach Dresden gehen und ich werde Johann im Notariat helfen, zunächst halbtags."

Die Tür fällt unsanft in ihr Schloss und Lotte sagt noch immer keinen Ton. „Lotte, sprich mit mir!" Erneut rollen Tränen über ihr Gesicht. „Vincenz hat erst vor drei Tagen noch einmal betont, was Ina gerade auch ausgesprochen hat. Johann und ich hatten noch nicht einmal den Anfang einer Beziehung, unser Status war noch bei Null. Ich habe mich in etwas reingesteigert, was nicht war. Schade finde ich nur, dass jetzt auch das Café kaputtgeht. Ich habe dann alles verloren."

Vier Wochen später

Lotte

Karin ist fantastisch. Dank ihrem Engagement habe ich eine zweite Aushilfe für das Café bekommen und dank Vincenz einen neuen Geschäftspartner. Vincenz ist anstelle von Ina jetzt mit mir für das Gelingen des Cafés verantwortlich. Natürlich arbeitet er nicht vor Ort wie zuvor Ina. Trotzdem läuft für mich alles geregelt weiter. Die zweite Aushilfe macht sich gut, die Gäste sind zufrieden und ich bin erleichtert über diese Entwicklung. Vincenz tut mir einmal mehr gut, er hilft wirklich an allen Fronten. Bisher hatte Ina immer die Buchführung übernommen, was jetzt leider nicht mehr möglich ist. Zu meiner Freude hat Vincenz schleichend dafür gesorgt, dass sein Buchhalter diesen Posten eingenommen hat. Alles, was ich nicht verstehe, dieser Mann kennt sich aus und ist immer erreichbar für mich.

Vincenz trifft sich nach wie vor mit Rosalinde, der Mutter von Johann. Nächsten Sonntag sind Karin und ich bei ihr zum Essen eingeladen. Vincenz findet, es ist an der Zeit, die Wogen zu glätten. Ihm zuliebe werde ich der Einladung folgen. Trotzdem habe ich bei dem Gedanken an das Zusammentreffen mit Ina einen Stein im Magen.

Schon vor einigen Tagen, hat sie versucht, sich mit mir zu treffen, was ich aber abgelehnt habe. An neuen Ausreden war ich nicht verlegen. Ina hat mir zumindest augenscheinlich geglaubt. Als sie von Franz anfing zu reden, wurde ich sauer. „Willst du mich jetzt verkuppeln, um dein schlechtes Gewissen zu kaschieren?“ Ich war sehr laut geworden. Als Ina mir dann davon berichtete, Franz habe sie im Café aufgesucht, schon vor einer Weile, als ich auf Kreuzfahrt war, war ich überrascht. Ob er sich wirklich verändert hat? Oder ist es nur eine männliche Laune? Vielleicht hat er gerade keine ausgefüllten Wochenenden und sehnt sich nur nach mir, solange er niemanden anderes hat. So richtig kann ich das inzwischen selbst nicht mehr glauben. Überrascht war ich, als nach dem Gespräch mit Ina, wieder eine neue Nachricht von Franz auf meinem Handy ankam.

Liebe Lotte,
vielleicht findest du dieses Wochenende Zeit für ein Treffen? Ich möchte dich abholen und wir essen bei dem Italiener in Limburg neben eurem Café.
Auf eine Antwort sehnsüchtig wartend, dein Franz

Das würde mir gerade noch gefallen, mit Franz zu meinem Italiener zu gehen. Ich bin froh, dass Pepe meine kleine Beichte so tapfer aufgenommen hat. Seinen Worten nach, hatte er Gefallen an mir gefunden. Ehrlich währt am längsten, mit diesem Spruch vor Augen, hatte ich schnell alles aufgeklärt. Immer noch über die Nachricht von Franz am Nachdenken, sehe ich wie eine neue Mail von meiner Chefredakteurin eingegangen ist. Sogleich bin ich gedanklich ganz bei meiner Arbeit und öffne die Zeilen, die Frau Krautwinkel mir gesendet hat.

Liebe Frau Wolke,

Sie überraschen mich immer wieder aufs Neue! Ihren eingesendeten Text habe ich drei Mal hintereinander gelesen, anschließend bei unserer Redaktionssitzung als Kopie verteilt.
Die einvernehmliche Auffassung ist außerordentlich positiv. Ihre Kolumne ist nicht die Lebensgeschichte, die ich suche, jedoch ist sie gelungen und gut, passend für die Adventzeit. Wir werden Ihre

Kolumne abdrucken, in drei Illustrierten, was Sie sicherlich erfreuen wird. Trotzdem lasse ich Sie nicht aus der Verantwortung, noch eine Lebensgeschichte zu schreiben, die aufgeschlossen und zeitgemäß an die Lebenssituation vieler Menschen angepasst ist. Liebe Frau Wolke, Ihre Kolumne erwarte ich in den nächsten acht Tagen.

Mit besten Grüßen

Krautwinkel Chefredakteurin

Mir gefällt, was ich lesen durfte. Ich bin wirklich erleichtert und glücklich. Meine eingesandte Kolumne rufe ich mir noch einmal am Laptop auf und fange an sie zu lesen.

Der Weg nach Hause

Ein Augenblick hat alles verändert. Mein Leben und ganz besonders deins. Nichts ist mehr, wie es war und ich frage mich, wo war Gott in diesen Minuten? Warum musste dieser Unfall geschehen? Der Tag hatte angefangen, ohne auf etwas Besonderes hinzuweisen. Wir haben gemeinsam gefrühstückt, dann bist du mit deinem Motorrad zur Arbeit gefahren. Unterdessen habe ich angefangen, unsere Wohnung aufzuräumen. Als das Telefon klingelte, war ich zunächst verwundert und habe mich gefragt: Wer ruft mich um diese frühe Uhrzeit schon an.

Zuerst wollte ich die Nachricht aus der Klinik nicht glauben. Eine Frau sprach davon, dass du im städtischen Krankenhaus liegst, einen Umfall hattest. Nach dem Telefonat hielt ich für einige Sekunden inne und blickte gedankenverloren aus dem Fenster. Mein Blick ging in Richtung Himmel. Als kleines Kind habe ich immer nach oben gesehen, wenn ich mir etwas von Herzen wünschte. Lieber Gott, bitte mach, dass … So oder ähnlich hatten meine kleinen Stoßgebete begonnen. Für mich stand als Kind fest, der liebe Gott hat mir zugehört und alles wird wieder gut werden. Nun aber war ich längst eine Frau geworden, eine, der vom Leben schon viel abverlangt wurde. Immer seltener habe ich in den letzten Jahren zum Himmel gesehen oder meine Hände zu einem Gebet gefaltet. Die Zeiten, so meine Einstellung, haben sich nun einmal verändert.

Es wird Zeit, in die Klinik zu fahren, ermahne ich mich selbst und reiße mich vom Blick in den Himmel los. Automatisch ziehe ich eine Jacke über, angele mein Portemonnaie und die Autoschlüssel. Zu meiner Erleichterung ist genügend Sprit im Tank. Zwölf Kilometer liegen vor mir, die ich gedankenversunken fahre. Die junge Frau hat von einem Unfall gesprochen. Doch was genau passiert ist und wie es dir geht, davon habe ich nichts erfahren. In meiner Aufregung habe ich vergessen nachzufragen, was mich jetzt ärgert. Auf dem Klinikgelände angekommen, finde ich rasch einen Parkplatz. Minuten später stehe ich schon vor einem jungen, hochgewachsenen Arzt, der mich in sein Zimmer bittet.

„Es wird sich einiges im Leben Ihres Mannes ändern“, bittet er mich, Platz zu nehmen. Mit ruhigen Worten fängt er sogleich an, über den Unfall zu sprechen. Eine Autofahrerin habe meinem Mann die Vorfahrt genommen. Das hatte tragische Auswirkungen. Immer wieder schaut mich der junge Arzt über den Rand seiner Brille ernst an. Von einer bevorstehenden Operation und weiteren Behandlungen ist die Rede. So Vieles soll innerhalb kürzester Zeit nun von mir entschieden werden. Ich fühle mich überfordert, weine. Die Informationen, die ich innerhalb kürzester Zeit habe aufnehmen müssen, sind noch lange nicht verdaut. Der junge Arzt reicht mir ein Taschentuch. Ich erkenne Mitgefühl in

seinen Augen. Tränen laufen über mein Gesicht. Ist nicht am Wochenende der Geburtstag eines Freundes von meinem Mann? Wie sehr hat er sich darauf gefreut, und nun? Mit gefalteten Händen höre ich dem jungen Arzt zu und versuche zu verstehen, was er mir über die geplante Operation sagen möchte.

„Warum musste dieser Unfall passieren?", auf meine Frage findet der junge Arzt keine Antwort. „Ich werde nun alles in meiner Macht Stehende tun, um Ihrem Mann zu helfen."

Nach diesen Worten verlässt der Arzt das Zimmer, ich folge ihm. Auf dem Flur treffe ich noch eine andere Frau, deren Mann gerade in Behandlung ist. „Sie müssen nur Gott vertrauen und alles wird gut werden", lächelt sie mir zu. „Wenn das so einfach wäre", stammele ich vor mich hin und schüttele meinen Kopf über ihre Worte, die mich nicht trösten können.

„Es geht im Leben nicht immer geradeaus", lächelt die Frau mir weiterhin zu. Ich weiß auf ihre Worte keine Antwort, jedenfalls keine, die ich aussprechen möchte. Zu tief sitzen Angst, Trauer und Wut in mir. Meine Ablehnung und das Ende der Unterhaltung zeige ich ganz offen. Bewusst setze ich mich auf den Stuhl, der am weitesten von der Frau entfernt steht, blicke stur geradeaus und hoffe auf Ruhe.

Eine ganze Zeit später, ich habe, so zeigt mir ein Blick auf meine Armbanduhr, schon drei Stunden gewartet, werde ich erneut in das Zimmer des Arztes gerufen. Er sieht müde aus. In seiner linken Hand hält er eine Röntgenaufnahme.

„Es war ein schwerer Unfall, den Ihr Mann hatte", fängt er an zu reden. „Wir haben unser Bestes gegeben."

Erneut bietet er mir den Stuhl an, auf dem ich schon einmal saß.

„Er lebt doch?", hake ich ängstlich nach.

„Ihr Mann lebt, trotzdem wird es eine Veränderung in seinem weiteren Leben geben." Dann macht der junge Arzt eine Pause, steht auf, hält die Röntgenaufnahme ins Licht. „Sehen Sie diese Stelle?", höre ich ihn leise sprechen. „Die Wirbelsäule wurde durch den Unfall schwer verletzt."

„Ist er gelähmt?", stammele ich entsetzt. Meine Hände halte ich unvermittelt vor mein Gesicht.

„Ja", antwortet der Arzt ohne Umschweife und betont noch einmal, alles versucht zu haben. „Wir sind eine Klinik mit einer Fachabteilung und werden Ihren Mann in den nächsten Wochen begleiten. Er wird nicht alleine mit seinem Schicksal sein und vielleicht fällt es ihm so leichter, sich an sein neues Leben zu gewöhnen."

Langsam verlasse ich das Zimmer und gehe mit Tränen in den Augen über den Flur. Vor dem Krankenhaus bleibe ich mit hängenden Schultern stehen. Es regnet, doch mir ist es egal. Wie soll es nun weitergehen, frage ich mich.

„Kann ich Ihnen helfen?", höre ich plötzlich eine angenehme Stimme fragen. Mit einer Hand wische ich meine Tränen weg und blicke den Mann neben mir an, der gerade zu mir gesprochen hat. Mein Blick wandert über seinen Körper, ich hole Luft und schnaube: „Sie wollen mir helfen? Ausgerechnet Sie?" Eilig haste ich an ihm und seinem Rollstuhl vorbei in Richtung meines Autos. Erst viel später wird mir bewusst, das war die dümmste Frage, die ich jemals einem Menschen gestellt habe. Der Mann in seinem Rollstuhl hatte einen sanften Ausdruck im Gesicht. Er sah mich aus warmherzigen Augen an und schien meine verletzenden Worte nicht als Häme zu bewerten, so meine Gedanken. Ich schäme mich unvermittelt für meine Reaktion. An meinem Auto angekommen, drehe ich mich noch einmal um und laufe zurück. Der Mann hat auf mich gewartet, strahlt, als er mich wiedersieht. Kaum, dass ich neben ihm stehe, sprudeln die Worte nur so aus meinem Mund. Ich berichte von dem Unfall meines Mannes, dem

Anruf aus der Klinik, dem Gespräch mit dem Arzt und der vernichtenden Diagnose.

„Ich sitze zwar im Rollstuhl, doch mein Leben geht weiter“, erklärt der Mann mir stolz, nachdem er mir geduldig zugehört hat. „Die Zeit“, so hebt er seinen Kopf. An der Stelle falle ich ihm ins Wort.

„Sagen Sie jetzt nicht, die Zeit heilt alle Wunden. Das glaube ich Ihnen nicht!“, eile ich nun doch davon. Weinend laufe ich erneut zu meinem Auto und fahre nach Hause. In dieser Nacht kann ich kein Auge zu tun. Ich denke an die Pläne, die mein Mann und ich für die Zukunft hatten und die wir nun nicht mehr in die Tat umsetzen können.

Der nächste Morgen kommt, meine Augen sind noch dick vom Weinen. Schon früh mache ich mich auf den Weg in die Klinik. Ich darf zu meinem Mann. Gestern konnte ich ihn nicht sehen. Gleich nach der OP war er noch am Schlafen, später war ich nicht in der Lage, ihn zu besuchen. Einmal atme ich noch tief durch, dann öffne ich mit einem Ruck die Tür zu seinem Zimmer. Mit roten, verheulten Augen liegt mein Mann in seinem Bett und starrt aus dem Fenster. Er weiß bereits, was passiert ist. Zaghaft versuche ich, seine Hand zu streicheln, doch er entzieht sie mir.

Die nächsten Tage sind alles andere, als einfach für meinen Mann und mich. Wir lernen aber eine Menge dazu, fangen wieder an, miteinander zu reden, auch über unsere Gefühle. So vergehen die Wochen, ohne dass es mir richtig bewusst ist. Meine Tage verbringe ich in der Klinik, am Abend kümmere ich mich um die Wäsche, die Post und sinke später erschöpft in mein Bett. Die erste Verbitterung über unser Schicksal scheint verschwunden und der gemeinsamen Zuversicht auf eine schöne Zukunft gewichen zu sein.

Monate später.

Der Dezember ist gekommen. Inzwischen hat sich mein Mann an den Rollstuhl als ständigen Begleiter gewöhnt. Wir drehen, wie fast jeden Tag unsere Runde durch das Dorf.

„Weißt du noch?", fragt mein Mann zaghaft, als ich ihn gerade an unserer Dorfkirche vorbeischiebe.

„Es ist so lange her. Nach unserer Hochzeit waren wir nicht mehr oft hier gewesen", antworte ich ihm leise.

„Ich höre Musik. Der Gottesdienst scheint gerade angefangen zu haben". Für einen Moment huscht ein Lächeln über das Gesicht meines Mannes. Mir fällt in diesem Augenblick die Frau wieder ein, die ich auf dem Flur im Krankenhaus getroffen hatte, als mein Mann operiert wurde. Ihre Worte hallen plötzlich durch meinen Kopf. Mit zitternden Händen schiebe ich meinen Mann in die Kirche. Fast verkrampft halte ich mich an seinem Rollstuhl fest. Lange bleiben wir im Flur der Kirche stehen und blicken auf das große Kreuz über dem Altar. Uns stören nicht einmal die vielen Blicke der Menschen, die auf uns ruhen. Plötzlich hält mein Mann mir seine Hand entgegen und zitternd lege ich meine Hand in seine. Ich spüre seine wärmende Hand und ein Lächeln zieht über mein Gesicht. Als mein Mann seinen Kopf zur Seite dreht, um mir in die Augen zu sehen, sehe ich, dass er weint.

„Ein Augenblick hat unser Leben verändert", fängt er mit zitternder Stimme an zu sprechen. „Doch wenn wir wollen, dann haben wir noch viele gemeinsame wunderbare Augenblicke vor uns." Ich nicke und spüre tief in meinem Herzen, dass er Recht hat.

Einen Augenblick verharre ich noch vor meinem Laptop, dann schließe ich ihn wieder. Beruflich läuft gerade alles gut bei mir. Mit dem Café mache ich Gewinne, wenn auch keine

großen Summen. Vincenz hat wirklich jeden Vertrag nachver-
handelt. Jetzt kaufe ich die Zutaten für die Kuchen günstiger
ein, ohne dass die Qualität darunter leiden muss. Organisato-
risch habe ich auch Vieles verändert. Die Abholung der selbstgebackenen Kuchen erfolgt nun durch mich oder eine meiner
Aushilfen. Dies spart wieder Geld für einen Fahrer, außerdem
sind wir flexibel. Vincenz ist mir so sehr ans Herz gewachsen,
wie ein Vater kümmert er sich um mich. Letzte Woche hat
er mir das erste Mal Fotos von seiner verstorbenen Tochter
gezeigt. Zunächst war ich erschrocken, als ich erkannte, wir
beide haben wirklich große Ähnlichkeit. Wenn ich durch meine Anwesenheit Vincenz Freude bereite, dann macht dies auch
mich glücklich. Vieles hat sich in den letzten Wochen verändert für mich aber auch für Karin und Ina.

Sonntag

Etwas aufgeregt drehe ich mich zum gefühlt fünften Male vor
dem Spiegel und begutachte mein Erscheinungsbild.

„Können wir losfahren?" Karins Stimme klingt durch mein
Haus. Es nützt nichts. Wenn wir nicht unhöflich und zu spät
sein möchten, müssen wir jetzt losfahren.

„Du siehst klasse aus, Lotte!" Karin sieht mich begeistert an,
als ich endlich die Treppe hinunterkomme.

„Hoffentlich ist das Kleid nicht zu gewagt", blicke ich noch
einmal in den Garderobenspiegel. Karin zieht mich lachend
mit nach draußen. „Meine spontane Reaktion und die Worte
zu deinem Outfit sind ehrlich gewesen. Lotte, das Kleid ist der
Hammer."

Im Auto kann sich Karin die Frage nicht verkneifen, ob ich Johann zeigen möchte, was er verpasst. „Ja, ein wenig leiden darf er schon. Ina soll auch sehen, dass es mir gut geht. Etwas Rache darf sein." Meine Freundin hat sich ebenfalls hübsch gemacht, was ich ihr auch sage. „In den nächsten Wochen muss ich mir neue Kleidung kaufen", lacht Karin. „Allmählich bekomme ich keine Hose mehr zu. Heute trage ich schon ein Modell mit Gummizug." Karins Bauch zeigt eine kleine Wölbung. Karin hat die Zeit überwunden, in der ihr ständig übel wurde und sie sich übergeben musste. Seit einigen Tagen geht sie wieder ihrer Arbeit nach, was sich auch positiv auf ihre Stimmung auswirkt. Seit dem Tag, als Karin zu mir kam, später noch Ina, und ich so viel weinen musste, wohnt Karin bei mir. Ich hatte sie am selben Abend gebeten, für ein oder zwei Nächte bei mir zu bleiben. Ich war noch nie gerne alleine. Zu meiner Überraschung hatte Karin an jenem Abend schon eine Tasche mit frischer Kleidung im Auto liegen. Ich hatte sofort verstanden, dass wir beide das gleiche Problem hatten und sie darauf angesprochen. Karins Wohnung ist inzwischen gekündigt, ein Nachmieter wurde innerhalb von zwei Wochen gefunden. Somit ist sie jetzt meine Mitbewohnerin. Wenn ihr Baby auf der Welt ist, werde ich ihr zur Seite stehen.

„Du bist aber kein Ersatz für einen Mann", habe ich Karin lachend an den Kopf geworfen. „Wie wäre es mit einer neuen Kontaktanzeige?" Karin grinste mich frech an. „Lass mal, für den Moment habe ich keinen Bedarf an einem neuen Freund, aber du darfst mich gerne in sechs oder sieben Wochen erneut fragen", gab ich grinsend eine Rückantwort. Karin hatte ich anschließend von Franz erzählt. „Er meldet sich ständig bei mir, fragt immer wieder, ob ich mit ihm essen gehen möchte.

Karin blickte mich nach meinen Worten kurz von der Seite an. Ihre Antwort kam rascher als erwartet: „Hör auf dein

Herz, Lotte. Wenn du mit Franz essen gehst, ist das noch nicht der Beginn einer neuen Beziehung. Lass es kommen, wie es für dich gut ist.“

Ein kluger Rat, so meine Überlegung, nur, was will mein Herz?

Pünktlich parke ich später vor dem Haus von Johanns Mutter. Alles sieht sehr gepflegt aus. Das Haus macht einen imposanten Eindruck und ich frage mich, ob es nicht schrecklich sein muss, darin als alte Frau alleine leben zu müssen. Mein Blick, mit dem ich das Anwesen begutachte, scheint Bänder zu sprechen. „Für mich wäre das Haus auch viel zu groß.“ Karin hakt sich bei mir unter und wir schreiten auf die Eingangstüre zu.

„Lotte! Meine Liebe, Karin, schön Sie zu sehen! Kommt herein!“ Zu meiner Freude hat uns Vincenz die Türe geöffnet. Im Flur nimmt er mich kurz in seine Arme. „Du siehst wunderschön aus, Lotte!“ Ich blicke ihn milde an. „Wenn du das sagst, dann will ich es glauben.“

Im Esszimmer sitzen bereits Ina und Johann am Tisch. Seine Mutter kommt aus der Küche geeilt, um uns zu begrüßen. Karin, die glücklicherweise gestern noch Blumen besorgt hat, drückt ihren Dank über die Einladung mit den rosigsten Worten aus. Wenn sie so weitermacht, müssen wir bald jeden Sonntag hier erscheinen, so meine spontane Angst. „Du bist für mich wie ein offenes Buch, ich weiß genau, was du jetzt gedacht hast“, zieht Vincenz mich mit in das Esszimmer.

Der Abend nimmt seinen Verlauf. Erwartet habe ich einen Abend mit zähen Gesprächen, schwerem Rotwein und Speisen, die ich sonst meinem Magen nicht zumuten würde. Weit gefehlt! Vincenz hat sich sicherlich auch hier eingebracht und den ausgesuchten Wein, erkenne ich als den Wein, den Vin-

cenz mir in seinem Haus serviert und der mir so gut gemundet
hat. In den letzten Wochen hatte ich regelmäßig mit Vincenz
Kontakt. Mein Haus kennt er jetzt auch. Vehement war sein
Drängen, bis ich nachgegeben und ihn eingeladen hatte. Die
Zeit mit Vincenz war unkompliziert. Er hat, so zumindest sei-
ne Worte, Gefallen an meinem verwilderten Garten gefunden.
Wie das Leben so spielt! Jetzt sitze ich bei Rosalinde in ihrem
Esszimmer und kann noch immer nicht glauben, was ich alles
erlebe.

Ina, so spüren Karin und ich sogleich, versucht wieder, uns
näherzukommen. Sie plaudert ungewohnt offen und lacht hin
und wieder, was Karin und mich gleichermaßen verwundert.

„Johann scheint ihr gut zu tun", flüstert Karin in einem
geeigneten Moment in mein Ohr. Mir gefällt, um ehrlich zu
sein, sehr, was ich sehe. Ina wirkt gelöst, offen und scheint ihre
pessimistische Grundeinstellung abgelegt zu haben.

„Möchtet ihr am nächsten Freitag zu mir kommen? Wir
könnten einen Mädelsabend machen. Petra lade ich auch ein."
Inas Worte hallen über den Tisch, schweigend nehmen Karin
und ich sie auf. Ohne auf Ina zu achten, frage ich nach der
Toilette. Karin eilt mir nach, das, so muss ich zugeben, wirkt
schon kindlich. Immerhin haben wir dadurch eine Gelegenheit, uns in aller Ruhe auszutauschen. Bei unserer Rückkehr
an den Tisch erwartet uns schon die Nachspeise. Wenn wir so
weiteressen, nehmen wir alle zu, blicke ich mich um. Außer
Johann ist niemand wirklich schlank an diesem Tisch. Wie er
nur seine Figur halten kann bei dem leckeren Essen, das seine
Mutter serviert. So, als wären Karin und ich niemals aufge-
standen, um einer Antwort auf Inas Frage zu umgehen, plaudern alle munter weiter auf uns ein. Gegen halb zwölf bin ich
erschöpft. Der Abend war schön gewesen, jedoch auch sehr

anstrengend für mich. Vincenz bringt uns nach der allgemeinen Verabschiedung, die ich leider über mich ergehen lassen muss, noch zu meinem Wagen. „Überlegt es euch noch einmal, ob ihr die Einladung von Ina nicht doch annehmen möchtet“, haucht er mir einen väterlichen Kuss auf meine Wange. Vincenz, so überlege ich auf dem Heimweg, ist ein Mann, der auf der einen Seite sein Leben lang hart als Geschäftsmann agiert hat und jetzt zeigt er mir gegenüber seine weiche Seite. Ob es an seinem Alter liegt? Werden Menschen mit den Jahren nicht immer milder? Meine Mutter kommt mir in den Sinn und ich verwerfe den Gedanken mit der Altersmilde sofort wieder. Mir ist bewusst, ich muss sie in den nächsten Tagen wieder aufsuchen. Ein Gedanke, der mir jetzt schon schwer wie Blei im Magen liegt. Wie anders sind doch die Treffen mit Vincenz. Wieso, so frage ich mich selbst, konnte ich nicht mit einem Mann wie Vincenz als Vater und einer Mutter wie meine verstorbene Tante Lydia Lowere aufwachsen?

„Bin ich undankbar?“ Ohne Karin zuvor in meine Gedanken eingeweiht zu haben, stelle ich ihr diese Frage. Karin lenkt den Wagen in Richtung Bremberg. Ihre Schwangerschaft bringt den Vorteil, dass ich jetzt immer einen Fahrer habe. Alkohol ist zurzeit für Karin tabu. „Nein, Lotte. Für mich bist du kein undankbarer Mensch. Sag nur, wie kommst du jetzt darauf? Der Abend ist doch gut verlaufen. Vincenz ist ein beeindruckender Mann. Sehr lieb, wie er sich auch meiner Sorgen annimmt. Eigentlich gibt es für ihn keinen Grund, sich um mich zu kümmern.“ Karin schnieft. Allem Anschein nach schwirrt Hermann Josef gerade wieder durch ihren hübschen Kopf. Ob ich ihn in den nächsten Tagen einmal anrufen soll? Diese Idee nimmt in meinem Kopf Form an und ich beschließe, gleich morgen dieses Vorhaben in die Tat umzusetzen.

„Vincenz ist wirklich wunderbar. Ich wünschte mir, ich hätte bei ihm aufwachsen können", gebe ich Karin preis. Sie lächelt, wischt mit der linken Hand kurz über ihre Augen.

„Du musst nicht weinen, Karin. Ich bin doch für dich da."

Zu Hause angekommen, setzen wir uns noch in mein Wohnzimmer. Karin gähnt. Meine Frage, ob ich ihr einen Tee kochen soll, lehnt sie dankend ab. „Aber ein Glas Milch wäre schön." Für mich mache ich noch einen Sekt auf. Der Abend war aufregend und erfolgreich zugleich. Eine Weile stehe ich in meiner Küche und beobachte, wie die Milch im Topf warm wird. Dann denke ich erneut an die geführten Gespräche mit Johann, seiner Mutter und natürlich auch an Ina. Meine Freundin hat sich verändert, zum Positiven, wie ich neidlos erkannt habe. Mich freut zu sehen, wie locker Ina in der Nähe von Johann geworden ist. Ob es dieses Mal länger hält als bei ihrem letzten Freund? Die Milch droht überzukochen. Gerade noch rechtzeitig kann ich die warme Milch aus dem Topf in einen großen Becher schütten. Innerlich spüre ich, so, wie alles gekommen ist, scheint es einen Sinn zu ergeben. Heute beim Abendessen habe ich mehr als nur einen Blick auf Johann geworfen. Nicht alles, was ich sehen und hören durfte von ihm, hat mir zugesagt. Alleine seine Ansichten zur Politik finde ich viel zu einseitig. Mit dieser Einstellung wären wir ständig aneinandergeraten. Seine überkorrekte Kleidung, die mir auf dem Schiff so gut gefiel, jetzt finde ich sie störend. Er wirkte am heutigen Abend auf mich wie ein Schullehrer, der immer Recht behalten muss. Nein, ich habe zu keinem Zeitpunkt zu Johann gepasst. Es muss an der Atmosphäre auf dem Schiff gelegen haben, an der Tatsache, dass wir beide ohne Partner zu diesem Zeitpunkt waren. Man liest und hört doch sehr oft von Beziehungen, die im Urlaub entstanden und am Alltag zerbrochen sind.

Bei meiner Rückkehr in das Wohnzimmer liegt Karin schlafend auf dem Sofa. Ich decke sie zu, stelle den Becher mit der Milch auf den Tisch und gehe in mein Bett.

Hermann Josef von Breggele

In wenigen Tagen fange ich meinen Job in Dresden an. Notar in dieser Stadt zu sein, wird bestimmt spannend und hoffentlich auch lukrativ. Mein Onkel hat sich am Morgen gemeldet. Vincenz hat mir von dem Abendessen erzählt, an dem auch Karin teilgenommen hat. In den höchsten Tönen hat er von Karin gesprochen. Kein böses Wort ist über ihre Lippen gekommen, als er die Sprache auf mich gelenkt hatte. Das rechne ich Karin hoch an. Um ehrlich zu sein, ich vermisse Karin. Verrückt! Wieso bin ich bei Herzensangelegenheiten so durcheinander? Mir macht die Vorstellung Angst, zu viel Verantwortung übernehmen zu müssen. Ich liebe die Leichtigkeit. Das Leben ist so vielfältig und spannend. Solange ich jung genug bin, will ich von dem süßen Nektar naschen und das Leben in all seinen Facetten genießen.

Karin, immer wieder überlege ich bei meinen täglichen Abläufen, wie sie sich verhalten würde oder wie sie reagiert hätte. Selbst bei der Suche nach einer neuen Wohnung kamen mir Worte von Karin in den Kopf. Sie hatte mir einmal gesagt, sie wünsche sich später eine große Altbauwohnung mit hohen Decken und Holzdielen. Beim Unterschreiben des Mietvertrages waren diese Worte von Karin erneut in meinem Gedächtnis verankert. Das Angebot meines Onkels, mir ein adäquates Haus zu kaufen, habe ich zunächst abgelehnt. Sobald ich mich in Dresden eingelebt habe, mir die Stadt zu eigen gemacht habe, komme ich vielleicht auf sein Angebot zurück. Erneut ist Karin in meinem Kopf. In den letzten Tagen hat sie sich nicht mehr bei mir gemeldet. Zu Anfang unserer Trennung kamen noch regelmäßig Nachrichten über WhatsApp oder Karin rief mich an. Mich hat ihr Verhalten genervt, was ich ihr auch gesagt habe. Jetzt jedoch, dieses Schweigen und diese ungewohnte Zurückhaltung fangen an, mir zuzusetzen.

Vincenz hat bei seinem Telefonat so nebenbei erwähnt, Karin wird sicherlich rasch einen neuen Partner finden. Sie sei so attraktiv und unterhaltsam.

„Ihr Kunstverständnis ist schon beeindruckend", diese Worte gingen mir besonders unter die Haut. Stets hatte ich mich nach einer Partnerin gesehnt, die meine Liebe und Leidenschaft zur Kunst teilt. Eine, mit der ich mich austauschen und Ausstellungen besuchen kann. Einmal hatte ich eine Kurzzeitliebe mitgenommen. Sie war eine wunderschöne Frau. Schlank, langes Haar, teures Outfit, trotzdem habe ich mich an ihrer Seite gelangweilt. Die ausgestellten Bilder hat sie Kaugummikauend betrachtet, ihre Bemerkungen gingen unter die Haut, jedoch nicht positiv. An diesem Abend habe ich geschwitzt vor Sorge, meine Freunde würden merken, wie hohl diese Frau an meiner Seite war. Ganz anders war es mit Karin. Sie kann sich mit jedem unterhalten und ebenso gut zuhören. Trotzdem habe ich über ihre Figur gemeckert und über ihre Art, sich zu kleiden. Auch Karins Beruf war mir nicht gut genug. Vor vermeintlichen Freunden habe ich mich geschämt, wenn sie von ihrer Tätigkeit sprach.

Mein Onkel Vincenz will sein Testament ändern, für Karin. Sie und das Baby will er abgesichert wissen. Ob es gut ist, dass ich die beiden einander vorgestellt habe? Was für ein Unsinn, tadele ich mich selbst. Karin und Vincenz wären sich früher oder später sowieso begegnet, auch ohne meine Hilfe. Ihr Lächeln vermisse ich. Karin ist auch eine gute Köchin, was ich erst jetzt bewusst zur Kenntnis nehme, wo ich für mich alleine sorgen muss. An den Abenden, an denen Karin kochte, habe ich sehr oft gemeckert und ihr vorgeworfen, sie kann nur kalorienreiche Speisen zubereiten. Mir ist erst heute bewusst, wie verletzend ich oft war. Liegt es an der Einsamkeit der neuen Umgebung? Auch Lotte habe ich nicht mit Samthandschuhen angefasst. Gut, die Frau liegt mir nicht, Lotte ist … Meine

Gedanken an sie breche ich ab. Mein Handy klingelt und ich bin sehr überrascht, als ich den Anrufer identifiziere.

„Lotte? Was willst du von mir?“ Ausgerechnet sie muss jetzt anrufen. Ich fühle mich mental schwach und möchte das unter keinen Umständen Lotte gegenüber preisgeben.

„Wir müssen über dein Verhältnis zu Karin sprechen“, fängt sie an zu reden. Meine Versuche, ihr zu erklären, ich habe keine Zeit, nimmt Lotte nicht wahr. „Hermann Josef! Wir zwei kennen uns lange genug. Du willst dich aus der Verantwortung ziehen. Komme nur nicht auf die Idee, das Baby, wenn es mal älter ist, hier abholen zu wollen. Bis dahin hat Karin sicherlich schon einen neuen Mann und du bist vergessen. Die unnötigen Tränen, die sie jetzt noch weint, gehören dann, ebenso wie du, der Vergangenheit an.“

Lotte redet und redet. „Wenn du nur die süßen Ultraschallbilder sehen würdest. Hermann Josef, du bist nur dumm!“ An dieser Stelle weise ich Lotte in ihre Schranken. So darf diese Frau nicht mit mir reden. „Glaubst du wirklich, du kannst die gesamte Verantwortung deinem Onkel überlassen? Du zeugst ein Kind und entziehst dich jeglicher Verantwortung. Dann, lieber Hermann Josef, sei auch so fair und bleibe für immer weg und lass Karin zur Ruhe kommen.“

Von Lotte bin ich gewohnt, dass sie theatralisch sein kann. So ganz nehme ich ihre Worte nicht ernst. Zwölf Minuten später schaffe ich es, das Telefonat zu beenden. Meine zuvor gehegte Freude über die neue Wohnung und die Tatsache, endlich in einer neuen Stadt leben und arbeiten zu dürfen, hat mir Lotte mit ihrem Anruf vollständig genommen. Mit einem Glas Wasser setze ich mich auf mein Sofa und lasse den Anruf Revue passieren. Lotte sprach davon, dass Karin noch viel weint. Ob sie noch oft an mich denkt? Mich noch liebt, obgleich ich sie verlassen habe? Diese Ultraschallbilder fangen an mich zu interessieren und ich hole meinen Laptop zum

Vorschein. Rasch finde ich, was ich suche. Wie schön diese Bilder schon in den ersten Monaten das Baby darstellen, war mir nicht bewusst. Ob ich Vater einer Tochter oder eines Sohnes werde? Von dem Glas Wasser gehe ich zu einem Whisky über. Die noch gepackten Kisten, derer ich mich eigentlich annehmen wollte, bleiben unbeachtet. Wenn ich einen Jungen bekomme, dann würde ich mir als Namen Alexander aussuchen. Für ein Mädchen fällt mir gerade kein Name ein, den ich für passend finde. Plötzlich kommt mir die Bemerkung von Onkel Vincenz in den Sinn. Er meinte, Karin würde sicherlich nicht lange alleine bleiben müssen. Auch Lotte hat sich so ähnlich ausgedrückt. Ob Karin etwa jetzt schon wieder Pläne schmiedet, einen neuen Mann zu treffen? Sie ist doch schwanger. Überhaupt nicht gefällt mir der Gedanke, ein anderer Mann ist ständig in der Nähe meines Kindes und wird von ihm vielleicht auch noch Papa genannt. Ich bin verwirrt. Was, so frage ich mich selbst, möchte ich? Kann die Zukunft mir mit dem zu erwartenden Kind auch etwas Gutes schenken? Lustlos tippe ich auf meinem Laptop herum, komme plötzlich auf eine Seite, wo Kindergärten vorgestellt werden. Die vielen lachenden Gesichter der Kinder haben etwas Niedliches.

Meine Gedanken driften ab. Ich sehe mich mit meinem kleinen Jungen im Garten Fußball spielen. Lachend laufen wir herum. Erst, als ich auch Karin in meiner Fantasie sehe, wie sie mit einem Kuchen in der Hand zu uns kommt, weiß ich, es ist an der Zeit etwas zu ändern. Zwei weitere Whisky finden ihren Weg in meinen Magen und lassen in mir den Wunsch wachsen, mit Karin zu telefonieren.

Mein Handy angele ich aus meiner Hosentasche und wähle Karins Nummer.

Petra

Im Augenblick scheine ich die einzige von uns Freundinnen zu sein, die ein geregeltes Leben führt. Marc und ich sind dankbar für unsere Liebe. Gestern habe ich mit Marc über Karin und ihre späte Schwangerschaft gesprochen.

„Ina ist auch spät Mutter geworden", setzte ich nach. Die Spaghetti, die ich auf den Tisch gestellt hatte, fanden wenig Anklang.

„Möchtest du auch schwanger werden? Wünschst du dir ein Baby?" Marc schob seinen Teller zur Seite und blickte mich ernst an. „Mit uns läuft alles so gut."

Das anschließende Schweigen war unerträglich. Mein späterer Lachanfall, brachte Marc komplett aus dem Gleichgewicht. Richtig lieb hatte er nach meiner Hand gegriffen und mir versichert, wenn ich ein Baby möchte, steht er an meiner Seite. „Danke", küsste ich ihn auf seine Lippen, die mich noch immer verrückt machten. Unser anschließender Sex war wild und ungezügelt.

„Wir sollten das öfter machen", lag ich später auf meinem Rücken neben ihm. „Du willst allem Anschein nach, schnell ein Kind von mir. Dann sollten wir noch etwas daran arbeiten", flüsterte Marc in mein Ohr. So ganz ernst habe ich seine Frage nicht genommen. Ich denke, es war nur so ein Gefühl, das sich seit Tagen in mir ausgebreitet hatte. Ganz nach dem Motto: Ich will das auch haben, was meine Freundinnen haben. Nein, ich bin nicht die Frau, mit dem Mann Kinder bekommt. Marc werde ich das nicht gleich sagen. Er ist Vater und somit habe ich von dieser Seite keinen Druck. Das mit dem Üben finde ich jedoch prima!

Auch jetzt schweifen meine Gedanken noch zu dem gestrigen Abend und dem heißen Sex. Das Leben kann so schön sein! Von Lotte habe ich erfahren, Karin bleibt bei ihr wohnen. Die zwei machen eine WG mit Baby auf. Für Lotte ist dies bestimmt eine gute Lösung. Sie kann nicht gut alleine leben und ich denke, Lotte hätte ebenso mich oder Ina aufgenommen, Hauptsache, es ist Leben in ihrem Haus. Für Karin erachte ich diese Lösung nicht als richtig. Natürlich wird sie am Anfang davon profitieren, nicht alleine zu sein, wenn das Baby auf der Welt ist. Karin jedoch ist aufgeschlossener in ihrer Art. Ihre ganze Persönlichkeit schreit nach anderen Werten. Lotte ist nie vom Land weggekommen, was ich ihr auch bei ihrem Verhalten anmerke. Sie ist lieb, wunderbar, eine klasse Freundin, aber niemand, der wirklich gerne über den Tellerrand hinausblickt. Genau das aber, traue ich Karin zu. Sie hat lange Zeit in Berlin gelebt, erfreut sich an Kultur und ist immer auf der Suche nach einem Schritt, der sie weiter nach vorn bringt.

Lotte hat mir eine WhatsApp geschrieben, die ich gleich nach meiner Arbeit lese. Es geht um einen Mädelsabend. Das passt zu ihr. Natürlich freue ich mich, dass sie an mich gedacht hat und sage mein Kommen für morgen am Abend zu. Meiner Antwort füge ich bei, einen großen Salat zuzubereiten, den ich mitbringen werde. Lotte nimmt mein Verhalten inzwischen als selbstverständlich auf, was mich freut.

Der nächste Abend

Pünktlich um 19 Uhr stehe ich mit einer Schüssel grünem Salat vor Lottes Tür. Von innen höre ich laute Stimmen. Hoffentlich gibt es keinen Stress, so meine Gedanken, als sich die Tür öffnet. Hermann Josef steht unvermittelt vor mir, er ist im Begriff, das Haus zu verlassen. Karin erscheint ebenfalls in der Tür, sie ist verweint. Jetzt fehlt nur noch Lotte, so meine Überlegung. Die Freundin lässt nicht lange auf sich warten. Mit lauter Stimme und nicht sehr freundlichen Worten eilt sie hinter Hermann Josef her, der seinen Wagen ansteuert. Karin fällt in meine Arme, weint noch immer. „Willst du wirklich, dass Hermann Josef jetzt fährt? Oder ist dies vielmehr der Wunsch von Lotte?"

Meine Worte zeigen die gewünschte Wirkung. Ein kurzes Wimmern dringt noch an meine Ohren, dann löst sie sich von mir, eilt Lotte und Hermann Josef nach. Meinen Salat konnte ich nur knapp retten, so stürmisch war Karin zuvor in meine Arme gestürzt. Einen Augenblick verharre ich noch und sehe, wie Karin auf Lotte und Hermann Josef einredet. Er hat schon sein Auto aufgeschlossen und ich glaube zu erkennen, er will nur noch weg von hier. Lotte redet so laut, ich kann auch im Flur noch ihre Worte verstehen. Erst, als ich meine Schüssel auf den Küchentisch stelle, fasse ich einen Entschluss.

„Lotte! Wir beide sollten jetzt in dein Haus gehen!" Meine Freundin ist von meinem Erscheinen am Auto von Hermann Josef wenig begeistert. „Das hier geht dich gerade nichts an", schiebt sie mich zur Seite. „Wie bitte? Das sagst ausgerechnet du zu mir? Wenn Karin mich so ansprechen würde, ok, du aber hast genauso wenig hier zu suchen wie ich."

Hermann Josef, das kann ich erkennen, wirkt über mein Kommen erleichtert. Auch meine Worte zu Lotte scheinen ihn zu beruhigen. Er nestelt an seinem Hemdkragen, was mir mit einem flüchtigen Blick auf ihn auffällt.

„Es ist alles richtig so", ziehe ich Lotte mit in Richtung Haus, während Karin auf Hermann Josef zugeht.

„Die zwei müssen miteinander reden, Lotte. Karin erwartet ein Kind mit diesem Mann." Stampfend folgt Lotte mir zurück in ihr Haus. Mein anschließender Versuch, den Tisch zu decken, wird von ihr nicht beachtet. Wie ein kleines trotziges Kind hält Lotte an ihrem Küchenfenster Ausschau und beobachtet Karin und Hermann Josef.

„Setz dich bitte zu mir an den Tisch, Lotte!" Erst der zweite Versuch von mir fruchtet.

„Er will sie nur dazu bewegen, zu ihm zu kommen, das ist alles. Später lässt er Karin wieder fallen und dann steht sie erneut weinend vor meiner Tür." Lotte giftet herum.

„Lass Karin selbst entscheiden, was jetzt gut für sie und das Baby ist. Wenn es so kommen sollte, wie von dir prophezeit, dann ist es gut, wenn du Karin wieder bei dir aufnimmst und zwar ohne Vorwürfe."

Lotte

Der gestrige Abend war ein Fiasko. Zunächst der Streit zwischen Hermann Josef und Karin. Der Mann taucht einfach hier auf und meldet seine Anrechte als werdender Vater an. Spricht davon, Karin solle zu ihm nach Dresden ziehen. Das war für mich zu viel des Guten. Eigentlich habe ich auf einen netten Abend mit Karin und Petra gehofft, auch Ina hatte ich eingeladen. Ina! Sie ist später noch vorbeigekommen, in dem Moment, als ich Petra vor die Tür gesetzt habe. Überhaupt nicht gepasst hat mir, die beiden sind zusammen weggegangen, nachdem Ina von Petra auf den aktuellen Stand gebracht wurde. Verschwören sich jetzt alle gegen mich? Karin ist auch nicht zurückgekommen. So eine undankbare Kuh! Warum nutzen mich alle nur aus?

Ich bin wie die Feuerwehr. Sobald eine von den Freundinnen ein Problem mit Männern hat, bin ich gut genug. Petra hat sich auch nicht gewunden, als sie damals vor meiner Tür stand und ich sie aufgenommen habe. Doch sobald meine lieben Freundinnen ihr Privatleben wieder im Griff haben, bin ich vergessen. Meinen Frust nehme ich mit zu meiner Schicht im Café. Der einzige Lichtblick an diesem Tag ist Vincenz. Ihm hatte ich noch in der Nacht von meinen Erlebnissen geschrieben. Er kommt, als ich gerade die neue Aushilfe schelte.

„Wir müssen reden", zieht er mich zu einem ruhigen Plätzchen, bestellt noch zwei Tassen Cappuccino bei der Aushilfe und klopft ihr aufmunternd auf die Schultern. „Es wird nichts so heiß gegessen, wie es gekocht wird."

Prima, so denke ich, jetzt fällt Vincenz mir auch noch in den Rücken. Erst, als wir mit dem Cappuccino vor uns zusammensitzen, bringt er eine Zeitschrift zum Vorschein. „Deine

Kolumne, liebe Lotte, sie gefällt mir sehr gut!" Die Worte sind wie Balsam für meine Seele. „Du solltest mehr schreiben. Wie gefällt dir die Idee, an einem eigenen Buch zu arbeiten?" So ganz kann ich mich mit seinem Vorschlag nicht anfreunden. „Das bedeutet Arbeit, sehr viel Arbeit", motzig sitze ich neben Vincenz. Langsam öffnet er die Zeitschrift. Zunächst zeigt er mir meine abgedruckte Kolumne, was ich nickend zur Kenntnis nehme. Dann blättert Vincenz einige Seiten weiter. „Schau nur, Lotte. Bisher habe ich diesen Seiten nie Beachtung geschenkt", er lacht verlegen. „Seit ich dir begegnet bin, hat sich Vieles in meinem Leben geändert. Du bist eine Bereicherung für das Leben eines alten Mannes, dem seine Tochter fehlt."

So ganz verstehe ich seine Worte nicht. Innerlich merke ich aber, Vincenz möchte ich nicht verletzen. „Ein Stück Sahnetorte?" Ich bemühe mich, freundlich zu sein. „Schenk mir zuvor noch kurz deine Aufmerksamkeit." Die Stimme von Vincenz klingt so anders als sonst. „Darüber möchte ich mit dir reden." Noch immer blickt mich Vincenz verlegen an. Ich folge mit meinen Augen seiner Hand, die auf eine Stelle in der Zeitschrift zeigt, die mir bekannt ist. „Liebe Lotte … ", Vincenz unterbricht seine Worte. Unsicher habe ich diesen Mann bisher noch nie gesehen. Was er wohl auf dem Herzen hat? „Lotte! Du hast doch eine Zeitlang Kontaktanzeigen aufgegeben."

Oh! Daher weht der Wind. Bekomme ich jetzt, verspätete Vorwürfe? Zusammengesunken sitze ich neben Vincenz. Mein Leben ist wahrhaft wie eine Achterbahn. Es geht hoch und in den nächsten Minuten werde ich zurück auf den Boden geschleudert. Danke, liebes Leben!

„Lies dir bitte diese Zeilen durch!" Vincenz lässt nicht locker. Er schiebt mir die Zeitschrift hin und fordert mich erneut auf, eine Textstelle zu lesen, die von ihm angestrichen wurde, auf der soeben noch seine Hand ruhte.

„Was soll ich damit? Willst du mir jetzt Vorwürfe machen oder erlaubst du dir nur einen Scherz auf meine Kosten?" Meinen Versuch aufzustehen, unterbindet Vincenz. „Lotte, wir müssen offen reden. Ich habe von dem gestrigen Abend gehört, nicht nur von dir. Was, so frage ich dich, und ich bitte dich um eine ehrliche Antwort, liegt dir daran, dass Karin nicht zu Hermann Josef zieht? Wieso stehst du einer Versöhnung der beiden im Weg?" Ich schlucke. „Aus welchem Grund soll ich immer nur die Feuerwehr sein. Der Mensch, zu dem sich jeder flüchtet, wenn es brennt und im Anschluss werde ich wieder alleine zurückgelassen?" Tränen kullern über meine Wangen. Das passt mir überhaupt nicht. Hier im Café, vor den Gästen und der neuen Aushilfe, möchte ich nicht so zusammensinken und meine verletzliche Seite zeigen.

„Du bist eine wunderschöne Frau, Lotte, liebenswert und hilfsbereit. Leider auch ein wenig egoistisch."

Die letzten Worte, die an meine Ohren dringen, bringen mich zur Wut. „Es reicht jetzt, Vincenz. Du bist eines Tages in mein Leben gekommen und glaubst jetzt, es übernehmen zu können. Ich bin aber nicht deine Tochter und ich werde es nie sein. Du hast mir nichts zu sagen, ist das klar?"

Trotz meines Ausbruchs bleibt Vincenz ganz ruhig. „Meine Worte sagen die Wahrheit und das weißt du, Lotte. Deshalb bist du so verletzt und reagierst jetzt so aggressiv." Erschrocken setze ich mich wieder neben Vincenz. Ich halte ihn nicht auf, als er für uns zwei Stück Sahnetorte bestellt. „Das Leben steckt voller Überraschungen. Nicht nur für dich, für uns alle. Nimm das Glück in deine Hände. Antworte auf diese Kontaktanzeige. Sie klingt doch passend und lustig." Will Vincenz mich verkuppeln? Mache ich auf mein Umfeld einen vereinsamten und traurigen Eindruck? Nerve ich meine Freunde so sehr, dass jetzt schon Vincenz hofft, ich treffe einen Mann und werde ruhiger?

„Denk nicht so viel nach, Lotte! Versuche dein Glück! Wenn es schiefgeht, hast du noch mich und deine Freundinnen. Glaube mir, Lotte. Karin und Hermann Josef werden keinen leichten Neustart haben. Falls ihr Vorhaben, zusammenzubleiben, gelingt, so ist dies schön. Wir müssen auch an das Wohl des Kindes denken, das Karin erwartet. Sollte das Projekt Neuanfang scheitern, braucht Karin uns, besonders dich, Lotte. Sie hat dich sehr in ihr Herz geschlossen und ist gerade sehr verzweifelt. Karin hat Angst, deine Freundschaft zu verlieren. Karin ist so traurig über den Verlauf des gestrigen Abends. Sie möchte gerne mit dir sprechen, in Ruhe und über alles, was euch beide bewegt."

Ich schnäuze in meine Serviette. Innerlich bin ich froh zu hören, dass Karin meine Nähe noch immer sucht. Ja, Vincenz hat in vielen Punkten die Wahrheit erkannt und mir deutlich vor Augen geführt. Die Vorstellung, wieder alleine zu sein finde ich deprimierend. „Mir tut leid, was ich gesagt habe, Vincenz. Du bist mir wie ein Vater, den ich sehr vermisst habe in den letzten Jahren."

Am Abend

Die Zeitschrift habe ich mit nach Hause genommen, die an-
gekreuzte Anzeige noch zig Mal gelesen. Dann formuliere ich
meine spontane Eingebung als Antwort.

*Ein Sahnetörtchen ist für mich eine verführerische und leckere
Versuchung. Ob ich das auch für dich sein kann? Vielleicht bist
du auch nicht der Prinz, den ich suche. Sahnetorten sollten nicht
länger als zwei Tage aufbewahrt werden, sonst droht die Gefahr
der Unverträglichkeit. Ich sende dir kein Foto von mir, dafür eine
Anschrift von einem sehr guten Café. Frag nach Lotte. Das Angebot ist aber zeitlich begrenzt und ohne Garantie, dass das Produkt
bei deinem Erscheinen noch vorrätig ist.“*

Meine Zeilen lese ich nicht mehr durch, sondern drücke
gleich nach dem Schreiben auf Senden. In der Zeitschrift ist
eine Agentur vermerkt, die alle Antworten weiterleitet. Ich
hoffe, es dauert nicht zu lange. In der Nacht komme ich kaum
zur Ruhe. Mein Kopf rattert und will verarbeiten, was er in
den letzten Tagen hat aufnehmen müssen. Immer wieder sehe
ich Karin vor mir, wie sie so verweint und verzweifelt erst in
meinem Flur und später neben Hermann Josef an seinem Auto
stand. Vincenz hat mit seinen Worten sicherlich die Wahrheit
gesagt. Die beiden werden es nicht so leicht haben mit ihrem
Neuanfang.

Im Traum kommt dann auch noch Franz in meinen Kopf.
Mit einem Lächeln im Gesicht sehe ich ihn in meinem Haus
herumwerkeln.

Am nächsten Morgen fühle ich mich gerädert, alles tut mir
weh. Meine Augen sind rot und meine Haut ist fahl. Immer
wieder bin ich in der Nacht aufgewacht und habe nachge-

dacht. Über mich, meine Freundinnen, das, was Vincenz mir gesagt hat. Mit dem Entschluss, Karin eine SMS zu schreiben, suche ich mein Handy. Zunächst bin ich noch unentschlossen, hadere mit mir und der Idee, was genau ich Karin schreiben soll. Dann jedoch frage ich mich, was kann ich falsch machen, was kann ich verlieren, wenn ich mich bei ihr melde. Meine Nervosität hält an und ich hole einen Beutel Milch aus dem Kühlschrank. In Erinnerung an die schönen Treffen mit meinen Freundinnen gieße ich mir ein Glas ein. Zwei Tassen Milch und zwei Brote mit Käse später, kann ich einen Text an meine Freundin senden.

Liebe Karin,
ich habe mich so sehr an dich gewöhnt, dass ich jetzt schon Milch zum Frühstück trinke, so wie du es seit deiner Schwangerschaft tust. Ich spüre tief in meinem Inneren, ich vermisse dich! Wir gehen unsere Wege, ohne uns umzudrehen und plötzlich spüren wir, dass niemand mehr an unserer Seite weilt. Diese Einsamkeit hat mich geängstigt. Mein Handeln war nicht frei von diesen Gefühlen und mit deinem Einzug in mein Haus kam das gewünschte Leben zurück. Meine Tür ist immer offen für dich. Tief in meinem Herzen aber wünsche ich dir, dass es dir gut geht! Ich komme dich sehr gerne in Dresden besuchen. Mit der Bahn oder dem Flieger bin ich in kürzester Zeit bei dir. Lass uns nicht ganz aus den Augen verlieren,
deine Lotte.

Vincenz

Lotte ist eine wunderbare junge Frau. In ihrem Leben fehlt die Konstanz. Sie ist noch nicht am richtigen Hafen angekommen und somit kann ich ihr Verhalten entschuldigen. Leider hat Lotte sehr wenig von ihrer glamourösen Tante, von Lydia Lowere, geerbt. Diese Frau war so ganz anders als ich ihre Nichte nun kennenlernen durfte. Es ist wirklich schade, dass sie schon verstorben ist. Lydia hätte den richtigen Weg zu Lotte gefunden und ihr die Augen geöffnet. Jetzt liegt es an mir, mich um sie zu kümmern. Alles im Leben scheint seinen Sinn zu haben. Eine Frage brennt mir in meinem Kopf. Suche ich in Lotte die Tochter, die mir viel zu früh genommen wurde? Bin ich selbst einsam und will mir eine neue Familie aufbauen? Oder bin ich doch nur der großzügige Mensch, dem es vergönnt ist, finanziell unabhängig zu sein und dadurch im Stande, anderen Menschen zu helfen? Bin ich so selbstlos wie ich es mir oft einrede?

Unruhig laufe ich durch mein Wohnzimmer. Erst viel später komme ich zu dem Entschluss, alles ist so, wie es sich gerade ereignet, richtig und gut. Selbst wenn sich ein Funken meiner inneren Zweifel unter mein Handeln und meine Fürsorge zu Lotte mischen, ist das nicht verkehrt. Mein Entschluss und die Idee, wie ich Lotte helfen kann, sind in meinem Kopf gewachsen. Schwierig finde ich zunächst die Aufgabe, ihre Freundinnen an einen Tisch zu bekommen, einschließlich Johann. Sie alle müssen mir jetzt zur Seite stehen und helfen, sonst kann mein Plan nicht funktionieren.

„Ich habe mich eventuell zu sehr in das Leben von Lotte eingemischt", habe ich ihnen gegenüber gleich beim Telefonat offen zu gegeben. Petra ist als Erste begeistert und sagt mir ihre Unterstützung zu. Sie bietet sich sogar an, für ein Treffen das Essen zu kochen.

„Meine Köchin übernimmt diesen Part“, habe ich bestimmend entgegengehalten.

„Oh! Es gibt dann hoffentlich auch etwas Gesundes ohne unnötige Kalorien?“

Ein Schmunzeln kann ich mir nun nicht verkneifen. „Sie werden nicht enttäuscht sein. Meiner Köchin werde ich Anweisung geben, für Sie ein leichtes Gericht zu kreieren.“

Was mir bei Petra so rasch gelungen ist, scheint bei Karin schwieriger. Sie ist zunächst verhalten.

„Ich bin mir nicht sicher, ob ein Treffen nicht zu früh ist. Mir ist jetzt nicht an neuem Streit oder unnötiger Aufregung gelegen.“

Meine Antwort, dass ich ungern bei meinem Vorhaben auf sie verzichten kann und möchte, scheint Karin zunächst zu irritieren. Meiner Kunst im Umgang mit Worten sei Dank, ich kann Karin zum Kommen überreden.

„Sie wissen aber, dass ich gerade in Dresden weile? Bei Hermann Josef bin?“ Ihre Stimme klang zögerlich.

„Mir ist bewusst, was ich von Ihnen verlange. Hermann Josef möchte ich auch bitten, zu dem Treffen zu kommen, somit können Sie gemeinsam anreisen.“

Ina zu überreden, sich für mein Vorhaben Zeit zu nehmen, war ebenfalls eine schwierige Aufgabe. „Ihre Idee kann nicht funktionieren.“ Ja, mit dieser Haltung habe ich gerechnet, inzwischen durfte ich auch sie etwas näher kennenlernen. Ein Anruf bei Johann hatte allerdings genügt, und Ina wurde von ihm überzeugt, mir zu vertrauen. Als ihr Rückruf bei mir ankam, war ich erleichtert. In zwei Tagen soll das Treffen stattfinden. Ich habe noch eine Menge Aufgaben, die ich bis dahin erledigen muss. Zu meiner Freude finde ich Unterstützung bei Johanns Mutter. Rosalinde bringt Freude in mein Leben. Auch Menschen in meinem Alter sind nicht gerne alleine.

Kinder, das ist im Allgemeinen so üblich, führen ihr eigenes Leben.

Heute war ich am Grab meiner Tochter. Mir liegt daran, ihr davon zu berichten, was ich vorhabe. Wann immer ich etwas Neues gewagt oder angefangen habe, zunächst war ich am Grab meiner Tochter und meiner verstorbenen Frau und habe ihnen ausführlich Bericht erstattet, manchmal auch auf ein Zeichen gewartet, dass meine Entscheidungen richtig sind. Auf meinem Weg nach Hause bin ich noch immer mit den Vorbereitungen für Lottes Überraschung beschäftigt, als mir erneut die Gespräche mit ihren Freundinnen einfallen.

„Sie sind sich sicher, dass es in Ordnung war, die Briefe zu lesen?" Ina hat mir diese Frage gestellt und ich gebe zu, diese Frage habe ich mir auch schon gestellt. Vor Ina habe ich allerdings versucht, souverän zu wirken und mir keine Unsicherheit anmerken zu lassen.

„Keine Angst. Ich habe nur das Wohl von Lotte im Herzen." Meine Antwort konnte Ina beschwichtigen, vielleicht war Johann in ihrer Nähe und hat wieder einmal positiv auf Ina eingewirkt.

„Ihr Vorhaben ist riskant. Allerdings nicht ohne Hoffnung auf Erfolg." Diese Worte von Ina ließen mich hellhörig werden. Erst, als ich erfuhr, dass Franz sie im Café aufgesucht hatte, um erneut Kontakt zu Lotte zu finden, war ich beruhigt und mir sicher, richtig zu handeln. Wer nichts wagt, der nichts gewinnt. Ein alter Spruch, den schon meine Mutter mir mit auf den Weg gegeben hat und der noch immer richtig ist.

Franz

Ich bin nervös. Als Vincenz sich bei mir meldete, war ich im Anschluss an das Telefonat aufgewühlt. Richtig überrascht bin ich aber, als er nun plötzlich vor meiner Tür steht, unangemeldet. Wenn ich nicht in den letzten Monaten immer mal wieder Kontakt zu Marc und Petra gehabt hätte, dieser Mann wäre mir völlig fremd. So aber weiß ich aus ihren Berichten, wer er ist und wie er zu Lotte steht. Mein Augenmerk ist, als ich auf meine Haustür zugehe, gleich auf den großen Wagen gefallen, der vor dem Haus geparkt steht. Meine Arbeit fordert mich sehr, ich bin kein Mensch, der pünktlich sein Handwerkzeug aus den Fingern legt und sich von der Baustelle verabschiedet. Heute ist es später geworden. Ich bin erschöpft und freue mich nur noch auf eine heiße Wanne, ein Bier und eine große Portion mit Bratkartoffeln und Spiegeleiern, die ich mir zubereiten möchte.

Nur einmal habe ich ein Foto von Vincenz gesehen. Das war, gleich nachdem ich das erste Mal von ihm gehört und ihn gegoogelt habe. Seine Stimme, so muss ich zugeben, ist viel kräftiger als ich es erwartet habe. Als der Mann aus der Limousine steigt, ich weiß sofort, es ist Vincenz. Mit raschen Schritten verlässt er den Wagen und kommt direkt auf mich zu. Ein Moment des Zögerns lässt mich ruhig und still vor diesem Mann stehen.

„Können wir ungestört sprechen?"

So, wie ich Vincenz gegenüberstehe, fühle ich mich nicht gut. Er, der Mann im schicken Anzug und ich verschwitzt, in einem schmutzigen Shirt und einer Hose, die mit Farbe beschmiert ist.

„Ich kann Ihnen nicht viel anbieten." Mein Versuch, ihn davon abzuhalten, mich in meine kleine Dachgeschosswohnung zu begleiten, scheitert. Mit wenigen, jedoch freundlichen Worten, überredet mich Vincenz, ihn mitzunehmen. Auf den Stufen hinauf zu meiner Wohnung fühle ich mich unwohl. Mir fällt ein, ich habe noch das Geschirr vom Morgen auf dem Küchentisch stehen. Im Badezimmer stapelt sich alte Wäsche, die längst hätte gewaschen werden müssen.

„Ich bin nicht hier, um Ihnen Vorwürfe zu machen. Mir liegt daran, mich mit Ihnen von Mann zu Mann zu unterhalten." Vincenz scheint mein Zögern an der Schwelle zu meiner Tür zu spüren. „Möchten Sie ein Bier?" Vincenz freut sich über mein Angebot, ein Bier zu trinken. Ich kann beobachten, wie er seine Krawatte löst, den oberen Knopf seines Hemdes öffnet. Mein Magen knurrt, bevor ich Gelegenheit finde, mich an den Tisch zu setzen, den ich mit wenigen Handgriffen abgeräumt habe.

„Ich muss mir etwas zum Essen kochen. Wenn Sie möchten, ich kann Ihnen eine Portion Bratkartoffeln anbieten."

Zwei Stunden später

Dass mich ein Mensch noch einmal so überraschen kann, ich habe es nicht erwartet. Das Gespräch mit Vincenz, unser gemeinsames Abendessen, alles war locker und entspannt. Vincenz hatte versucht, mir beim Zubereiten des Abendessens zu helfen. Ausgerechnet die Zwiebeln wollte er schälen und schneiden. Mir war direkt klar, das geht schief. Dankbar überließ er dann mir diese Aufgabe, nachdem seine Augen mit Tränen gefüllt waren.

Dieser Mann ist weltoffen. Er hat viel erlebt, viel eingesteckt in seinem Leben, ohne verbittert zu werden.

„Wie hast du die Zeit, als deine Frau und deine Tochter bei dem Unfall gestorben waren, verarbeitet, ohne zu verbittern?“ Diese Frage war schneller über meine Lippen gekommen als mir lieb war. Nach dem ersten Bier hatte er mir das Du angeboten, alles war so vertraut zwischen uns. Vincenz hat kurz innegehalten, dann sein Besteck auf die Seite gelegt, bevor er sagte: „Wer stehenbleibt, lebt im Rückstand. Mein Großvater hat immer gesagt, Stillstand ist Rückstand. Ich wäre zerbrochen an dem Leid hätte ich aufgehört, selbst weiter zu leben. Jeden Tag gab es Erinnerungen an mein geliebtes altes Leben mit Frau und Kind. Doch jeder Tag, der vorbei war, hat mir geholfen, Abstand zu gewinnen. Inzwischen lebe ich ein gutes und zufriedenes Leben. Jeder Tag bietet aufs Neue Möglichkeiten, uns weiterzuentwickeln. Diese nutze ich täglich. Meine Neugier und der Wunsch zu leben, haben mir dabei geholfen.“

Auch nach seinen Worten führten wir ein interessantes Gespräch. Irgendwann war ich es, der aus seinem Leben erzählte und Vincenz hörte mir aufmerksam zu. Als er aufbrach, tat es mir wirklich leid, so sehr habe ich die Zeit mit ihm genossen. Eine Stunde später habe ich noch immer diesen Moment vor Augen, als Vincenz so vor mir saß und sprach. Dieser Mann hat mich wirklich fasziniert und beeindruckt. Beim Spülen der Bratpfanne und dem Aufräumen meiner Küche fange ich an zu pfeifen. Ich fühle mich gut, was sicherlich an der Begegnung mit Vincenz liegt.

Lotte

In den letzten Tagen habe ich sehr viel im Café gearbeitet. Mir lag daran, so wenig Zeit als notwendig, alleine zuhause zu verbringen. Dass ich tatsächlich auf diese Kontaktanzeige geantwortet habe, ich bin noch selbst darüber erstaunt. Vincenz, das verwundert mich zunächst, ruft an und erkundigt sich, ob ich schon eine Antwort erhalten habe.

„Bisher hat niemand im Café nach mir gefragt. Ich denke auch, jetzt kommt keiner mehr. Vielleicht hat der Unbekannte sein Sahnetörtchen von Weitem gesehen und ist rasch davongelaufen." Ich versuche, unbeschwert und glücklich zu klingen, was mir nicht gelingt.

„Wie lange arbeitest du heute im Café?" Diese Frage verwundert mich, die Öffnungszeiten sind Vincenz bekannt. „Wir müssten noch über die Buchführung sprechen."

Seine nachgeführten Worte machen mir Angst. Hoffentlich stimmt alles, das Café wird nach wie vor gut besucht und die Einnahmen müssten gestiegen sein seitdem wir die Preise erhöht haben. Leider komme ich nicht dazu, mit Vincenz sogleich am Telefon darüber zu sprechen. Er hat es eilig und unterbricht die Verbindung, sagt mir aber noch: „Wir sehen uns am Abend."

Kurz vor 18 Uhr

Heute war richtig viel los im Café. Meine Füße brennen und ich sehne mich nach einer heißen Badewanne. Beim Abrechnen der letzten Gäste fällt mir ein, Vincenz will noch vorbeikommen um mit mir die Buchführung zu besprechen. Ich bin gerade dabei, die Tische abzuwischen, als ich höre, dass die Tür zum Café sich öffnet.

„Du kannst dich schon an den Tisch vorne setzen, ich bin gleich bei dir, Vincenz", rufe ich.

„Eigentlich heiße ich Franz", höre ich die Antwort von einer mir vertrauten Stimme. Ruckartig drehe ich mich um und blicke tatsächlich in die Augen von Franz.

„Ich suche ein Sahnetörtchen." Diese Worte dringen in meine Ohren und sogleich weiß ich, was gemeint ist.

„Die Haltbarkeit ist aber begrenzt", stammele ich und sehe, wie Franz näherkommt. „Wie kommt es nur, dass ausgerechnet du die Kontaktanzeige verfasst hast? Bilde ich es mir jetzt nur ein oder hatte Vincenz dabei seine Finger im Spiel?"

Franz bleibt verlegen stehen. „Du hast großes Glück, so einen väterlichen Freund, wie Vincenz es ist, gefunden zu haben. Der Mann hat Klasse und er ist weltoffen. Wenn ich dir jetzt …" Franz unterbricht seine Worte und kommt noch näher, blickt mich mit funkelnden Augen an. Mir wird ganz warm. Als er nur noch einen Schritt von mir entfernt steht, sagt er: „Du bist die schönste Sahneschnitte, die mir je unter die Augen gekommen ist. Deine Haltbarkeit, liebste Lotte, ist hoffentlich für immer."

Der anschließende Kuss haut mich fast um. Ich fühle mich schwindelig vor Glück. „Dein Parfum, ich habe es gleich gerochen, als ich in das Café kam. Schon damals habe ich diesen Duft an dir so geliebt. Wie sehr habe ich dich vermisst! Meine Lotte. Ab heute möchte ich dich nie mehr loslassen." Lautes Klatschen im Hintergrund weckt meine Aufmerksamkeit. Franz geht es ebenso. Im Umdrehen schon entdecke ich vertraute Gesichter. Vincenz, Ina und Johann, Petra und Marc, selbst Karin und Hermann Josef sind gekommen.

„Was? Ich meine, wieso seid ihr alle hier?" Mein Blick fällt
auf Franz, er zuckt mit seinen Schultern. „Ich wusste nur, das
Vincenz kommen würde", legt er seinen Arm auf meine Schul-
ter und haucht mir einen Kuss auf meine Wangen. „Wenn das
jetzt kein Grund zum Feiern ist", öffnet Vincenz eine Flasche
Champagner. Woher er die Flasche hat, ist mir ein Rätsel.
Allem Anschein nach haben sich alle Menschen, die mir am
Herzen liegen, verschworen.

„Ich bin so happy, ich könnte gerade die ganze Welt umarmen." Kokett dreht sich Vincenz zu mir um und meint:
„Dann versuche es doch erst einmal mit mir."

Etwas später erfahre ich, Vincenz hat sich hinter meinem
Rücken mit Franz getroffen und von ihm stammte auch die
Idee mit der Kontaktanzeige.

„Du hast mich also verkuppelt", gebe ich ihm einen liebevollen Schubs.

„Lotte, du bist mir so lieb wie eine Tochter. Ich habe gespürt, dass zwischen dir und Franz noch ein Band besteht.
Dank deiner Freundinnen habe ich mehr über die Zeit erfahren, als du Franz kennengelernt hast und ihr beide ein
Paar wart."

Meine Augen suchen Franz. Er steht inmitten meiner
Freunde und strahlt, erzählt angeregt und hilft Ina, Platten
mit Häppchen zu verteilen. Woher diese kommen, weiß ich
auch nicht. Mir gefällt aber zu sehen, wie gut sich, zumindest
im Augenblick, alle verstehen. Karin zieht mich auf die Seite.
Ich bin so glücklich, sie zu sehen.

„Ihr seid extra für mich aus Dresden angereist?" Wir umarmen uns. „Freundinnen für immer", haucht Karin in mein
Ohr. Ich nicke und Kämpfe gegen Tränen, die sich in meinen
Augen ansammeln. Zu viel Harmonie ist auch nicht leicht zu
verdauen.

„Versuch dein neues Glück mit Franz", blickt Karin mir in meine Augen. Ich will noch sagen, das gleiche wünsche ich ihr und Hermann Josef, lasse es aber sein. Karin sieht mir an, was ich denke. Sie nickt, drückt mich noch einmal und geht wieder zu Hermann Josef. Lange Zeit zum Nachdenken habe ich nicht. Franz kommt erneut zu mir. „Das alles hier, das ganze Theater mit deinen Freundinnen, die kleinen Einlagen mit dir, ich habe es vermisst."

„Du bist schon schräg, mein Lieber. Aber so wie damals soll unsere Beziehung nicht wieder laufen, immer nur von Freitag bis Sonntag." Ich fange gerade an, mich zu echauffieren. Franz lacht laut, nimmt meine Worte scheinbar nicht richtig ernst, was mich plötzlich wütend macht. „Willst du genau da weitermachen, wo wir gescheitert sind? Ist das dein Ernst?"

Stille breitet sich in dem Café aus. Vincenz schaut traurig zu uns. Franz hört endlich auf zu Lachen.

„Ich möchte dich fragen, liebe Lotte, darf ich ab heute ganz bei dir wohnen?"

Diese Überraschung ist Franz gelungen. Ich schlage die Hände vor mein Gesicht, denn jetzt kullern die Tränen über meine Wangen. Ich kann es nicht mehr verhindern. „Ja! Ja, ich freue mich auf dich!" Nach meinen Worten werde ich stürmisch umarmt, sehe aus dem Augenwinkel Vincenz, der wieder lächelt und sich zur Tür bewegt. Franz nimmt meine ganze Aufmerksamkeit in Beschlag und als ich mich aus seiner Umarmung löse, suchen meine Augen sogleich Vincenz. Er ist nirgendwo mehr zu sehen.

„Vincenz? Hat jemand Vincenz gesehen?" Meine Stimme klingt durch das Café, meine Freunde verstummen. Traurig laufe ich auf die Straße und kann noch sehen, wie die große Limousine, die Vincenz gehört, um die Ecke biegt. Schade, denke ich und gehe zurück in das Café. Ina kommt zu mir, was mich gerade irritiert. Jetzt kann ich keine Grundsatzdiskussion vertragen, das ist mir heute zu viel. In meine Überlegung, wie ich Ina davon abhalten kann, mit mir über unsere Freundschaft zu reden, höre ich sie sagen. „Der Brief ist von Vincenz. Ich soll ihn dir geben, wenn du ihn suchst und gemerkt hast, er ist fort.“

Mit dem Brief in meinen Händen ziehe ich mich an einen kleinen Tisch zurück. Zu meiner Freude lassen mich die anderen in Ruhe. Ihre Blicke ruhen auf mir, während ich mit zittrigen Fingern den Umschlag öffne.

Liebe Lotte,

so plötzlich und unerwartet, wie ich in dein Leben kam, so möchte ich mich jetzt auch wieder etwas zurückziehen. Die Zeit, als wir uns per Mails ausgetauscht haben, hat mir sehr viel Freude geschenkt. Ich war sehr einsam und du, liebe Lotte, zu diesem Zeitpunkt auch.

Wie sehr hast du mich an meine Tochter erinnert, die ich viel zu früh verloren habe. Mein Wunsch, in dir eine neue Familie zu finden, war egoistisch gewesen. Erst durch die Begegnung mit Rosalinde, Johanns Mutter, habe ich gelernt, dass Liebe auch bedeutet loszulassen. Mein Herz hast du erobert, mit deiner ganz eigenen Art.

Mein Wunsch ist es, dass wir uns regelmäßig sehen und nicht ganz aus den Augen verlieren. Jetzt aber sollst du Zeit haben für dein junges Glück mit Franz. Gib ihm eine Chance. Ich konnte bei meinem Gespräch mit ihm herausfinden, er hat dich sehr gern. Hinter der harten Schale ist ein weicher Kern. Finde dein Glück, ich wünsche es dir von Herzen.

An dem Tag aber, liebe Lotte, wo du unglücklich bist, bin ich für dich da. Unsere Freundschaft ist für immer! Jetzt werde ich eine kleine Reise antreten, mit Johanns Mutter. Danach hoffe ich, von dir ein paar Zeilen zu lesen, und von deinem neuen Glück zu erfahren.

Dein Vincenz

Vincenz

Mit einer Träne in meinen Augen habe ich das Café verlassen. Lotte, so ist mir bewusst, muss jetzt frei sein. Ich möchte ihr die Zeit lassen, sich zu finden. Mit Franz an ihrer Seite wird ihr Leben ausgefüllt sein. Für mich würde sich Lotte die Zeit nehmen, um sich um mich zu kümmern, aber ich möchte ihr nicht zur Last fallen. Außerdem spüre ich noch sehr viel Energie und Lebensfreude in mir. Die Neugier inspiriert mich, auf Reisen zu gehen. Geschäftlich trete ich jetzt wirklich kürzer. Aber so ganz kann und will ich nicht alle Seile aus den Händen geben. Mit einer Hand stehe ich bildlich gesehen noch am Ruder, versuche, mich noch lenkend und weisend einzubringen.

Johanns Mutter versteht sich prima mit Ina und liebt deren Sohn Wolfi. Es ist schön zu sehen, wie unkompliziert sie das Kind aufgenommen und bereits in ihr Herz geschlossen hat. Mir zuliebe wird sie eine Weile auf ihre Kinder verzichten, um mich auf einer längeren Reise zu begleiten. Es ist so schön, wie alles sich entwickelt hat. Am Abend werde ich den Friedhof aufsuchen und ein letztes stilles Gespräch vor meiner großen Reise mit meiner Tochter und meiner verstorbenen Frau führen. Jeder hat sein Päckchen zu tragen, die Frage ist nur, wie und in welchem Gepäckstück man es verstaut.

In Franz habe ich einen jungen Mann kennengelernt, der so ganz anders ist als ich es bin. Vielleicht liegt der Reiz des Neuen über dieser Freundschaft. Mir hat gefallen, wie er sich ausdrückt, wie er sich verhält und besonders war ich froh zu sehen, er liebt Lotte. Mir liegt daran, dass sie jetzt glücklich wird.

Der Künstler Anton Wall möchte im Dezember wieder eine Ausstellung im Café machen. Mein Kommen habe ich ihm schon zugesagt. In diesem Zusammenhang musste ich noch einmal an Lydia Lowere denken. Ja, das Leben ist wie eine Achterbahn. Es geht bergauf, um anschließend wieder mit vollem Schwung abwärts zu sausen. Ich lache über meine Gedanken. Mit jedem Meter, den ich mich von dem Café entferne, fließen die Sorgen um Lotte, die Gedanken an Lydia Lowere und die gemeinsame Zeit, aus meinem Kopf. Jetzt freue ich mich auf meine Weltreise.

Franz

Ich kann mein Glück noch nicht ganz fassen. Lotte hat mir verziehen, sie nimmt mich in ihrem Haus auf. Innerlich spüre ich wieder die altvertraute Anziehung zu dieser wunderbaren Frau. Bilder aus längst vergangenen Tagen kommen vor mein geistiges Auge. Ich sehe Lotte nackt vor mir. Szenen unseres Liebeslebens laufen wie in einem Film in meinem Kopf ab. Meine Erregung wächst. Ohne weiter nachzudenken umarme ich Lotte von hinten. Sie dreht sich um und unvermittelt schließe ich ihren Mund mit meinen Lippen, lasse meine Zunge in ihren Mund gleiten und spüre, wie ihre Zunge, die ich schon so vermisst habe, darauf reagiert.

„Hey!" Lotte stößt mich etwas später ein Stück von sich, unsere Hände suchen aber unvermittelt wieder einander und ich ziehe sie erneut zärtlich an mich.

„Lass es geschehen, Prinzessin", nähere ich mich erneut ihrem Mund und küsse sie. Alles in mir lodert, ich empfinde so viel Glück, wie lange nicht mehr. Richtig glauben kann ich nicht, was ich gerade erleben darf. Endlich! Meine Lotte, die Frau, nach der ich mich in den letzten Monaten so sehr gesehnt habe, ist bei mir. Ich muss gestehen, es gab für mich in dieser Zeit tatsächlich keine andere Frau.

„Wir sind hier nicht alleine", kichert Lotte und wirft einen Blick auf ihre Freunde. Sie stehen in der Mitte des Cafés, unter dem Gemälde von Lydia Lowere, und reden angeregt miteinander. Alles scheint gut zu sein, keiner beachtet uns.

Lotte scheint unsere Nähe ebenfalls zu gefallen. Sie lehnt sich an mich, ihre Hände wandern fordernd über meinen Körper. Die aufkommende Erregung kann ich kaum verheimlichen. „Ist es das, was ich glaube zu spüren?" Lotte zieht mich noch näher zu sich heran. „Jetzt erst weiß ich, was ich in den letzten Monaten so sehr vermisst habe." Überglücklich hebe ich Lotte hoch, drehe mich mit ihr auf meinen Armen im Kreis. Wir küssen uns wie Teenager und sind einfach nur happy, einander wieder gefunden zu haben.

„Lass uns noch ein Glas Champagner mit den Freunden trinken, dann sollten wir uns auf den Heimweg machen. Ich habe Lust auf eine sehr lange und innige Nacht mit dir", flüstert Lotte in mein Ohr. Das Leben, so bin ich mir sicher, könnte gerade nicht schöner sein. Diesen Augenblick des Glücks möchte ich festhalten und versuchen, diese Gefühle mit in die Zukunft zu tragen. Ich hoffe, es wird uns gelingen.

Ein Augenblick kann so vieles verändern, Gefühle, die sich gerade in mir ausbreiten, so hoffe ich, verfliegen nicht wieder wie der Sand am Strand, wenn es stürmt.